百年继肃

章继肃先生（1922—2014）

青年时代留影

中年时代留影

少年时代留影

壮年时代留影

金婚留影

1979年10月章继肃先生（中）与马骏华（右）、李觅先生（左）北京天安门广场留影

在地区青年书画研究会议上发言

20世纪80年代在学校中文系会议上讲话

在地区书协 1999 年工作总结会上

书法讲座

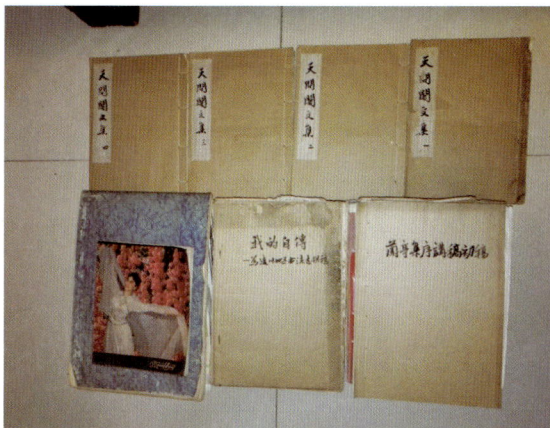

章继肃先生书稿遗存图片

20 世纪 90 年代为达州书友讲诗歌创作

20 世纪 90 年代与著名诗人梁上泉、侯忠明等在一起

九十高龄在家中挥毫

20 世纪 90 年代初与作者留影

四川省哲学社会科学重点研究基地
四川省教育厅人文社会科学重点研究基地
四川革命老区发展研究中心资助项目
巴山作家群重大招标项目SLQ2021ZZ-01

姚春 著

章佳甫

生平与学术

四川人民出版社

图书在版编目（CIP）数据

章继肃生平与学术 / 姚春著. —成都：四川人民出版社，
2021.10
ISBN 978-7-220-12442-6

Ⅰ.①章… Ⅱ.①姚… Ⅲ.①章继肃（1922—2014）
—生平事迹②章继肃（1922—2014）—文集 Ⅳ.①K825.5
②I217.2

中国版本图书馆 CIP 数据核字（2021）第 192460 号

ZHANGJISU SHENGPING YU XUESHU

章继肃生平与学术

姚 春 著

责任编辑	段瑞清
封面设计	王婧娴
内文设计	戴雨虹
特约校对	北京悦文
责任印制	李 剑

出版发行	四川人民出版社（成都槐树街 2 号）
网　　址	http://www.scpph.com
E-mail	scrmcbs@sina.com
新浪微博	@四川人民出版社
微信公众号	四川人民出版社
发行部业务电话	(028) 86259624　86259453
防盗版举报电话	(028) 86259624
照　　排	四川胜翔数码印务设计有限公司
印　　刷	四川机投印务有限公司
成品尺寸	170mm×240mm
印　　张	19.75
字　　数	234 千
版　　次	2021 年 10 月第 1 版
印　　次	2021 年 10 月第 1 次印刷
书　　号	ISBN 978-7-220-12442-6
定　　价	88.00 元

百年不忘有斯人

　　章继肃先生于 2014 年 1 月 12 日 20 时 14 分在四川省达州市中心医院走完了他老人家 93 岁的生命历程。

　　我没有太大的悲伤，毕竟每一个人的生命都有那一天，更何况老先生是鲐背高寿，到另一个世界和他的夫人团聚去了呢？"执手金光道，归卧碧山中"，老先生有夫人陪伴，有达州名山雷音铺：这里静睡松风、苍茫烟云，鸟鸣花香。雷音铺这座名山，是老先生生前所选的心爱之地，名山有幸，恩师在天之灵亦当无憾了。

　　然而，先生的离去，我常有心里某些方面空落落的感觉。我知道，那是我不能忘怀于那份师恩。于是，前些年的清明，我去上过坟，写过一些怀想的文字。

　　一转眼，先生的百年诞辰就快要到了。我们这些学生又该做些什么呢？

　　2020 年，新冠疫情肆虐全球，我待在家里，开始思考这个问题。我和扈晓明同学商量一起编写了《章继肃年谱简编》。后来，我采纳了不少文朋诗友的建议：写一些文章，加上先生自传和年谱。于是，就凑成了《章继肃生平与学术》这本书。

　　章继肃先生生前名噪巴蜀，是四川教育界、书法界、篆刻艺术界、诗词界等著名的学者教授、长寿老人，被著名文化学者孙和平教授等人誉为"达师专五老"之一。老人家逝世以后，也常被达州文艺界、教育界的人士谈起，未有微辞。先生誉满乾坤，达师专中文系微信群、四川巴山作家群研究院微信群、四川文理学院书法艺术研究院微信群、诗忆州河微信群、广安邻水作家、诗词群、竹海文艺等文交流群中，常有人发章先生的诗书作品，网络上，也不时有人撰写文章、诗歌追忆；四川文理学院办公室整理成册《学炳千秋　风骨永存——深切怀念章继肃先生》；2017 年 11 月，达州市第二届巴渠文艺奖追认先生"终身成就奖"。在同时代以及后学人的眼中，先生已经化身为大巴山一个特定的文化与精神符号。因此，百年不该忘记斯人。

网上搜索"章继肃"，搜索结果主要介绍了他的书法、篆刻成就，对其介绍和定位还有待补充。鉴于此，本书主要依据《章继肃文集》里的诗文进行研究，还原章继肃先生在诗文、学术等领域更为全面的真实情况。

章先生留下来的诗词约 251 首，散文约 24 篇，篆刻印蜕约 500 枚，书法作品没法统计，但目前留给忠至先生家里大约 20 件（基本上是达州书协每次展览的参展退件）。

章先生诗文记录百年人生，十分丰富。通过研习先生的诗词、散文、篆刻作品、书法作品，我写了近 50 篇学习心得文章。我的体会是，章先生不能仅仅定位为书法家、篆刻家。

章继肃先生首先是巴蜀名师，教育界的名人。他在大竹师范做教务主任、达师专作首届中文系主任时，还是四川省第五届人大代表，参加全国十三院校《中国文学史》定稿会议，筹办师专巴渠文化研究所，主编《达师专报》第三版（学术版），整理四川古籍、古代名人李长祥、唐甄的集子，参加乐山举办的全省高校校报会议……

章继肃先生在古典诗词、散文方面，也堪称大家，培养了巴山作家群的中坚力量，被达州市政协文史委副主任、著名文化学者杨仁明誉为"雪米莉文学之根""巴山作家群之父"（杨仁明：《心灵隧道》，中国文联出版社，2011年11月，第163页）。

章继肃先生是著名书法家、著名篆刻艺术家，这是巴蜀文艺圈所共识的、公认的。

章继肃先生的文艺爱好是多方面的，他的"棋琴书画球"在20世纪50—70年代在大竹师范非常出名。

章先生，从教64年，治学严谨，为人谦和，品行高洁，躬耕教坛，诲人不倦，培养了巴山作家群等无数英才，丹心化雨，桃李誉满天下。他在达州教育界、文艺界德高望重。他的书法、篆刻、诗文受到社会广泛喜爱，他的学生、朋友为他出资出版了《章继肃文集》《章继肃书法篆刻艺术》《篆刻要言》《章继肃书法集》《章继肃书法篆刻》等。章先生整理、点校《潜书注》《天问阁文集》，为唐甄、李长祥研究做出了重大贡献，他创作的大量诗文被报刊公开发表、收入许多典籍之中。2007年，因其贡献卓著被中共达州市委、市人民政府授予"德艺双馨"荣誉称号。

章继肃先生遗物中，还有手稿本《草书之页》《兰亭集序讲稿初稿》等。我们盼望能有面世、服务社会、光大先生事业的那一天。

"斯人若彩虹，遇上方知有。"我只是章继肃先生万千学生中普普通通的一个。我撰写了"百年继肃"。加上章先生自传，我和晓明兄编的年谱——这样就较为全面地反映章继肃先生的生平和学术了。本人学识水平、条件有限，本书难免有这样那样的不足与错误，请各位读者批评指正。

世事如苍狗，师恩如长风。

谨以此书献给章继肃先生诞辰100周年。

2020年7月30日姚春于依云斋

目　录

翰墨有遗迹

——章继肃先生的书法艺术

第一节　一张残纸片

2020年4月10日下午3时，我在寻找老人家的遗物手稿。一张残纸映入我的眼帘，极不规则，两边还有写过毛笔字的不全字迹，中间用圆珠笔写了百十来字，有的地方涂涂改改，不知老人家的真意表达。我拍下照片。

4月11日上午，经过我的辨认。是写邻水奥嘉广场的一首词。词牌没写，纸上首行有"沁"外加"1"竖，拟猜"沁园春"。发邻水作家群、邻水诗词群、长沙半坡文学群，内容如下：

奥嘉古邻广场

章继肃草稿

简约古今，依山造像，古邻广场。拾青石而上，移步换景，回廊重檐，开合大方。中西合璧，兼经典时尚，登楼观光心快畅。购物场，尽琳琅满目，宛若天堂。欣逢国运隆昌，发展中繁荣，百业强。展故里新貌，蒸蒸日上。物阜民熙，齐奔小康。三山两槽，铺锦织绣，大地春回紫气扬。放眼量，看明月，大地灿烂辉煌。

后面，我跟一行小字："今日整理先生遗稿，发现这个残纸片。应该是写邻水的。"

邻水作家群中的何正光微信道："姚春，该文镌刻于邻水奥嘉广场中段，一片人造水泥崖壁之上，已近 20 年了，具体时间已忘，但记得落款是罗权国撰文、章继肃书。隐约记得罗的弟弟给我讲起过，当时开发商请托罗写一篇赞美之类文稿及书法，可能文稿初成即突发中风，丧失挥毫能力，故转托尊师章老，由其最后修改润色并亲书。可算师生珠联璧合的一段佳话。"接着，发来照片，又云："实在抱歉，因光线，高度，水浸漫溻，技术等原因，很不清晰，看姚教授能否通过技术手段使其更清晰些。本人对这方面一窍不通。时年八十有三，推算起来还是接近 20 年了。"

长沙坡翁（邻水人）在半坡文学群言为我把那照片处理得更清晰了。

邻水诗词群中张敬之先生（邻水政协副主席、诗词协会主席）留言："姚老师，能否把章老师的手稿和你的翻译出来的诗词用在这一期邻水诗词上？"我当然允之。邻水诗词群蒋佳兵先生言，文体看是沁园春，还说"兼"为衍字云云。蒋的推断正确。

经过我努力辨识手稿和石刻照片，两相互参，考证如下：

简约古今，依山造形，古邻广场。拾青石而上，移步换景，迴廊重檐，开合大方。中西合璧，经典时尚，登楼观光意气扬。购物场，尽琳琅满目，宛若天堂。

欣逢国运隆昌，发展中繁荣，百业张。展故里新貌，蒸蒸日上。物阜民熙，齐奔小康。三山两槽，铺锦织绣，大地春回百花香。放眼量，看明日邻州，灿烂辉煌。

沁园春　奥嘉广场

罗权国倚声

章继肃书时年八十又三岁于州河之滨

对应章先生年谱，83 岁，为 2004 年。先生遗物皆为宝贝，睹物思人，励我向学。

2020 年 4 月 11 日下午 4 时 40 分于依云斋

第二节　《知足有为》联
——章继肃先生的大竹情怀

如果说章继肃先生书写《沁园春·奥嘉广场》的那张残纸片，为我们宕开了了解老人与邻水情缘的话，那么，似乎也可以说，先生的《知足有为》联，又使我们联想到他 30 年竹师生涯、大竹情怀。

编撰《章继肃年谱》，他的大竹师范经历是不可或缺的。我查阅大量资料，大竹时的章继肃形象逐渐还原，丰满起来。《大竹中学校志》（1998—2008）第 190 页登载的《知足有为》联，引起了我的关注。

根据书法家凌灿印先生提供给我的《大竹中学校志》，我了解到大竹师范学校在 2001 年 10 月撤销合并到大竹中学。竹师的资料也汇入到竹中校志之中了。

1948 年 7 月，章先生毕业于四川大学中国文学系，取得文学学士学位。9 月，由王膏若介绍受聘为省立大竹师范学校国文教员。

1949 年下期，章回母校渠县中学教书；12 月，又回竹师工作，一直工作到 1977 年 3 月 9 日；之后，离开竹师奉调达师专，在大竹工作共 30 年。

这 30 年，他做过竹师的教导主任，他在《我的自传》中写道，"文化大革命"爆发后，他被打成大竹师范学校四大"牛鬼蛇神"之一，遭到批判。但他不以为意，学习、工作、生活得依旧充实，并主动承担了分发全校报纸的工作；为学生书写《毛主席诗词三十七首》；自制二胡，沉浸在《光明行》《山村变了样》那些悠扬的曲调中。1968 年，章被派到大竹清水公社搞教育革命，接着就地教书，于是他在清水小学教音乐课，唱"样板戏"。不久，章又被调到石子公社、观音公社参加教师培训工作，教语文课。

这期间他也收获了与向克孝等先生的友谊。1971 年，50 岁的章，为原四川文艺出版社社长向克孝（向克孝当时由大竹县委调到达县市委工作，离别时）赠书《书谱》一册。

章的书法、学术初见端倪。1973 年，书法作品《行书毛主席词四首》参加了"四川省国画书法展览"；地区参展的另一件作品是彭云长的国画《银耳新兵》。1975—1976 年，参加了达县地委宣传部主持的《唐甄》评注工作。1976 年，整理校勘唐甄《潜书》。

在竹师 30 年，章教授过语文、历史、地理、写字、小学语文教学法等课，曾在机关干部中讲授《毛主席诗词》，均受到好评。章能操二胡，演奏《虞舜熏风曲》《山村变了样》等高难乐曲；章亦画松竹，颇有韵致；章尤擅围棋，是县内高手。章在大竹县获得"棋琴书画球"的美称。但饮酒、看戏、下棋打球，未免有些过度，因是而两次被评为"不务正业"之"甲等"人物，受到批评，并上报四川省教育厅。章的人际关系好，与人无争，学生尊敬，领导信任，校长尹计然称章为"最佳的教导主任"，调离竹师时，章受到了 11 次不同形式的欢送，每次都使他感激涕零。章在大竹的生活是丰富多彩的，在他万不得已离开这个第二故乡时，写下了《留别大竹师范学校》七律一首，表达了他的心情。诗云：

行年五十五周岁，三十春秋偃憩斯。

以校为家得自乐，因材施教作人师。

谅无涓滴济沧海，但有微诚答圣时。

南浦云飞挥手去，达州从此赋相思。

可见，章先生在大竹师范的岁月是漫长而丰富多彩的。他把大竹当成自己的第二故乡。2000 年，大竹师范学校建校 60 周年庆典，79 岁的章老为之题字"学高为师，身正为范"。2008 年，大竹中学建校 90 周年，87 岁高龄的章老被邀为知名校友，他欣然写了"知足知不足，有为有勿为"的这副隶书对联。

对联标题书法界约定俗成四字词，上下联各取前面二字组成。这副对联就叫《知足有为》联。知足，是说人不要总是奢求，要知道满足自己所拥有的；知不足，是说要知道自己的目标是什么，要通过努力获得什么，主要指自身为人的不足，简单说就是要有自知之明。有为有不为，是说什么事可以做，什么事必须做，什么事不能做，要有自己的原则，并坚持原则。"知不足"表现了积极的进取精神、强烈的求知欲望和谦虚好学的态度。对学问、对事业不断进取，永不满足。下联的"有为"是指有作为。章老师是国学家，深知对联上下联不能有相同的字，于是，下联"有为有不为"的"不"改"勿"，与上联"知足知不足"的"不"相避开。老人书此联，是在向大竹——他的第二故乡表明自己是个什么样的人，是一番赤子情怀。

对联书法，取法《乙瑛碑》和《石门颂》等而又自成章氏风格。典雅秀逸，真可宝玩！

2020 年 4 月 12 日 20 时 24 分于依云斋

第三节 山水禅味

坡仙说："无事以当贵，早寝以当富，安步以当车，晚食以当肉。"这是坡仙认为最好的人生况味了。第一条，无事以当贵，现代人你我他恐怕难得"无事"。第二条、第四条讲睡和吃，也基本上做得到。第三条安步，我常常散步，却不知这算不算夫子所说的"安步"呢？姑且让我这样理解吧。

散步屋外青山绿水，几乎天天，全不生厌，山水多禅味呢。

说到禅味，想起禅的起源。佛经上记载："世尊在灵台会上，拈花示众，是时众皆默然，唯迦叶尊者破颜微笑。"这就是"拈花微笑"典故的来处。让人产生美丽而非凡的联想。拈花者姿态优雅，微笑者善悟沉静。日日散步，目对青山，濯足沧浪，这是大自然在拈花，我每每微笑以悟禅。

据说，坡仙游庐山，写了三首诗。第一首是："溪声尽是广长舌，山色岂非清净身；夜来八万四千偈，他日如何举似人。"第二首，"横看成岭侧成峰"，大家再熟悉不过了。第三首："庐山烟雨浙江潮，未到千般恨不消；到得元来无一事，庐山烟雨浙江潮。"这三首诗牵出一位禅师的名言："见山是山，见水是水；见山不是山，见水不是水；见山还是山，见水还是水。"也许我等愚钝不解深奥。这有点儿像故弄玄虚，玩一些文字的弯弯绕。

子曰："智者乐水，仁者乐山；智者动，仁者静；智者乐，仁者寿。"(《论语·雍也》)我认为说得最好懂。人们在山水中感悟智慧和快乐，有利于心情好，身体健康，延年益寿。山，不动，给人安静之美；水，长流，给人灵动之美。人生就应该动静结合。白天，工作，是动；夜晚，睡觉，是静。阴阳不颠倒，身体才健康。久坐书斋是静；饭后散步是动。动静结合，身体舒服。

禅，是个多音字。一个念 chán 音；一个念 shàn 音。念 chán 时，意思与佛教有关，如禅林、禅房、禅师、禅杖、坐禅、参禅、禅宗、禅味等；念 shàn 时，意思与儒家有关，如禅让、禅位、封禅等。看来，山水禅味，自然应该与佛教有关系了。古人写山水诗，要上境界，都得有点儿佛理禅趣。王摩诘是唐山水诗歌的高手，他的外号就叫"诗佛"，那首"空山新雨后"的诗眼，我给学生讲时，就说是"空"啊。佛家不就讲"万念皆空""四大皆空"吗？

不扯远了。还说山水禅味儿。山静，水动；人要动静结合，上面已讲。下面我想谈，人要静时多，动时少。俗话说得好："久坐必有一禅""久等必有一禅"。你看那寺庙里的和尚，大多时间坐在蒲团上，他的手要么敲木鱼，要么掐念珠，心无旁骛，这叫修行，即是修心。天长日久，必成高僧大德。红尘中人，专心一事，必成那方面的行家里手。

在电视上，看过伟人邓小平，晚年为国事操劳，成天伏案牍以劳形，每天只有约 20 分钟时间的空闲得以在小花园散步。大人干大事，久坐静功得多，偶尔动动，动的时间得少。古训："板凳要坐十年冷，文章不写半句空。"做学问，写文章也是这个理儿。

近日整理老师章继肃的遗物，发现老人家 1986 年 8 月为达县真佛山德化寺写的一副隶书对联。联曰：

山水多禅味

松风有妙香

今日散步，花树青翠，鸟鸣蝶飞，山光水色展现在眼前，思考山水禅味，写下这篇小文。禅味在开悟，禅味是智慧，禅味是知识，禅味是……鄙人才疏学浅，还是用法眼文益的这首诗结束吧。

幽鸟语如簧，柳摇金线长。

云归山谷静，风送杏花香。

永日萧然坐，澄心万虑忘。

欲言言不及，林下好商量。

2020 年 4 月 11 日 21 时 44 分于依云斋

第四节　宣汉之行

2019 年 11 月 9 日，学校科研支部党日活动参观宣汉县王维舟纪念馆。说实在话，到宣汉也去过许多回，但谒王维舟纪念馆却是第一回。同志们随纪念馆里的讲解员直接进入纪念馆，我因比较了解王维舟的生平事迹，就独自一人在外边看那些碑石上的文字。

我惊喜地发现一块碑是章先生书丹的。

碑石长方形，黑色的底板，白色的字，阴刻，行书。正文是："烛照巴山传薪火，保存文物育后人"；上款："宣汉县文物管理所惠存"；下款："达县师范专科学校章继肃并书"。没有印章，没有落写的时间。

没有印章，说明不是事先约稿，有可能是临时叫章先生写的。

我拟猜，可能是观后留言，写在一张四尺宣纸上的。"烛照巴山传薪火"，是对王维舟的高度评价。王维舟是我国老一辈无产阶级革命家，他宣传革命的火种，像蜡烛之光照亮了黑暗的大巴山，传递了马克思主义的薪火。"保存文物育后人"，是对文物管理所作用的认识。两句话，是一副绝好的对联，言简意赅，恰切允当。落款字，"达县师范专科学校"，很好地宣传了学校；"并书"，说明对联内容是章先生撰写的，字也是他老人家写的。

然而，什么时间写的？我一直想找到这个答案。

章先生有个好习惯。走到哪里，就爱写诗。他老人家的诗记录了他的行踪和生活。果不其然，我在《章继肃文集》的第 60－61 页，找到了他宣汉之行的三首诗。

王维舟雕像

革命先行不顾身，忠心耿耿为黎民。

项家山上策飞马，遗爱在乡第一人。

（1992 年 9 月）

毛泽东同志曾亲笔书赠王维舟同志："忠心耿耿，为党为国"。项家山在宣汉城郊，即宣汉县公园所在之地。

前两句写王维舟这个人。第三句"项家山上策飞马"，才是写王维舟的雕像，项家山上，指出雕像地点，策飞马，写出人物的动作，雕像具有动态美；第四句是看了雕像的评价。

江口电站

巍然一坝锁三江，一颗明珠坝上镶。

秋水长天青到底，化为奔电出东乡。

江口电站在宣汉县城郊前河、中河、后河汇合之处，坝上平湖水色极为碧绿。宣汉县东汉时始置，隋为东乡县，1914年复改名宣汉县。

宣汉南坝

车入仙乡尘累消，山青水碧锦风摇。

鲲池此去无多路，漫踏秋花过索桥。

（1992年9月）

南坝、鲲池两区隔前河相望，河上建有石桥和索桥。"仙乡"是诗眼。"尘累消"的感觉，是这里仙乡的环境，山青、水碧、锦风、秋花、索桥；漫踏的悠闲。

什么情况去的宣汉，我们不得而知。但，那碑上的字，有可能是1992年9月写的。

【附】

王维舟（1887—1970），原名王天桢，四川省宣汉县清溪人。川东游击队、中国工农红军、八路军、中国人民解放军高级指挥员。他是中国共产党党内唯一见过列宁的老布尔什维克。

青年时代参加辛亥革命和四川的护国、护法战争。

1920年5月在上海加入朝鲜共产党，1921年中国共产党成立以后被批准转入中共。因此，被称为"入党比建党还早的革命家"。

长期在川东组织武装斗争，后参加川陕苏区反围攻和长征，到达陕北后任中央军委四局局长，中国工农红军第33军军长。

抗战时期任一二九师三八五旅副旅长、旅长兼政委，担任保卫陕甘宁边区的任务。中共中央革命军事委员会第4局局长，中共四川省委书记，陕甘宁晋绥联防军副司令员，西北军区副司令员，西南军政委员会副主席，西南民族学院（现为西南民族大学）第一任校长。

1946 年 4 月调重庆任中共四川省委副书记。1949 年任解放西南的西路军副司令员，12 月 29 日，随贺龙率部进成都。1950 年 2 月到达重庆，任中共中央西南局常委、西南军政委员会副主席等职。1956 年选为全国人大常委。

1970 年，遭受林彪、江青反革命集团迫害，含恨辞世。1979 年 12 月 29 日，党中央在八宝山革命公墓礼堂举行王维舟同志追悼大会，恢复了王维舟同志的政治名誉。

（来自网络）

2020 年 7 月 4 日 20 时 30 分于依云斋

第五节　题张船山行书墨迹诗

昨天，微信里曹建教授发来重庆范国明先生收藏的章先生信札一封。

国明先生大鉴：

惠书收到已久，迟复为歉。能为先生收藏张船山墨迹题辞，感到高兴。七绝小诗一首，写了三句，至第四句，则难乎为继矣。近读先生所为文之载于书法导报者，于是借用文中所引张船山诗一句，才将此诗足成。晨起磨墨展纸，题下了我的小诗，寄请先生两正之也。本人今年七十八岁，年老体弱，手不应心，诗字均不佳妙，请予指正。

书不尽意，此致

撰安

章继肃启

七月十一日

根据书信内容，可知章先生 78 岁，时间应该为 1999 年 7 月 11 日，回复范国明先生的信。

查阅《章继肃文集》第 83 页，收录了《题重庆范国明先生所藏张船山行书墨迹》这首诗。诗云：

> 诗主性灵锦绣篇，书追平淡世争传。
>
> 如何学得船山妙，"百炼工纯始自然"。
>
> （1999 年 1 月，末句为张船山诗句）

"百炼工纯始自然"，出自张问陶《论诗十二绝句》里的第五首。章先生对于诗书的看法，就此诗是可以窥见的。诗歌主张抒写性灵，那才是锦绣好诗篇；书法追求平淡的心境，世人才争相传扬。如何才能学得张船山的这个妙处呢？"百炼工纯始自然"，说白了，下苦功夫，多练习，功到自然成。为了我们学习方便，我搜集了张船山的这十二首论诗绝句。

1. 咸英何必胜箫韶，生面重开便不祧。胥吏津津谈律例，可能执法似皋陶。

2. 五音凌乱不成诗，万籁无声下笔迟。听到宫商谐畅处，此中消息几人知。

3. 胸中成见尽消除，一气如云自卷舒。写出此身真阅历，强于饾饤古人书。

4. 凭空何处造情文，还仗灵光助几分。奇句忽来魂魄动，真如天上落将军。

5. 跃跃诗情在眼前，聚如风雨散如烟。敢为常语谈何易，百炼功纯始自然。

6. 想到空灵笔有神，每从游戏得天真。笑他正色谈风雅，戎服朝冠对美人。

7. 妙语雷同自不知，前贤应恨我生迟。胜他刻意求新巧，做到无人得解时。

8. 子规声与鹧鸪声，好鸟鸣春尚有情。何苦颟顸书数语，不加笺注不分明。

9. 此事原非俗士知，何须刻烛强为之。尖叉竞病全无碍，怕读人间趁韵诗。

10. 文章体制本天生，只让通才有性情。模宋规唐徒自苦，古人已死不须争。

11. 凋文镂采太纷然，开卷沉沉我欲眠。人口数联诗好在，不灾梨枣亦流传。

12. 名心退尽道心生，如梦如仙句偶成。天籁自鸣天趣足，好诗不过近人情。

张问陶（1764—1814），字仲冶，号船山，是乾嘉时期著名的诗人，被称为是性灵派的殿军，不仅诗才称著，而且工书画，其书近米芾，其画近徐渭。与洪亮吉相交甚笃，经洪亮吉荐于袁枚，袁枚后谓亮吉"所以老而不死者，以未见君诗耳"，对于船山推重如此。原因是两者的诗歌理论有相契合之处，袁枚的性灵派对于沈德潜的格调说与翁方纲的肌理说，都有强烈的抨击，而船山的诗歌理论对于这格调与肌理也有相当的批评。

这组《论诗十二绝句》写作时间大约在船山 30 岁，诗中所反映的并不像元好问的论诗绝句是对于个别作家的评论，而是就整个性灵派的创作理论，延伸至反对格调与肌理二说的诗歌创作思想，并且船山的诗歌理论是总结与修正了袁枚的性灵说。目前传世的诗作有《船山诗草》二十卷，《船山诗草补遗》六卷。

虽然性灵一说未必尽是高明的诗歌理论，不过船山的最后结句"好诗不过近人情"，确实说到一首好诗所应具备的条件，值得令人深思。

《章继肃书法集》第 34 页，章先生为在达州日报社工作的女书法家彭闽湘老师写过一个行书斗方，内容就是题重庆范国明先生所藏张船山行书墨迹。

在《章继肃书法篆刻》第 42 页，章先生以草书中堂的形式写了一段唐孙过庭《书谱》里的话："余志学之年，留心翰墨，味钟张之余烈，挹羲献之前规，极兼专精，时逾二纪。有乖入木之术，无闲论池之志。"我们似乎隐约知先生"无闲论池之志"。事实上，据我了解，先生是有过书法方面的理论思考和探索的。老人家现存手稿《草书之页》《兰亭集序讲稿初稿》等，现存于他的孙子章忠至先生那里。《草书之页》，我曾在 20 世纪 90 年代初借阅，并用钢笔手抄了在笔记本中。

【附】

范国明，男，汉族，笔名蓥子、子风，斋名日月轩，四川广安人，1966 年 3 月生，1988 年毕业于兰州大学哲学系。中国书法家协会会员、重庆市书法家协会理事暨学术委员会主任，曾任重庆市九龙坡区文联主席、九龙报社社长，重庆市文史书画院常务理事，重庆市文艺评论家协会理事，九龙坡区书协顾问。现任重庆市九龙坡区政协副主席，九龙坡区政协诗书画院院长。作品多次参加国内外重大展览。

2020 年 4 月 29 日 21 时 09 分于依云斋

第六节　达州书坛的奠基人
——章继肃先生与达县地区书协

一

章继肃先生是达县地区书法事业的奠基人。

根据四川省达州市文化局 2001 年 9 月编印的《达县地区文化艺术志》第 54—55 页记载，达县地区书法家协会是 1982 年 9 月 12 日建立的，1983 年会员 203 人。

1982 年第一届常务理事会名单

名誉理事长　　张爱萍　魏传统　杨　超

理事长　　　　章继肃

副理事长　　　刘伯骏　杨昌泗

副秘书长　　　李　瑁

常务理事　　　方绍清　覃仁杰　晏大惠　王诚麟　马骏华

　　　　　　　（1984 年增补）

1985 年第二届常务理事会名单

名誉理事长　　张爱萍　魏传统　杨　超　王希发　余瑞祥

	赵甫安	王学程	黎见山		
理事长	章继肃				
副理事长	刘伯骏	王　季			
秘书长	马骏华				
副秘书长	李　觅				
常务理事	邓良训	张青山	龙清武	杨仕骏	李相荣
	王诚麟	程志强	彭华奎	魏启禄	阳永泽

1988 年第三届常务理事会名单

名誉理事长	夏宗明	王希发	余瑞祥		
理事长	章继肃				
副理事长	邓良训	刘伯骏	王　季	马骏华（兼秘书长）	
副秘书长	李　觅	程志强			
常务理事	代岳松	张纯高	张青山	龙清武	李明荣
	潘广体	王诚麟	傅晓东	罗权国	胡　郁
	罗志才	魏启禄			

二

　　章继肃先生领导下的达县地区书协开创了"巴山书风"，书法事业蓬勃发展，书法成就居全省各地市州之首，在全国也有一席之地。

　　据《达县地区文化艺术志》第 32—33 页记载："1982 年，地区书法家协会成立；1983 年，李瑁、马骏华等率先举办书法展览。此后，胡郁等新秀活跃于全国和地方书坛，章继肃等老书家'焕发青春'。1984—1989 年，地区举办书法展 8 次。1989 年四川省第二届书法篆刻展筛选入展作品，达县地区书法作品经第六轮投票仍有 36

件入围，超过中央计划单列市重庆，再经择优，对外展出 23 件，仍占展览会展出作品总数四分之一，居全省各地市州前列。同年，四川省首届中青年书法展设奖 29 个，达县地区获奖 5 个，为全省地市州之首。1990 年，地委、行署领导提出'开创巴山书风'……"

三

章继肃先生的诗词记录了达县地区书协活动的盛况。

清平乐
——达县地区书法家协会成立志盛

古今墨宝，篆隶真行草。百态千姿各尽妙，贵在经营创造。

地区今建书坛，拓开历史新篇。团结书林群彦，赶超羲献狂颠。

（1982 年 9 月）

上阕谈各种书体各有其美妙，贵在书家的经营创造；下阕谈地区书协成立意义重大，拓开历史新篇章，工作方法是书协要团结众多能干人，目标是超越古时名家。羲献狂颠，指王羲之、王献之、怀素、张旭，这里借代古代书法名家。

贺巴中书法协会成立二首

（一）

清江一曲抱村流，此日名区会友俦。

绕砚诗文歌盛世，书坛喜建到巴州。

（二）

书坛热潮滚滚来，新花争放老枝开。

眼前一片繁荣景，超迈钟张不用猜。

（1985 年 11 月）

巴中县城外南龛坡摩崖刻杜甫诗句："清江一曲抱村流"。

第一首引杜甫诗句发端，状巴中山川形胜，又含巴中地灵人杰，牵出南龛摩崖、杜甫游历。好！后写建书坛、会书友的喜悦。这都要归功于绕砚书之、诗文歌之这大好的太平盛世啊！

第二首是诗人对新建巴中书坛的一番愿景，正是书法热潮滚滚来，一片繁荣，不用猜，巴中书坛会超迈古人的书法。钟张：钟繇、张芝，借代古人名书家。典出唐孙过庭《书谱》："味钟张之余烈"。

川陕六地市书法联展

书家人道是新家，继往开来竞吐葩。

联展欣看六地市，笔歌墨舞誉秦巴。

（1986 年 9 月）

六地市指四川省达县地区、万县地区、涪陵地区、广元市；陕西省汉中地区、安康地区。

什邡书法研讨会

书法讨论慎厥初，锦江春水化鱼龙。

山阴健笔兰亭序，三昧从来是读书。

（1987 年 3 月）

四川省书法家协会在什邡召开书法讨论会，予与马骏华、李觅三人代表达县地区书法家协会参加会议。

厥初：最初、开头。《诗经·大雅·生民》："厥初生民，时维姜嫄。"南朝梁刘勰《文心雕龙·诠赋》："遂客至以首引，极声貌以穷文，斯盖别诗之原始，命赋之厥初也。"

三昧：来源于梵语的音译，意思是止息杂念，使心神平静，是佛教的重要修行方法，借指事物的要领、真谛。这里指书法的要领、真谛。

四川书法的讨论慎重的开始，是在什邡会议。"锦江春水"浩荡，既指时令，又指书法事业如春水浩荡。"化龙鱼"，鲤鱼的美称，相传鲤鱼跃过龙门就变化为龙，这里指，通过讨论，大家有大的收获。像山阴健笔兰亭序那样好的书法作品，要领就是要多读书。

这首诗阐明了章先生的书法观念，书法不光是一天练字、临帖，要上档次，字外功就是学养，多读书。1993 年夏，我大学毕业，章先生给我的留言就是这首诗。不过诗中不是"锦江春水"，老人家写给我的是"江边春水"，一样合律，但意思更具有广泛性。

四川省第二次书法家代表大会贺诗

1989 年 4 月，四川省第二次书法家代表大会在成都举行，予为当然代表，苦于舟车未赴，因寄此诗，遥祝大会成功。会议再度推选章继肃同志为中国书法家协会四川分会理事。

天府平原一鉴开，书家高会我难来。

遥知好雨春晴后，万紫千红不用猜。

天府平原如一面镜子打开，书家高峰盛会"我"难以到来。遥远的"我"知道这场好雨春晴之后，一定是万紫千红的局面。真是好诗，既有不能到会的遗憾，也有对盛会的祝贺之情。感情真而贴切。好雨春晴，万紫千红，极具图画美，象征之意。

成果展览

达县地区书法成果展览会上，观罗权国、邓朝珠、胡郁同志作品，感赋。兼赠王季同志。

又见书林一大观，鸾翔凤翥上瑶笺。

长江后浪推前浪，作品中年胜老年。

入古出新原有径，扬芬启秀总无边。

精神领域凭驰骋，好趁春华猛着鞭。

（1989 年 10 月）

这首诗写书法成果展览给诗人的印象是"作品中年胜老年"。接着思考了原因，是"入古出新"。最后是勉励，精神领域的驰骋，要趁青春年华努力。

铁山笔会

地区书协第三次元九登高书法笔会，在铁山森林公园举行，诗以记之。

东风吹我铁山行，元九登高上玉清。

拂素挥毫歌盛世，飞觞入座醉群英。

茫茫林海千岩秀，煦煦春阳万里晴。

路转峰回归去晚，犹闻山鸟自呼名。

（1992 年 2 月）

章先生这首七律写得非常好。我见过不少熟悉先生的名家写这首诗。巴山书画院一次活动，邀请中国著名书法家何开鑫先生现场书写，他写的就是章先生这首诗。"东风吹我铁山行"，写得十分浪漫轻盈，是化用宋人张孝祥词《西江月》"东风吹我过湖船"而来的。玉清，是道教玉清宫。中间两联对仗工稳。拂素挥毫，指写字，扣笔会；飞觞入座，指聚餐。后写室外铁山胜景。尾联，鸟声结束，余韵绕梁，"山鸟自呼名"，典出唐诗名句"野人相问姓，山鸟自呼名"，见《陆浑山庄》，是唐代诗人宋之问创作的一首诗。

四

1994 年 5 月，第四届达县地区书协改选他为名誉主席。他一直参加达州市书协的活动，直到 93 岁去世，老人都是名誉主席。

名誉主席

州河五月水初生，岸柳山花绕市城。

绥属从来多硕彦，达州今日会群英。

高论只为新书协，纵笔还深旧雨情。

主席荣衔推不去，喜加名誉两文行。

（1994 年 5 月）

予任达县地区书法家协会理事长（后改称主席）三届十二年，第四届改选，又受聘为名誉主席。

元九书法笔会

与《达州书法报》之创刊二首

一九九五年正月初九日，达川地区书法家协会"元九书法笔会"例会在地区群众艺术馆五楼举行。……讨论决定办报纸名为《达州书法报》，报名请乡贤张爱萍将军题写（此报名未收到前暂由章继肃同志题写）。

（一）

艺馆楼高笑语频，年年此日会同人。

笔歌墨舞龙蛇走，争写神州四化春。

（二）

新春煮酒漫商量，活跃书坛办报章。

去岁辉煌业已创，今年更要创辉煌。

（1995 年 2 月）

五

章继肃先生 92 岁书写的唐代杜甫诗《春夜喜雨》条幅、草书，参加 2013 年"绵阳·广元·达州三市书法联展"，应该是三市入展年龄最大的作者，也是他老人家参加达州市书法家协会最后一次大型的活动了。

2014 年 1 月 12 日 20 时 14 分，章先生在达州市中心医院不幸逝世，享年 93 岁。

2014 年 1 月 14 日 16 时 30 分在达州市殡仪馆 3 号厅，举行章继肃先生遗体告别仪式。达州市书法家协会全体书友哀献云：

——书坛巨擘风范千古，泰山北斗灿然人瑞。

2020 年 6 月 28 日 17 时 03 分于依云斋

铁笔任纵横

——章继肃先生的篆刻艺术

章继肃先生 89 岁写了一副对联书法作品，收集在《章继肃书法篆刻》一书的第 41 页里，内容是：

湖山奇丽说不尽

金石刻画臣能为

对联出自陆游、李商隐诗句。"湖山奇丽说不尽"出自陆游《思故山》诗，"金石刻画臣能为"出自李商隐《韩碑》。两句成联语，非常有深意，似乎回答"为什么要篆刻"和"我能篆刻"以及"我的篆刻是师法湖山奇丽的大自然"。其味隽永！

一

章先生于 2001 年 3 月，在他的《篆刻要言·后记》里说："平时喜欢篆刻，无师自通，率意而为，工拙不计也。退休以后，都七十多岁了，美术系请我开篆刻课，说是找不到适当的老师，要我试试，没想到业余爱好还排上了用场。"从上面文字看，章先生十分谦逊，老人篆刻古稀之年，还为学校出力，培养人才。

二

章先生篆刻艺术已有《石章篆刻初步》、《书法篆刻艺术》（侯忠明、章继肃著）、《篆刻要言》、《章继肃书法篆刻》等书籍面世。在这里不必多说了。

三

我要说的是，章先生的篆刻艺术在他的诗词里，反映他的学术观点。

《访西泠印社》诗两首：

其一

西泠印社著鞭先，独领风骚七十年。

我亦操刀握石者，仰贤亭上仰前贤。

其二

龙泓开派切刀扬，秦汉精神见寸方。

继往开来吴缶老，诗书画印俱腾骧。

这两首诗说明西泠印社在篆刻领域的贡献，学习秦汉印，学习吴昌硕。

退休杂咏

其五

篆刻老来才悟禅，悲庵苦铁费钻研。

此中大有文章在，不读诗书总惘然。

篆刻自己老来才悟道禅境，在（悲庵苦铁）两家花精力钻研，诗书是篆刻的必需营养。

悲庵，指赵之谦。赵之谦（1829—1884），浙江绍兴人。初字益甫，号冷君；后改字㧑叔，号铁三、憨寮、又号悲庵、无闷、梅庵等。所居曰"二金蝶堂""苦兼室"，官至江西鄱阳、奉新知县，工诗文，擅书法，初学颜真卿，篆隶法邓石如，后自成一格，奇倔雄强，别出时俗。善绘画，花卉学石涛而有所变化，为清末写意花卉之开山。篆刻初学浙派，继法秦汉玺印，复参宋、元及皖派，博取秦诏、汉镜、泉币、汉铭文和碑版文字等入印，一扫旧习，所作苍秀雄浑。青年时代即以才华横溢而名满海内。他在书法方面的造诣是多方面的，可使真、草、隶、篆的笔法融为一体，相互补充，相映成趣。赵之谦曾说过："独立者贵，天地极大，多人说总尽，独立难索难求。"他一生在诗、书、画、印上进行了不懈的努力，终于成为一代大师。

苦铁，指吴昌硕（1844—1927），别号缶翁、苦铁等，晚清著名画家、书法家、篆刻家。他与任伯年、赵之谦、虚谷齐名为"清末海派四大家"，他是"后海派"中的代表，杭州西泠印社首任社长；他创造性地将诗、书、画、印熔冶一炉；他影响和启发了齐白石、王一亭、潘天寿、陈半丁、赵云壑、王个簃、沙孟海等一批大师；他是旧时代最后一位画家，新时代第一位画家。

可见，章先生在篆刻艺术是极有自己见解的。

四

1995 年 12 月，章先生为当代著名书法家、福建省闽侯县文化馆副馆长曾江同志应请治印，写下了《为闽侯曾江同志治印歌》：

同志寄来好印石，云是家乡之玙璠。

晶莹温润世无比，寿山之名不虚传。

驱刀我欲快一凿，常恐孟浪伤其完。

谨慎将事经营久，春秋代谢又一年。

别开生面谈何易，印外求印亦良难。

吁嗟乎，

自古印人各有道，我用我法登艺坛。

和平猛利俱称妙，何必斤斤较流源。

铁笔纵横冲且切，物我两忘方寸宽。

封寄闽侯千里去，然后使我静心颜。

玙璠，典出"玉不雕，玙璠不作器"（《法言·寡见》），意为美玉，比喻美德或品德高洁的人。

孟浪，意思是鲁莽，轻率，大而无当，不着边际，出自《庄子·齐物论》："夫子以为孟浪之言，而我以为妙道之行也。"

我数了一下，章先生书里所存印蜕、他一生所刻印章大约500枚。

名家也为章先生治印，反映他与篆刻名家的美好情感与交流。他们是：贵州省周运真先生、重庆市夏昌谦先生、重庆市曾右石先生、四川省苏园先生等，鲜红印蜕见《章继肃书法集》第49页。

五

名家品评章先生篆刻艺术。这里仅说两先生，一位是周正举先生，一位是周啸天先生。

原四川省文化厅厅长周正举先生，海内著名学者，篆刻家，书法家。周先生是一位奇人，50岁后主动辞职，专门从事文艺，写了十余部专著，可谓著述等身。周对章先生的印章特别欣赏，曾云"姚春"那方印章是章老代表之作。章先生于 2001 年 3 月 22 日——他生日那天亲口嘱我要好好保管。

著名诗人、四川大学教授周啸天先生诗书画印俱佳。他在《章继肃书法篆刻·序》第 3 页中说道："章氏篆刻，白文上规汉印，朱文取法赵之谦，于平直朴素之中深寓婀娜之态，而又干净爽利。其常用印悉为精品，布局刀法皆足以颉颃当代名公。又如集中有田姓一字印，此字在方形印面上布局，极欲流于板滞，而这方印中田字借用边栏，置诸左上角，望之如村舍书窗，分红布白之外，别具一段妙理，与齐璜白石二字印一样，乃印作之有滋味者也。"

章先生在篆刻艺术方面的成就，他的传略已经载入《巴蜀印人》《中国当代篆刻家辞典》《印林诗话》等。

2020 年 5 月 9 日 15 时 22 分于依云斋

诗词记人生
——章继肃先生的诗词艺术

第一节　何处不关情
——章继肃先生与重庆

重庆使章先生难忘，章先生使重庆多一份学者的书香。

——题记

在重庆求学、教书

1942 年，章继肃由广安南门的载英中学转学到重庆唐家沱私立载英中学本部。时何鲁校长亦举家迁至学校附近，向他请教的机会更多。国文老师巴县何震华，对章十分器重，常将章的诗词佳句（如刻画重庆山城："夜寒霜满树，天晓雾迷城"）向何鲁称说，得到了何鲁的赞赏。章毕业后留校做教务员，同时留校者尚有营山何文宣同学。

章做教务员 10 周后离去，到重庆南岸海棠溪四公里启智小学教书。王膏若（章的渠县老同学）已先在。由于校长冯布武（渠县人，爱写颜体大字，在重庆小有名气）不悦二人，学期结束，就未继续聘用了。

1944 年上期，章在家中复习功课，下期考入抗日时期内迁诸校中之武昌私立中华大学（现在华中师范大学之前身）；王膏若亦考入湖北农业专科学校，两校均在南岸，因而过从甚密。

传闻吃汤圆出洋相

有一年暑假我回家乡，一位亲戚悄悄对我说："听说你在重庆吃人参汤圆，没带足够的钱，被人脱去了衣服，果有此事么？"我说："谁说的？"亲戚说："大家都在说呢！"过了几天一位邻居又悄悄对我说："听说你在重庆吃人参汤圆，没带足够的钱，被人脱去了衣服，果有此事么？"我说："是谁说的？邻居说："大家都在说呢！"真是"三人成虎"。我的家乡距重庆六百华里，当时交通不便，从来没有人到重庆去过。在他们的心目中，"买卖要数重庆府，买不出的买得出"，重庆是繁华极了，也神秘极了。凡是乡下人到重庆去不知深浅，准是要出洋相的。我出生在乡下，他们看到长大的，也是一个乡下人，没有好大的本事，到重庆去也一定会不知深浅，准是出了洋相。我那些可爱的乡亲，他们的思想感情就是如此朴实。（《章继肃文集·人参汤圆》）

这段文字，反映章先生对山城重庆的繁华、神秘的向往，以及对重庆名小吃的热爱。乡亲们担心他没钱，吃了汤圆出洋相。其实，文学作品未必真有其事。

图书馆选书与重游南岸

1977 年 12 月，章为达师专图书馆建设，到重庆市图书馆清理复本书籍，重游南岸。

达师专新建，图书资料一无所有。时重庆市图书馆藏有大量复本书籍，号召省内设备较差之地区图书馆、大专院校前往清理，无偿赠送。章奉学校之命，率学生孟兆怀、张德怀、季水河、王祥昆四人，赴重庆市图书馆，通过老同学陈自文介绍，奋战三个月，清理图书一万余册，为学校图书资料建设做出了贡献。陈自文同学在重庆市图书馆工作，已 40 年未见面矣。章写《重庆市图书馆清理复本书籍》诗，记录了这件事，表达了对重庆市图书馆和陈同学的支持感谢之情。

> 白手起家议可行，山城日日困书城。
> 来春桃李风华茂，始信园夫灌溉清。

章闲暇重游南岸，又勾起章当年载英中学求学、教书的回忆，于是 1978 年 2 月，写下《重游南岸》这首五律：

> 寻迹过南岸，江船破浪轻。
> 夜寒霜满树，天晓雾迷城。
> 字水摩崖健，涂山凿壁峥。
> 重来三十载，何处不关情。

"寻迹"，写出故地重游，寻访旧迹，是游南岸的目的，开宗明义。"江船"是诗人过南岸之交通工具；"破"字炼得好，写出船行的力量大、速度快；一个"轻"字，表面写航行轻快，实则诗人心情故地重游之爽快。颔联，"夜寒""天晓"句很妙：一妙是状山城"雾都"逼真。二妙，时间上夜游过、拂晓游过，让读者联想，山城不美，需要早晚都来游吗？一般来说，一个地方，小小的江岸，有一次出游就够了，或这个地方美，或有特殊感情需要多次游览，这是读者可以得出的答案。三妙，说明重庆雾都美景，最好是一早一晚的时间看。四妙，这两句，是诗人读书时写的句子，曾得到国文老师何震华、校长何鲁先生的称道，由诗句联想到老师故人的自然回忆，是可以探出"藏"的情谊的。五妙，炼字"满"和"迷"，霜满树，霜大而寒，雾迷城，雾大。颈联，写景是人非，有惆怅，也表明自己的爱好，喜欢看这里的摩崖刻石上的字。最后两句，有感情的厚重感，30年了，不短了，故地重访，无处不关情。既直抒胸臆，又留下无尽艺术的空框。真绝也！

听徐勃说书

1983 年 5 月，章听重庆一曲艺工作者徐勃说书，徐善说新人新事。章写诗记之，表达赞美之情。《听徐勃说书》赋道：

> 喜看中心气象新，神州大地四时春。
> 凭君夏玉敲金口，说与东西南北人。

诗人赞美了重庆说书家的技艺，又巧妙地赞美了祖国中心的新气象。

缙云山留题

1984 年 6 月，章去重庆参加四川省首届书法展览作品评选。评选在重庆市文联内进行。评选结束后，由重庆书协组织评选委员会刘云泉、何应辉、周浩然、章继肃、毛峰等，畅游了北温泉、缙云山。展出后，将全部作品精印成册。他写了《缙云山留题》诗，小序说兼怀向克孝同志。诗曰：

今日渝州路，襟怀得好开。

多年夙愿偿，六月看山来。

露落清凉殿，花飞明镜台。

江山助笔兴，临去意徘徊。

这首五言律诗，前面四句，是写诗人心情好，夙愿以偿游名山，时间是六月份。好像没什么特点，错，实则高！高在哪里？高在"多年夙愿偿"，一高，回答上文襟怀好开的原因；二高，表面说我向往缙云山一游好多年了，今天来了，实质说，缙云山名气大哦，于我有很大的吸引力。后四句写得倍儿棒！棒在何处？一个棒处，是颈联，乃全诗之诗眼句也。缙云山，天下名山，诗人写它，可以说是不计其数，就流传下来都是很多的，要出彩，何其难也！章先生直摹缙云山只有这十个字，缙云山在章的眼里，美在露、在花、在清、在凉、在殿、在花、在水（明镜台）；棒在"落"和"飞"的露水和花儿的动态轻盈，给人的感受在寂静而空灵的意境，在清凉的体感，在内心不惹尘埃的洗心的禅境。佛家禅宗六祖慧能不就有一偈么，"心如明镜台，何处惹尘埃"，"明镜台"巧妙用典，不显山不显水，高级棒！尾巴根儿两句遗韵绕梁，让读者"三月不知肉味儿"（《论语·述而》）。"我"本来不想写诗，是江山太美帮助"我"的诗兴才写的。心理描写，虚写，又点染一番缙云山的美。"我"不写都不行啊。临去意徘徊，细节描写，最后把感情推向高峰，"我"舍不得离开，心里徘徊不舍啊。缙云山不美，能有这个感受吗？章写缙云山有特点，棒！

重庆，这座美丽的山城，给章留下了太多的美好与深情。他的求学、工作时的人情美，他的人参汤圆美食故事，他的图书馆同学和图书滋养过达师专，南岸的再访，听徐勃的说书，当书法评委后的缙云山诗歌……

——重庆使章先生难忘，章先生使重庆多一份学者的书香。

2020 年 4 月 18 日 17 时 52 分于依云斋

第二节　穷学生·省人大代表·名书家
——章继肃先生与成都

川大品学兼优的一个穷学生

抗日战争胜利后，内迁学校纷纷迁回原址，不愿随校出川者可以转学。1946 年下期，章由武昌私立中华大学（现在华中师范大学之前身）转入国立四川大学文学院中国文学系三年级。转学生三名，章的考试成绩列第一位。

在川大两年，由于家庭经济来源减少，章的衣着、生活十分寒酸，同学讥之曰"人不风流只为贫"，的确如此。词学教授向仲坚对章的词作大为欣赏，帮助章的生活费用，得以完成学业。向先生名迪琮，字仲坚，双流人，海内著名词人，书法家，著有《柳溪词》，新中国成立后为上海文史馆馆员，已老死。教授杨明照上《校学》课，章极感兴趣，常至其家请教问难，开启了章后来对校雠、目录、文献检索的爱好。院长向楚讲《唐宋文》、教授林山腴讲《楚辞》，均是四川著名学者、书法家，章对他们十分尊敬，曾请其各书条幅一张，可惜都遗失了。时巴县才子余雪曼（后来是香港大学名教授、中国研究《兰亭序》的权威人物），亦在川大开《楚辞》课，讲课比林山腴为浅，但其书法瘦金体却写得很好，章亦师事之。

省人大代表

时隔 29 年后，当年川大那个品学兼优、生活寒酸、靠老师向仲坚先生帮助才得以学业毕业的学生章继肃，于 1977 年 12 月，当上了四川省人大代表委员，出席了四川省第五届人民代表大会。他再次来到成都。他深情地写诗歌，高兴地在老朋友家做客。

出席四川省第五届人民代表大会
代表人民上省城，无边光景焕新晴。
国家大事勤商略，不用荣名愧此生。

诗中满是喜悦，满是珍惜荣誉、报效国家的担当意识。

向克孝先生（笔名向弓，原四川文艺出版社社长）是他的老朋友，在大竹，在达州，他们既是谈诗论文的至交。他也抽会议空闲到向家做客。从《章继肃书法篆刻·序》中，向先生有以下文字记录这对老友见面的情况。

我在成都已三十年，继肃先生来我家次数很少。他当省人大代表时，来过一次，我那时家在支矶石街三十六号院内。我内人厨艺欠佳，"樽酒家贫只旧醅"，但他还是很称赏。酒过三巡，他兴奋极了，执手对我而言："我是在党的人了。"我举筋为他称庆。

参加四川省第一次书法家代表大会

1982 年 4 月，在成都召开了四川省第一次书法家代表大会，成立中国书法家协会四川分会（现在叫四川省书法家协会），章先生被选为理事。当然有诗为证：

中国书法家协会四川分会成立大会二首

（一）

空前事业建书坛，又写蜀州史一篇。

千里飞车逢盛世，锦江春涨会群贤。

（二）

画被临池意气雄，挥毫我愧字难工。

愿随朱郭追苏李，继往开来畅蜀风。

【注】朱郭苏李：指吾蜀现代和历史上之著名书法家朱德、郭沫若、苏轼、李白。

古蜀之都，见证了当年的穷学生，经过一批川大先生的培养，加上自身后来的努力，几十年后成为社会名流的过往，章先生当上了省人大代表，是著名书法家了。

2020 年 4 月 19 日 12 时 12 分于依云斋

第三节　春花有意随流水，润物无声到竹西
——章继肃先生在大竹写的诗歌

章继肃先生，1948 年 7 月，在四川大学毕业，取得文学学士学位。9 月，由王膏若介绍到省立大竹师范学教书。1949 年上期，王膏若亦来竹师任教。下期，章先生回母校渠县中学教书，12 月解放，又回竹师工作。直至 1977 年 3 月，章先生在竹师工作的时间

长达 30 个年头。

章先生在世时曾对我谈及他在大竹工作时写过许多诗歌，但大多在"文革"中佚散了。现存的 6 首诗歌，就显得非常珍贵。

作为学习者，有必要研习之。

城北公社道中

昨日城南今北行，城南城北两关情。

四山豆麦连天远，一路桑田照眼明。

春末日归光景好，年将不惑壮心惊。

学成最喜二三子，教得儿童笑语赓。

（1962 年 5 月）

章先生在大竹师范学校任副教导主任（一直没有设正职的），此首乃检查教育实习所作。

昨天城南，今天城北，城南城北实习的学生情况都让升起学校的担心之情。路途"四山豆麦连天远""一路桑田照眼明"状，大竹城外之春景很逼真。"四山豆麦""一路桑田"，一片农村田园气息，意境开阔，寓意光明。又一个春天来临，年将不惑。不惑指 40 岁，出自《论语·为政》："四十而不惑。"指年至四十，能明辨是非而不受迷惑，后来用"不惑"指人 40 岁。诗人有一种事业的紧迫感，故曰"壮心惊"。二三子，含义有二：一、诸位，你们；二、君子，有德之人。出典"孤违蹇叔，以辱二三子，孤之罪也"（《左传·僖公三十三年》）。这里指实习的诸位，学生们。最后两句是检查的结果令人满意：学习成果最让人喜悦的是诸位，教得儿童笑语跟着老师一起读，书声琅琅啊！"赓"，赓续，即连续。意思是老师教读，学生跟着读。

这首诗的价值，最后两句，说明语文课在小学要教读，儿童要有笑声，要有琅琅的书声。没笑语，课堂沉闷，老师教法有问题；没有琅琅书声，这语文课，在小学低段，有点失败。很好，再现课堂场景。

双溪燕尾渡槽落成典礼

百里新渠百里堤，一桥飞架渡双溪。

春花有意随流水，润物无声到竹西。

（1964 年 4 月）

大竹县城西门外双溪燕尾渡槽后改名东风渡槽。

这也是一首非常好的诗歌。诗人参加一个水利工程的落成庆典而写的诗。有托物言志诗的味道。托物，写那渡槽"百里新渠百里堤""一桥飞架渡双溪"，新渠、堤、桥、溪。百里，自有夸张；飞架，把静的渡槽写动。表面看后两句写渡槽的功用，润物无声，春花随流水，含时令，春末了，花落了，然而，这两句是诗人言志的，作为教师，如渡槽之水"润物无声"，默默奉献自己，也像那春花，把自己的青春、自己的美、自己的香奉献给了时间的长河。这句使人联想到唐人刘眘虚《阙题》诗句"道入白云尽，春与青溪长。时有落花至，远随流水香"的意境。

2001 年 3 月，四川通州百货股份有限公司文化部经理杜欣先生撰文《润物无声到竹西——贺章继肃先生八十大寿》。里面写道：

"诗言志"，先生早年的《双溪燕尾渡槽落成典礼》诗中有句云："春花有意随流水，润物无声到竹西。"回顾先生几十年来对社会、对他人的所作所为，先生可以说是忠实而彻底地实

现了其平生志愿的！先生一生淡泊名利，他的教书育人近 50
年，对社会和他人贡献得多，索取得少……

我们有同感。

读《潜书》

唐子文章惊魏禧，谈兵论政继商韩。

"洛阳才子伤时泪"，若到如今不用谈。

（1975 年 8 月）

杨宾《唐铸万传》云："唐大陶字铸万，蜀之达州人……己未
（清康熙十八年，1679 年）夏，宁都魏禧以文名当世，辞聘避吴门
枫桥吴传鼎家。枫桥去城十里许，大陶平旦盥沐，怀所著《衡书》，
自持刺徃访之。及门，日已午，门者相其衣冠，受其书与刺而谢
之。大陶馁不能行，虽去，犹徘徊桥上下。禧方袒裼赴竹床纳凉，
见其书，读之至《五形》，蹶然起，呼门者追客，必使返，而大陶
犹在。禧衣冠印入，扶大陶坐堂上，而自拜于堂下，曰：'五百年
无此文矣！'因呼传鼎具食，共读之。读竟付梓，而《衡书》始
著。"又曰："蜀抚姚缔虞奏驱蜀人归蜀，大陶乃变姓名曰甄。"又
曰："所著书有《潜书》若干卷——《潜书》者，《衡书》之所改名
者也。""洛阳才子伤时泪"系唐甄《柳下悲秋》诗中原句。

1975—1976 年，章先生参加了达县地委宣传部主持的唐甄《潜
书》评注工作。以后又做了两次修改，最后形成《潜书注》一书，
并于 1984 年 4 月由四川人民出版社正式出版。1988 年《潜书注》
获达县地区第二次哲学社会科学优秀科研成果一等奖，章先生也得
到了个获奖证书。章先生是研究唐甄、研究《潜书》的权威人物。

唐甄夫子的文章使魏禧震惊，他谈兵论政是继商鞅、韩非之后的又一个大家。他这个洛阳才子为当时的国家流下了伤心的眼泪，如果在现代他就不用把泪弹了。洛阳才子，是成语，本指西汉贾谊，后来又泛指。

牌楼坪

陟彼崔嵬去赏春，出城多见茜裙新。

牌楼坪上风吹暖，一路桃花红向人。

（1976 年 3 月）

牌楼坪在达州凤凰山下，因广植桃李，每年春天，桃李盛开，游人如织。诗人大概是校注《潜书》工作期间的闲暇做了一番游览。登那高大的凤凰山去赏春景，出城看见女子的新面貌。在牌楼坪上吹着暖洋洋的风，一路桃花红脸对人。此诗造语，虽自崔护"人面桃花"句化出，然而景物却来自现实且具新意。茜裙桃花，已"相映红"矣；而"红向人"者，四处洋溢新春气息也，意在歌颂祖国欣欣向荣气象并有以自勉的味道。

达县火车站

群山争赴一江分，自古通州通四邻。

何苦铁龙过汉沔，普天之下可来宾。

汉沔，《隆中对》中"荆州北据汉沔"一句，课本注释"汉沔"为："这里指汉水中下游一带；汉水，古代通称沔水。"笔者所见的各种古文选本对"汉""沔"的注释也不尽相同。这里汉沔可以理解为湖北一带。

西魏时改万州为通州，因交通四达得名。隋改通川，宋改达州，清改达县，1976 年设市，1973 年襄渝铁路建成通车，交通更为方便。

第一句"群山争赴"由老杜"群山万壑赴荆门"化出；尾句"普天之下可来宾"，点出了达县火车站的便利，讴歌了新时期祖国的建设成就。

本来章先生还写了《水调歌头·批判"四人帮"》，因另有文谈及，这里不谈。

2020 年 5 月 13 日 11 时 14 分于依云斋

第四节　满纸江山入卧游
——章继肃先生在 1978 年 6 月

今日学习章继肃先生的《章继肃文集》。发现 1978 年 6 月，章先生写了 18 首诗。平均每两天就有一首诗创出，可谓高产。

翻阅先生手稿《我的自传》，里面记录："1978 年 6 月，参加十三院校《中国文学史》南昌定稿会议，开始了学校与兄弟院校的接触。"

这 18 首诗，按照去南昌的路上、在南昌、离开南昌的顺序来讲述。我们随着诗人的芬芳诗情，做一番诗歌的旅行吧。

前往南昌开会的路上诗 3 首。

达州出发到南昌，要经过湖北、湖南省，全程 1300 多公里。诗人坐的是火车，或沿途倚窗而望，或下站短暂休息，写下了这 3 首诗。

过桐梓

夜郎之国苦多山，偶有松泉挂壁岩。

桐梓忽然开眼界，车行时见小平原。

"夜郎之国苦山多"，古夜郎国，在今天黔北，多山地。成语"夜郎自大"，比喻人见识狭小，妄自尊大。山地古时交通不便，所以见识狭隘。祖国西南多山，古时多蛮荒之地。李白曾流放夜郎，李白诗句："我寄愁心与明月，随风直到夜郎西"（《闻王昌龄左迁龙标遥有此寄》）。诗人偶尔看到松泉挂山壁，言其荒凉。到了下一地点桐梓——号称"川黔锁钥"，时见小平原，心情为之一喜，因为眼界开阔些了。"桐梓"，县名，黔北，因明代设桐梓驿站，处桐梓坡，或云，县衙大院有大桐树、梓树而得名。此地也因地处山区，民风醇厚。该诗一说山地是造成见识狭窄的原因，但民风淳朴；二说，由夜郎之国到桐梓眼界为之一开，见到小平原，心情好起来了。

高原小站

满目青山浸夕阳，高原小站绝清凉。

铁龙飞去三千里，过了息烽过久长。

这是诗人的第二站——地处云贵高原的贵阳，已经是黔中咽喉之地。六月天气热，夕阳西下，青山满目，又非常清凉，心情大爽。"满目青山浸夕阳"，一幅十分壮美的图画，使人联想到叶剑英元帅诗句："老夫喜作黄昏颂，满目青山夕照明。"（《八十抒怀》）一个"浸"字，夕阳如水，青山浸洗，为"清凉"伏笔。好！"铁龙飞去三千里"，写出交通工具，乘的是火车；"飞"，速度快，心情飞扬；"三千里"，夸张，并非实指。"息烽"，是黔中咽喉的一个县名，得名于明代崇祯帝赐"熄灭烽火"之意；"久长"，是贵州省修文县的一个场镇名。原来叫"狗场"镇，大概卖狗，民国时改谐音"久长"，以避不雅。"过了息烽过久长"，读来节奏欢快，犹如老杜"即从巴峡穿巫峡，便下襄阳向洛阳"（《闻官军收河南河北》），心情大好。

溆浦车站

江水安流波不惊，田禾茁壮鹧鸪鸣。

停车溆浦风光好，小站徘徊忆屈平。

溆浦，是湖南省怀化市的一个县，因在沅水中游、溆水之滨而得名。这里火车停站，诗人下车活动筋骨，走几步，又走回来，见江水平缓，田野庄稼长得好，鹧鸪鸟儿叫，增其寂静。鹧鸪是古典诗词常用意象，多以愁绪、愁思有关。宋代辛弃疾有："江晚正愁余，山深闻鹧鸪"（《菩萨蛮·书江西造口壁》）。沅江而思屈原。诗的意思就好懂了：过去屈原、辛稼轩闻鹧鸪而生忧国愁绪，诗人见溆浦一片风光好，而念屈子，并没什么愁思。

诗人一路由达州、贵州、湖南，过山过水，南昌到了。在南昌开会的日子里诗6首。

到南昌，十三院校代表开会。十三院校为南充师范学院、安徽劳动大学、徐州师范学院、杭州大学、浙江师范学院、南京师范学院、江苏师范学院、扬州师范学院、江西师范学院、安徽大学、吉林大学、安徽师范学院、南京大学。此次定稿会议由江西师范学院主持。四川省被邀参加院校有西南民族学院和达县师范学院。诗人代表达县师范学院列席会议，为接触兄弟院校之开始。诗人自然有诗记录。

十三院校《中国文学史》定稿会议

（一）

洪都新府襟三江，宾主东南会一堂。

得失文章千古事，源流兴替共评量。

（二）

座谈科学报春暄，影响消除正气存。

批判继承勤去取，百花潭上百花繁。

会议指出，在《中国文学史》定稿讨论中，要消除"四人帮"的恶劣影响，对孔子问题不能回避，任何问题均不能采取不承认态度，可以标新立异，等等。会议后来移进贤县进行，会议结束时赠送进贤县领导机关锦旗一面，文曰："东风吹浩荡，科学报春来。"百花洲为南昌市内名胜。

会议闲暇，章参观滕王阁巷、八一南昌起义纪念馆，进贤县过端午节，闻郭沫若逝世等均有诗作。

滕王阁巷

滕王阁巷日悠悠，不见江南第一楼。

闻道一碑待出土，兴衰荣辱话洪州。

韩愈《新修滕王阁记》云："江南多临观之美，而滕王阁独为第一。"滕王阁至唐初肇建以来前后兴毁达28次；最近一次是1826年被北洋军阀所烧毁，仅剩下一块刻有"滕王阁"三字之石碑。滕王阁巷小学李老师云，石碑数年前埋于土中，省委指示即将挖出，妥为保存，以备将来重修滕王阁之用。同访者有南充师范学院周子瑜、扬州师范学院封桂荣、李廷先等先生。

参观南昌八一起义纪念馆

党人起义在南昌，打响斗争第一枪。

赣水滔滔流不尽，千秋万代旌旆扬。

进贤县过端午节

端午节日，进贤县领导机关设宴纪念伟大爱国诗人屈原，招待十三院校同志，酒后出游。江西进贤县在鄱阳湖南端。

进贤深佩主人贤，名酒桂鱼开盛宴。

客里端阳新雨后，北门桥上看湖船。

闻郭沫若同志逝世

一代文豪百战身，光辉旗帜系斯人。

进贤县里愁风雨，木坏山颓哭兆民。

"木坏山颓"，汉语成语，意思是梁木折坏，泰山崩倒，比喻德高望重的人死去，亦作"泰山梁木"。出自《礼记·檀弓上》："孔子蚤作，负手曳杖，消摇于门，歌曰：'泰山其颓乎！梁木其坏乎！哲人其萎乎！'"

邓小平同志《在郭沫若同志追悼大会上的悼词》中说："他是继鲁迅之后，在中国共产党的领导之下，在毛泽东思想指引下，我国文化战线上的一面光辉的旗帜。"

离开南昌参观学习诗9首。

十三院校《中国文学史》定稿会议结束后，江西师范学院组织与会同志根据自愿分别参观革命圣地井冈山或去庐山游览。

茨坪井冈山宾馆闻蝉

万山环抱一明珠，圣地参观到茨坪。

似在温馨襁褓里，朝来枕上听蝉声。

一、三句很形象，比喻新颖。尾句悠闲。

黄洋界

天下名山数井冈，我生有幸到黄洋。

黄洋界上薰风暖，黄洋界下百花香。

车从黄洋界上过，茅坪低回咏堪行。

还登黄洋新雨后，青山翠竹浴朝阳。

高台词刻岿然立，胜利碑篆日月光。

上有掩护之哨口，下有工事筑铜墙。

壁立千仞唯鸟道，壁垒森严阵堂堂。

千军万马不得过，何物小丑敢跳梁。

井冈道路天下走，井冈威名天下扬。

浩歌一曲千山响，登高赋诗慨而慷。

此行不负平生愿，归去逢人说尽详。

章先生诗，古风歌行体，一改闲适淡雅的风味，此"金刚怒目"作品"上有掩护之哨口，下有工事筑铜墙。壁立千仞唯鸟道，壁垒森严阵堂堂。千军万马不得过，何物小丑敢跳梁。"同仇敌忾，充满革命必胜之信念，佳作也。

龙江书院

忆昔武装起义秋，会师书院赋同仇。

吾今有幸瞻遗址，坐看龙江自在流。

橘子洲头

橘子洲头橘树青，湘江濯发午风泠。

游人向晚不归去，坐看云帆下洞庭。

濯发，典出宋陈深《沁园春·次白兰谷韵》词："濯发沧浪，放歌江海，肯被红尘半点遮？"

登岳麓山

朝登岳麓腰脚轻，山不言高有威名。

难得潇湘一夜雨，芙蓉国里百花荣。

复旦大学苏步青先生有诗句："退居二线欲何为？腰脚犹轻任所之。""腰脚轻"，可能是老年人身体健康能登山的一个体会吧。"山不言高有威名"，岳麓山最高海拔297米，这句颇耐人寻味。"潇湘夜雨"一如巴山夜雨，很有文化内涵。"芙蓉国"，指湖南省。毛主席有"芙蓉国里尽朝晖"（《七律·答友人》）的诗句。

湖南省博物馆参观汉墓女尸

马王堆墓汉时成，文物参观众目惊。

棺椁六层泥炭护，女尸千载面如生。

同往者有扬州师范学院封桂荣、李廷先两先生。

岳阳楼

飞车黔湘赣五省，来看琼田三万顷。

扬州儒雅两先生，居然兴趣与我等。

携手同游岳阳楼，烟环雾绕使人愁。

洞庭青草浑难见，巴陵胜状不可求。

忧乐随人本无踪，鸣笛一声去匆匆。

雪泥到处留鸿爪，明朝分手各西东。

两先生为封桂荣、李廷先。两先生亦南昌参会者，井冈山同游至汉口分手。人非仙佛，悲欢离合，忧乐无踪，雪泥鸿爪。在人生旅途中，才结善缘，又要匆匆分手，那"鸣笛一声匆匆"，当双关讲，一曰离别之匆匆，二曰岁月之匆匆。该诗体会人生况味，真切。

舟过赤壁

东风吹我上船头，常恐惊涛决岸流。

赤壁山前飞白鸟，江南江北两悠悠。

赤壁在湖北省蒲圻县境内，是为真赤壁。东坡赤壁在湖北黄冈，是为文赤壁。

秭归龙舟

高丘无女赋离愁，车过汨罗水自流。

五月端阳都过了，秭归犹在赛龙舟。

看来秭归赛龙舟时间长，过了端阳还在赛。全国其他地方恐怕只有端阳节了。长见识了。

"一畦杞菊为供具,满壁江山入卧游"(倪瓒诗句)。"卧游",指欣赏山水画、游记、诗歌代替自己旅游。后来泛指看内容生动的游记。章继肃先生在 1978 年 6 月的诗歌,就是旅游诗。学习研读,洵为"卧游"也!

2020 年 4 月 26 日 22 时于依云斋

第五节　烟云满纸卷秋涛

——章继肃先生在 1979 年 10 月

章继肃先生在 1979 年 10 月是值得记录的。他写了 15 首诗词。正值新中国成立 30 周年的喜庆时刻,先生参加了杭州大学庆祝国庆 30 周年学术报告会,饱览西湖胜景,访西泠印社,游上海外滩、豫园,参观全国书法展览,长江夜航看孤山,再过赤壁,游巴东、巫山、白帝城、夔门,真是"白云翠浪送秋船""烟云满纸卷秋涛"啊!

一、春申江上仰天笑

水调歌头·庆祝建国三十周年

节日同欢庆,建国卅周年。军民安定团结,歌舞乐尧天。革命功高百代,冠盖宾迎四海,颂酒倾长川。形胜应须记,重任在双肩。钻科学,抓生产,猛攻关。人人解放思想,群力可移山。拥护中央决定,继续长征万里,四化谱新篇。实践证真理,万事向前看。

"尧天"，即太平盛世，亦称"尧舜天"。毛主席诗词句"六亿神州尽舜尧"。"冠盖"句化"九天阊阖开宫殿，万国衣冠拜冕旒"出自唐朝诗人王维的《和贾舍人早朝大明宫之作》。表达国家的强盛，须"颂酒倾长川"加以庆贺。"重任在肩""万事向前看"写出担当、乐观的心态。

参加杭州大学庆祝国庆 30 周年学术报告会，住宿安排在西湖南侧之大华饭店，得以饱览西湖胜景。

西湖揽胜

揽胜西湖我有缘，天城小住傍湖眠。

绕湖终日不知远，秋月无私照我还。

首句强调与西湖有缘。后二、三句正面写诗人喜爱西湖之情，"傍湖眠""绕湖终日"闲步；尾句"秋月""照我"侧面写西湖景美，有感激之情，化王安石"明月何时照我还"句，诗的底蕴在焉。全诗没一句直接写西湖的美，却句句有西湖的美，"不着一字，尽得风流"（唐司空图《诗品·含蓄》）。

访西泠印社

（一）

西泠印社著鞭先，独领风骚七十年。

我亦操刀握石者，仰贤亭上仰前贤。

（二）

龙泓开派切刀扬，秦汉精神见寸方。

继往开来吴岳老，诗书画印俱腾骧。

西泠印社筹建于光绪二十九年（1903）。这是章先生写有关金石篆刻的两首诗。第一首说西泠印社地位高、历史悠久，"著鞭先""独领风骚"，给了实事求是的至高褒扬。三、四句说诗人也是篆刻人，是来仰慕先贤的。诗人把西泠印社和自己一并谈及，是可见诗人在金石篆刻领域的成就和热爱谦虚的态度的。"仰贤亭上仰前贤"读来音韵流畅具有音乐美感。好诗！

第二首是说如何学篆刻的。"龙泓开派"，赵之谦曾里这样评价自己的一方印："龙泓无此安详，完白无此精悍"。这句经在边款话相当霸悍，"龙泓山人"是浙派开派宗师丁敬的号。丁敬开"切刀"法，向秦汉印学习，大师是吴昌硕，他诗书画印四绝。"吴缶老"即吴昌硕也。读此诗，可知学习金石篆刻刀法、方向、取法谁的问题。

游外滩公园

上海二日，全由孙和平老师昆仲宴请陪同，感谢之至。

沪渎曾闻冠九州，于今始作赏心游。

春申江上仰天笑，慰我生平到白头。

沪渎，即上海。"沪"原是一种捕鱼工具，来是竹子编成的。当地人民将此工具插入江海中，潮来沉没，潮退露出。鱼随潮而来，退潮时便被"沪"拦住。古时称呈喇叭形向外扩张的水道为"渎"。而当时上海所在的淞江口处正是喇叭形的海湾。所以人们便将到处插有"沪"的又被称作"渎"的淞江口一带称为"沪渎"。而这一带正是上海所在地，所以"沪渎"也成了上海的代称。梁简文帝吴郡石像碑上也有相关记载，后自来又将"沪渎"简称为"沪"。全诗是一种游上海的开心之情。大上海，冠九州，今天来游

"赏心"。三句"春申江上仰天笑"是为人击赏的句子，上海春秋战国时是春申君黄歇的封地。据达州人考证，达县黄廷乡就是春申君故里。李白云"仰天大笑出门去，我辈岂是蓬蒿人"（《南陵别儿童入京》），诗人的心情与太白的心情一致。章先生诗，具有发端，可见其读书量。

游豫园

叠嶂层峦可乱真，豫园池榭最留人。

小刀起义诸文物，都在殿春堂上陈。

豫园中之点春堂，为1853年小刀会起义时指挥所。

参观全国群众书法展览

参观群众书法展，满目琳琅巧运斤。

百岁名家苏局老，兰亭一摹冠全军。

全国群众书法展览时在上海展出，获第一名者为百岁老人苏局仙先生。苏局仙（1882—1991）上海市南汇区周浦镇人，字裕国、室名东湖山庄（周浦世寓，有《东湖山庄百九诗稿》）、水石居（有《水石居诗钞》）、寥莪居（有《寥莪居诗存》）。清代末科（1906）秀才。长期从事教育工作。工诗及书法。早年写柳、颜楷书，后专攻王羲之《兰亭序》。

"巧运斤"即是运斤成风。楚国郢人在鼻尖抹了一层白粉，让一个名叫石的巧匠用斤（古代伐木的工具）把粉削去，石便挥动斤呼呼生风，削掉了白粉，郢人的鼻子却毫无损伤（见《庄子·徐无鬼》），后来用"运斤成风"比喻手法熟练，技艺高超。

二、白云翠浪送秋船

章先生在上海参加完活动，乘坐轮船返回，"长江万里溯江行"，依然满江诗情是归程。

长江夜航

长江万里溯江行，船到南通玉镜升。

鸥鸟渐随人去远，微风送我上金陵。

由上海上船，经南通，到南京。一路逆流而上，月光、鸥鸟、微风做伴。写得轻盈而空灵。"玉镜"比喻月亮；"金陵"，南京。

南京叫"金陵"有三说。因山立号说，这种说法认为，"金陵"原本是钟山最早的名称，后来成为南京的地名。陵，作为名词有二义：一是指《说文解字》上讲的"大阜"，就是较高的山；二是借用为帝王的坟墓，古人把山陵比作最高统治者，帝王的去世称为"山陵崩"，帝王坟高起像一座山，建坟往往是在帝王活着的时候，为避不吉，讳称为陵或山陵。

在"因山立号"说中，"金陵"原是山名，"陵"作"山陵"解。金陵，就是现在的钟山，又称蒋山、紫金山。《舆地志》说："蒋山古曰金陵山，县之名因此山立。"当时很多地方都以山名做地名，陵就是山，金陵就是金色的山。在"金陵"之后加一个"山"字，已是后来的习惯了，古时应该就是叫金陵。钟山顶上的岩石泛紫色，类赤，所以称金陵，其名因山石颜色而来，而其实山上并无金矿。"金陵"之"金"，作金色解，其实是指铜的颜色，而非黄金。铜也称赤金，我们现在把纯铜称为紫铜。这与后人称其为紫金山是一样道理。当然，如果要按现在的认识，就应该是"铜色之山"了。

"金陵"二字最早用于城名是在战国时期。古代地方志记载，公元前333年，楚威王打败越国，杀越王无疆，尽取越国夺取的吴国的地域，而在石头山（今清凉山）筑城，称为金陵邑，或石首城。那时的钟山叫作金陵山，她的余脉小山都还没有自己的名字，石头山当时是金陵山余脉的一部分，所以这座建在石头山上的城邑就被命名为"金陵邑"。唐代《建康实录》对此有明确记载："因山立号，置金陵邑。"

　　南京的众山属宁镇丘陵，这一带山岭都不算高，400米以上的就更少，钟山以海拔448米高度雄居第一，相对而言，可谓巍巍钟山了。高山对人类生活有很大影响。原始崇拜中的一种重要形式就是高山崇拜。原始人认为，高山是神灵的居所，也是人类与天神沟通的途径，她具有神秘和灵验的特性。

　　所以人类一直对高山满怀敬畏之情。各地区居民在自己生活的区域选择一座高山作为崇拜对象，以满足心灵的寄托。古人把一个地区有联系的众山之首称为"祖山"，作为地区的标志，钟山就具有这样的地位，她是南京地区居民心目中的圣山。钟山，古称"金陵"，在这一地区是神圣的。楚国地名往往用"陵"，就是高山崇拜的必然结果。楚威王选用祖山为邑立名，符合古人命名城邑的习惯。

　　由于当年的长江还在清凉山的西麓下流过，金陵邑临江控淮，形势十分险要，所以楚威王选在这里置金陵邑，欲借长江天堑为屏障以图谋天下。金陵邑是南京历史上年代仅次于越城的第二座古城。从城区结构上看，她貌似小城堡；但从性质讲，已和越城迥然不同，她是一座具有行政区治所性质的古城，标志着南京设置行政区划的开始，也是南京称为金陵的发端。"金陵邑"险要的地理位置，随着此地影响力的越来越大，"金陵"之名也越叫越响。

关于金陵的来源，还有一种说法是"金坛得名说"。唐《建康实录》说："楚之金陵，今石头城是也，或云地接华阳金坛之陵，故号金陵。"但据刘宗意介绍，该书作者许嵩还没弄清金陵具体是指哪座山，可能是把她当作石头山（今清凉山）的旧名了，所以对"因山立号"说能否完全成立产生了疑问。他亦感觉石头山还不足以享用"金陵"之美名，于是将"金坛得名"的猜测也一并记录下来，以示其心中疑问。古人严谨的治学态度，由此可见一斑。

"金陵"之名来源还有另外一说，即"帝王埋金说"。这种说法中，"陵"被解释为坟墓。相传金陵的名称是因秦始皇在金陵岗埋金以镇王气而得，即"埋金的陵墓"，故名金陵。而金陵岗据说在今幕府山西。《景定建康志》记载："父老言秦（始皇）厌东南王气，铸金人埋于此。"并说在秦始皇埋金的金陵岗曾立一碑，上刻："不在山前，不在山后，不在山南，不在山北，有人获得，富了一国。"但又有人传说秦始皇并没有真的埋金，而只是诡称在山中埋金。这样，让寻金的人在山的前后南北，"遍山而凿之，金未有获，而山之气泄矣"。此外，还有楚威王埋金说，据说当时楚威王觉得南京"有王气"，甚恐，于是吩咐手下在今狮子山以北的江边（古称龙湾）埋金。《景定建康志》如此记载："周显王三十六年（前333年），楚子熊商败越，尽取故吴地。以此地有王气，因埋金以镇之，号曰金陵。"刘宗意认为，"埋金说"有明显的传说和迷信色彩。埋金的目的是镇王气，所谓"金陵王气"是指金陵的风水特征。刘宗意考证发现，"金陵王气"的提法最早也只能产生于三国时期。所以，无论楚威王还是秦始皇都不可能有"惧王气"而生出的"埋金"之举。更关键的是，"陵"字作为"坟墓"义用时，只能指埋葬帝王的地方，埋金的地方是不能称陵的。由此可看出，"埋金说"是不成立的。但"埋金说"为何能得以广泛流传呢？刘宗意认为，史实和传说混淆是古代史书的一个重要特点，由于传说比史实显得更精彩，且穿插附会了许多神秘色彩，因而更容易为人所接受。

小孤山

小姑化石立江边，许嫁彭郎众口传。

旅客情多争拍照，白云翠浪送秋船。

欧阳修《归田录》云："江南有大小孤山，在江水中，嶷然独立。世俗转孤为姑。江侧有一石矶，谓之彭浪矶，遂转为彭郎矶，云彭郎者小姑婿也。"尾句"白云翠浪"色美，写景逼真，"送秋船"化李白"仍怜故乡水，万里送行舟"（《渡荆门送别》）。小孤山，位于安徽省宿松县城东南 60 公里处的长江中的独立山峰。方圆 500 米，海拔 78 米。形态特异，孤峰耸立。以奇、险、独、孤而著称。"东看太师椅、南望一支笔、西观似悬钟、北眺啸天龙"为其最形象的描写。山上有启秀寺、梳妆亭等古迹。因其地势也非常险要，为历代兵家必争之地。南宋后，曾在此设立烽火台和炮台，元代红巾军与余阙，明代朱元璋与陈友谅，清朝彭玉麟的湘军与太平军均在此对垒交锋，以争成败，故又有"安庆门户""楚塞吴关"之说。也流传有小姑娘娘、小姑嫁彭郎等民间传说。

夜航遇雨

舟人指点说云梦，暮霭苍茫泽气生。

一夜航行灯照水，满江风雨是归程。

云梦，湖北孝感市下的一个县名云梦县。云梦泽，古指江汉平原湖泊群的总称。本诗指云梦泽了。唐孟浩然"气蒸云梦泽，波撼岳阳城"（《望洞庭湖赠张丞相》），是否触动了诗人灵感？

秋江水落快重游，苇岸风樯白鹭洲。

铜雀赋成阿瞒笑，年年春近使人愁。

"铜雀赋"即《铜雀台赋》，是三国时期曹植在邺城铜雀台落成时所作，为汉赋中的经典作品，文辞华美。当时铜雀台建成后曹操召集文武在台前举行比武大会，又命自己的几个儿子登台作赋。其中曹植下笔成章，作出这部作品。阿瞒，是曹操的小字，就是小可爱的意思。《三国演义》称"曹阿瞒""老阿瞒"是蔑称。瞒，是欺瞒、奸诈之意；我疑，曹操小字阿满，是小满节气生的，或他父母生了曹操的一种知足心态，苏轼"有子万事足"（《借前韵贺子由生第四孙斗志》）。

诗人第二次来赤壁，想起曹操想统一中国，结果吃了败仗。故"年年春愁"，颇有人生想法好，结局悲剧多的意味。一笑，一愁，曹操乎？诗人乎？耐人寻味。确为不可多得之诗。

巴东

巫峡之山峻极天，巴东城在白云边。

江轮小泊山城下，不觉长思寇令贤。

巴东县地处巫峡中，山高云多，江轮小泊，诗人想起宋初名政治家寇准，曾任巴东县令。

巫山船上看写生

巫山城外看巫峡，十二雄峰插碧霄。

船上有人画峡景，云烟满纸卷秋涛。

诗人不光看船外之景，也看船上的人。"十二群峰插碧霄"一句写出巫峡十二峰的高峻；"云烟满纸卷秋涛"写得气韵生动，有豪放之气。

白帝城下

托孤事业传千载，白帝城高仰望新。

一日边看三峡景，合船都是醉游人。

刘备白帝城托孤的故事传了千年，而今白帝城高高仰望有新气象。一天看遍三峡风光，一船人都是陶醉其中的。既有怀古的凭吊，又有为而今的新气象陶醉的人们。两相对照，歌颂新的时代暗含其中矣。

夜入夔门

瞿塘峡口两岸开，不尽长江滚滚来。

船入夔门灯映壁，江南十月觅诗回。

虽是夜晚，灯映壁，仍然可见两岸峡口大开，江流滚滚，兴奋的诗人觅诗归来了，没有丝毫旅途的苦累。

读章先生 1979 年 10 月的诗作，我们见证了他在上海"春申江上仰天笑"，有随他看长江三峡的"白云翠浪""十二群峰插碧霄"，真是觅诗而归，满纸云烟，涛声依旧啊！

2020 年 5 月 5 日 17 时于依云斋

第六节　贵州之行

1983 年 4 月，云贵川三省书法联展，章继肃先生与成都谢季筠、重庆曾右石、张健代表中国书法家协会四川分会前往贵州省，参加贵阳展区开幕式。这次活动，章先生有 8 首诗记录。

川黔道上

大江南北一桥通，到眼芳菲春意浓。

为访名山求枕秘，轻车连夜赴黔中。

·

名山，这里指名山事业，典出《史记·太史公自序》："藏之名山，副在京师，俟后世圣人君子。"后来称著书立说为"名山事业"。这里具体指书法事业，访贵州省的书协组织和书家。

枕秘，指枕函中的秘宝书，又名枕中之秘、枕中鸿宝。典出清郎廷槐等《师友诗传录》："盖唐人犹有六朝余习，故以《文选》为论衡枕秘。"清夏燮《中西纪事·猾夏之渐》："又自英人内犯，携其所刊耶稣书，传布中土，则奸民奉为枕秘。"陈三立《散原精舍》诗："空文自有枕中秘，起死宁堪带下医。"当然这里指学习别人书法的绝招儿。

一座大桥连通大江南北，意思是诗人由川入黔要过大桥，眼之所见鲜花盛开，春天的意韵十分浓郁。当然这里"芳菲春意浓"有象征当时书法事业繁荣，进入春天的好时节。为了拜访贵州的书法高手求得交流、学得绝招儿，诗人和他的同行者轻车连夜赶赴黔中。本诗用象征的意象大桥、芳菲春意浓，用典访名山、求枕秘使该诗典雅、形象，表达不辞连夜的车行的辛苦，有轻松愉快的心情。

与谢季君同志游甲秀楼

一片飞花满筑城，春波涵碧涨南明。

鳌头独占凌霄汉，甲秀一楼天下名。

乌江支流南明河流贯贵阳市，至南门涵碧潭之下，鳌头矶在焉，甲秀楼建于其上。甲秀楼位于贵阳南明河万鳌矶石（这块石头酷似传说中的巨鳌）上，分为三大部分：第一部分，浮玉桥，桥头立有"城南遗迹"石木牌坊，牌坊中央有"城南遗迹"四个大字，桥上建有"涵碧亭"；第二部分，主体建筑甲秀楼，飞薨翘角、石柱托檐、雕栏环护；第三部分，翠微园，一组由拱南阁、翠微阁、龙门书院组成的明清古代建筑群。甲秀楼是三层三檐四角攒尖顶阁楼，这种构造在中国古建筑史上是独一无二的，由桥面至楼顶高约22.9米，为木结构阁楼，画薨翘檐，红棂雕窗，白石巨柱托檐，雕花石栏相护，翘然挺立，烟窗水屿，如在画中。登楼远眺，四周景致历历在目。楼前桥先称江公堤，后改浮玉桥。浮玉桥如白龙卧波，全长90余米，穿过楼下，贯通两岸。甲秀楼初建成时浮玉桥有九孔，桥西侧的沙洲叫芳杜洲，洲上花木缤纷。月朗星稀时，桥与沙洲相映成趣，名"九眼照沙洲"，后修滨河路九孔石拱桥被填了两孔，筑坝拦水，芳杜洲也没于水底。桥上有小亭一座叫"涵碧亭"，亭柱镌清咸丰年间贵阳知府汪炳嗷的联语："水从碧玉环中出，人在青莲瓣里行"，桥南有翠微阁，遥相呼应。甲秀楼朱梁碧瓦，四周水光山色，名实相符，堪称甲秀。

"一片飞花"是贵阳城满春天的信息；"筑城"，这里就指贵阳城。春天的波浪荡漾着涵碧潭，使南明河水涨起来了。鳌头独占直冲霄汉，甲秀楼真是美得不可名状！诗人写一片飞花满筑城，自然是夸张，是一种内心的感受，写涵碧潭的春波、南明河涨水，即可以是实际的摹景，更可以是象征诗人的愿景，书法的交流和艺术的春潮。"鳌头"含义有三：一、作"鳌头镇"简说；二、唐宋时翰林学士、承旨等官朝见皇帝时立于镌有巨鳌的殿陛石正中，因称入翰林院为上鳌头；三、借指状元。这里是指鳌头矶很高，有直冲霄汉的感觉，当然也很巧妙地夸了同游者谢季君先生。夸人得体含蓄，的确高！

车过黔灵山

底事看山兴不穷，高峦白石点青松。

寻诗最是黔灵好，一路车行画障中。

中国书法家协会贵州分会副主席王萼华、理事王得一同志陪同四川省书法家代表团前往黄果树、犀牛洞、安顺市、龙宫等处参观，为诗以记之。黔灵山，位于贵州省贵阳市云岩区，被称为"黔南第一山"，它以其山幽林密、湖水清澈而闻名全国，自古以来就是贵阳市著名的旅游胜地。

"底事"意为：一、何事。典出唐刘肃《大唐新语·酷忍》："天子富有四海，立皇后有何不可，关汝诸人底事，而生异议！"宋张元幹《贺新郎·送胡邦衡侍制赴新州》词："底事昆仑倾砥柱，九地黄流乱注？"清赵翼《陔余丛考·底》："江南俗语，问何物曰底物，何事曰底事。唐以来已入诗词中。"陈毅《为苏南摩擦答某君书》诗："投降缘底事？敌伪已图穷。"二、此事。宋林希逸《题达摩渡芦图》诗："若将底事比渠侬，老胡暗中定羞杀。"清李渔《蜃中楼·怒遣》："归向慈亲告，底事羞还怕。"这里应该是作"何事"理解。

车过黔灵山，诗人只能依车窗而望山。诗人"底事看山兴不穷"，这一句很好。自问到底何事对看山那么兴趣不穷？读者自然联想到陶渊明"性本爱丘山"（《归园田居》）这一句诗了。"高峦白石点青松"，高高的山峦、白色的石头，点缀着青松，这就是远看黔灵山的一幅水墨画。那个"峦"，写山之形；"白石青松"，写山之色；"点"，炼得好，写静动态、写松的稀疏而数量少。绝也！难怪后面说这里觅诗最好，风景如画。

黄果树瀑布

王得一同志云："吾于贵州名胜古迹均有题咏，独黄果树瀑布无从着笔，盖李白《望庐山瀑布》诗说尽了也。"予试咏之，不敢求佳。

高原瀑布传遐迩，来看银河下崭嵌。

黄果树前思百世，惊虹何处倚苍岩。

黄果树瀑布号称"中华第一瀑布"，位于云贵高原之上，闻名遐迩，我们来看银河落下险峻不平的地方。"崭嵌"，险峻不平。人们在黄果树瀑布前都会思考一个百代未解的问题，那受惊吓的虹龙在哪里挂倚苍山、岩石呢？

游犀牛洞

日照犀牛景色幽，西南第一洞中游。

果然别有新天地，怪石般般豁醉眸。

贵州省多溶洞，犀牛洞传为西南第一洞。诗中突出描写太阳照着犀牛洞景色最为幽美，洞内"怪石般般"，令人好像到了别致新天地，令人大开眼界。

安顺市虹山宾馆

日日奔驰未倦游，虹山湖畔枕高楼。

水光山色来窗上，始觉吾身到贵州。

虹山宾馆在安顺市虹山湖畔。三、四句很好，使人联想宋代曾公亮《夜宿甘露寺》诗——"要看云山拍天浪，开窗放入大江来"，写得很让人玩味。

龙宫

安顺市郊兴建水电站，发现一系列溶洞，均为地下伏流，它开辟之一段约一千米，装有电灯照明，名曰龙宫。电站备有小舟，乘之可以入游。

不信龙宫真有龙，刀枪剑戟在其中。

慈航稳泛一千米，到此方惊造化工。

"慈航"，佛教用语。佛教认为佛、菩萨以大慈悲救度众生离开尘世苦海，有如舟航。

不相信龙宫里真有龙，像刀枪剑戟的石头藏在其中。菩萨保佑稳稳航行 1000 米，到这里方吃惊于大自然的鬼斧神工啊！

花溪

闻道花溪花满溪，我来四月已花稀。

南明河畔春将晚，买得花溪一醉归。

听说花溪花开满小溪而闻名，我来四月已经稀少了。南明河畔春天将晚了，只好买得花溪一顿醉酒而归了。按说，绝句律诗重字一般不主张用，本诗用"花"4次、"溪"3次。但这首诗，就好在一、二句读来音韵流转，有特有的音乐美。

2020年5月11日17时48分于依云斋

第七节　鲁豫陕之行

1990年9月，达县市有新建碑林之议，旋即组织碑林考察小组，章先生是小组成员，遂有鲁豫陕之行。

碑林考察小组成员为：组长李贤刚，组员杨廷开、张青山、章继肃、胡良苏、杨勤学、冉启全。罗列小组成员，以证事件历史真实。

此行先生记录诗歌29首。鲁豫陕地处黄河流域，是华夏文明的核心地带之一。因此，读章先生这29首诗词，无疑是一顿文化的饕餮盛宴，真是让有幸的读者大快朵颐。

初篇

高温长夏过今年，暑气初消又著鞭。

考察碑林赴陕鲁，轻车谈笑出通川。

诗一开头，就说今年夏天感觉太长，又是高温，暑气刚消，我们就开始做起来了。"著鞭"，是典故，用鞭打，开始干，着手干什么，有勉励人积极进取之意，典出《三国志·吴志·吴主传》："权乘骏马越津桥得去。"裴松之注引晋虞溥《江表传》："权乘骏马上津桥……谷利在马后，使权持鞍缓控，利于后著鞭，以助马势，遂得超度。"第三句回答前两句干什么。结尾写心情好"轻车谈笑"

中出了达州城、出了四川。言其乘车谈笑，注意力转移，不觉速度快。"通川"，这里指通州（达州又一古称）和四川。那时还无达州市通川区这个名词。

访黄河碑林

文化特区开拓新，碑林建设振芳尘。

十年计划三千件，鼓舞今人育后人。

诗歌主要说明黄河碑林的建设背景、规划和意义。

"芳尘"：一、指落花。二、指美好的风气、声誉。三、指名贤的踪迹。四、芳香之尘，多指女子之步履而起者。这里指美好的风气、声誉。典出《宋书·谢灵运传论》："屈平、宋玉导清源于前，贾谊、相如振芳尘于后。"

郑州市黄河游览区咨询委员会主任王仁民所著《黄河》云："1986 年 6 月，彭真委员长视察黄河游览区，听到此处要建设成一处'黄河文化特区'时，说'黄河游览区本身就是文化特区'，又说'要把这里建成一处高级文化特区'。"郑州黄河游览区黄河碑林筹备委员会《黄河碑林征稿专函》云："黄河乃中华民族之摇篮，5000 年古国文化之发源地。本黄河游览区自 1981 年创建至今，中外游人，络绎不绝，或羡大河之壮丽，或发怀古之幽情，而叹碑刻之阙如。有鉴于此，本黄河游览区经市政府批准，得海内外书法名家之赞助，决定兴建'黄河碑林'，以丰富游览之内容，并使当代书法家之佳作因刻石而传之久远，借兹发扬我中华民族灿烂文化，建设社会主义精神文明，鼓舞时人，教育来者……"

黄河

不到长城非好汉，不到黄河心不甘。

长城黄河都已到，虽非好汉也心安。

白云"黄河之水天上来，奔流到海不复回"。

我今独立黄河之南岸，心潮澎湃思万千。

黄河导源出积石，九回曲折于中国。

古代文化发祥地，哺育子孙千万亿。

千百年来非一日，黄河泛滥代有之。

黄河百害富一套，评骘未免失其要。

自从盘古开天地，黄河有害亦有利。

害利本是造化功，用人惟人有不同。

君不见——

解放以后黄河水，造福人民谁不美。

这首古风借黄河谈哲理：黄河有害有利，利害本是造化功，看事物两面性，跟"用人惟人"是不同的。人对自然，要化害为利。同时，赞美新中国成立后的黄河水是造福于人民，大家都赞美它。

游少林寺

面壁山中岁月长，十三和尚救唐王。

谁知一部功夫片，却令少林名更香。

使人思考的是电影、电视艺术受众面广，能促进旅游业的发展。现当代，作家写小说拍影视剧、诗人写歌词、书法作品刻碑，有时就是一种更"吃香"的出名方式。

《景德传灯录·菩提达摩》云："寓止于嵩山少林寺，面壁而坐，终日默然，人莫之测。"达摩面壁十年，一说九年。少林寺内有"十三和尚救唐王壁画"，《少林寺》电影即据此故事拍摄，放映后少林寺再度驰名中外，来游者络绎不绝。

中岳庙二首

峻极门前合影

嵩山嵯峨国之中，中岳庙堂气象雄。

杰阁飞甍留影处，一门峻极立秋风。

"嵯峨"，形容山体高大。"杰阁"，高阁。"飞甍"，飞檐，有时也借代高楼。嵩山在中原腹地高大，中岳庙堂气象雄伟，高楼飞檐，峻极门前，爽爽秋风中，大家站着合影。

四大铁人

铁人铸造镇妖孽，振臂握拳挺巨胸。

身在火池无改悔，此心愿与世人同。

诗从铁人铸造的目的，到铁人形态，最后是铁人精神和心愿的思路来写的。不过了解四大铁人故事，更利于理解"此心愿与四人同"指的是"不忘报国"。

嵩山中岳庙的崇圣门后东侧称古神库亭。神库亭四周站立着四个神态威武、高达2.5米以上的巨大铁人。据说它们是宋代抗击金兵的四位道人。北宋末年，金兵大举南侵，相传当时中岳庙有四位身强力壮的道人，面对外敌入侵，再也无心静修，心想奔赴战场杀敌报国才是真正的济世度人。于是，他们辞别监院和道友，投奔岳家军，屡立战功，最后战死疆场。军中所部统领，致书中岳庙：

"中岳四道人，为国捐躯，浩气照山河，仿佛四铁人。"于是，庙内特立铁人，以做纪念，并激励全庙道人，修道不忘报国。

三过黄河

前两次过河，均为夜渡，未及见之。

民族象征自古豪，奔腾万里势滔滔。

庐山面目终须见，三过黄河大铁桥。

孔庙杏坛

庙貌灿然草木荣，杏坛闲坐午阴清。

大成至圣孔宣父，不畏前贤畏后生。

来到孔夫子祭奠处、讲学处不知有多少人写诗。章先生自然要写。但不落窠臼。一般人盛赞孔子功绩；章先生写孔庙只一句"庙貌灿然草木荣"，就坐在杏坛乘凉，三四句思考问题，孔子是"大成至圣先师"，加以肯定，更应肯定的是孔子"后生可畏"的思想。社会才会进步！《论语·子罕》："后生可畏，焉知来者之不如今也。"

"杏坛"，借代教育界。

孔庙碑林

（一）

庙宇巍然轮奂新，参天古柏又逢春。

名碑遗碣充庭院，燕瘦环肥光照人。

（二）

汉魏以来篆隶真，艺坛瑰宝国家珍。

我生有幸宫墙里，亲见乙瑛和史晨。

孔庙巍然，美轮美奂，古柏参天，又逢春天般的生机和新气象。一、二句当互文来讲才对。庭院里名碑遗碣到处都是，而且各有各的特点，如赵飞燕、杨玉环光彩照人。"环肥燕瘦"，杨玉环肥美，赵飞燕瘦美，形容各各其美。为平仄，说"燕瘦环肥"，意思不变，拟人手法，说这里的名碑上的书法各有各的美。

二首，讲了点书法史，汉魏以来篆、隶、真（楷书又叫真书、正书）三种字体并存。诗人很荣幸亲自看见了"乙瑛碑和史晨碑"（说明诗人特别关注这两块名碑）。"宫墙"，诗里是双关，一是指具体的孔庙宫墙里；二是指诗人书法艺术的内行。亲见乙瑛碑与史晨碑也有喜悦之情。

孔庙内碑刻，自两汉迄今共 2000 余块，是我国罕见大型碑林之一。其中著名汉碑史晨碑、乙瑛碑、孔庙碑、礼器碑、孔谦碑、孔君墓碑、孔彪碑、孔褒碑、谒孔庙残碑等 17 块。著名魏晋南北朝碑刻有黄初碑、贾使君碑、张猛龙碑、李仲璇碑、夫子碑等。

鲁壁

恭王坏宅广其宫，丝竹声传鲁壁中。

秦火难烧吾道在，一碑千载鼓仁风。

西汉景帝三年（前 154），皇帝刘启将他的儿子刘馀从淮南迁到曲阜，封为鲁王，史称恭王。鲁恭王好治宫室，传说在扩建王宫拆除孔子故宅时，忽然听到天上似有金石丝竹之声，有六律五音之美，结果从墙里面发现了《尚书》《礼》《论语》《孝经》等书，一共几十篇。在山东曲阜孔庙诗礼堂后，故井以东。秦始皇焚书时，孔子九代孙孔鲋将《论语》《尚书》《礼记》《春秋》《孝经》等儒家经书，藏于孔子故宅墙壁中。明代为纪念孔鲋保藏儒家经书的功绩而刻制鲁壁碑。"一碑千载鼓仁风",鲁壁碑千年来鼓励大家学习孔学仁爱的风尚。该诗介绍鲁壁来历和鲁壁碑的作用。

孔林子贡庐墓处

策马秋原访圣林,森森古柏垂清阴。

独居筑室存恩义,犹有丰碑留至今。

孔子殁后,弟子守墓三年,独子贡守墓六年,为纪念子贡庐墓,明嘉靖年间于孔子墓西侧建庐墓堂三间,今堂前尚有碑刻,题"子贡庐墓处"。像古人快鞭策马,于秋天的原野,访至圣林(即孔林)。孔子死后,后人为纪念他栽树于坟墓,形成一片森林,人们叫孔林。森森古柏垂下清荫,独有子贡生活筑室,存下对老师的感恩与情义,现在还有碑记载呢。"策马"有急切想见的心理。该诗"垂清阴"当双关讲:一是说古柏森森垂下阴凉;二是说孔林文化垂传荫蔽后人。

游泰山,寄继义、继学、继和诸弟

登山前日,在泰安岱庙购买手杖一根,以助脚力。《诗经·鲁颂·闷宫》云:"泰山岩岩,鲁邦所詹。"李白《泰山吟》云:"精神四飞扬,如出天地间。"予时年六十九矣。

数十年来望齐鲁,如今始造泰山巅。

仰登六千六百磴,已上三十三重天。

下视来时青云路,秦松汉柏龙烟雾。

摩崖刻石遍道周,经石峪字大如斗。

幽壑云石不可攀,陡侧南通十八盘。

盘回彳亍踏云行,迥然飞舞南天门。

天风吹来杖履清，过此须臾到天庭。

濯足万里黄河水，振衣千仞玉皇顶。

若云足时今足矣，此行不虚快平生。

风云变幻不可推，忽然风叫云雾飞。

玉宇琼楼浑难见，沙飞石走如开战。

气温下降复下降，陡觉高处不胜寒。

丈人诸峰未暇游，望望不已忙下山。

索道拥挤乘坐难，步行两腿为之酸。

吁嗟乎！

泰山岩岩詹鲁邦，登之精神四飞扬。

此游此生恐难再，归来无日不神往。

　　写登名山，难度系数可想而知。然章先生却写得有特色。一般写，由下向上，移步换景；而先生却自出机杼，先说站在泰山顶上。"数十年来望鲁邦，如今始造泰山巅。仰登六千六百磴，已上三十三重天。"几十年仰望泰山，感情厚重，今天第一回上其顶，登了6600步磴子，上了33重天。对于一个69岁的老人，的确难得。其次，是"下视"，写"青云路""秦松汉柏""摩崖刻石""经石峪斗字""云壑云石""十八盘""南天门""天庭""玉皇顶"。再说自己体会，知足、此行不虚、快慰平生。再次，写忽然风飞石走，匆匆下山。最后，写登泰山精神飞扬，此生难再来，故而告知诸弟，归来无日不神往。跟我们写登山，的确是个好例子，可资借鉴学习。

中天门观张爱萍将军题刻

将军题刻处，乃在泰山陂。

笔势龙蛇走，勒成摩诘诗。

此中多意趣，登顶便能知。

"但去莫复问，白云无尽时。"

张爱萍将军1983年书刻之"但去莫复问，白云无尽时"两句诗，见王维《送别》。

趵突泉访李清照纪念堂

趵突泉边漱玉泉，绿杨深处一堂宽。

可怜人比黄花瘦，旷代词宗李易安。

纪念堂正门"李清照纪念堂"匾为郭沫若所书，并题抱柱楹联云："大明湖畔，趵突泉边，故居在垂柳深处；漱玉集中，金石录里，文采有后主遗风。"纪念堂有李清照塑像。王士祯《花草蒙拾》云："婉约以易安为宗，豪放唯幼安称首。"

临江仙·大明湖访辛弃疾纪念祠

弱宋南浮国步蹇，说和说战都难。十论九议欲回天。旌旗思壮岁，风雨惜流年。豪杰之词绝六合，异军突起无前。大明湖畔礼先贤。祠堂登肃穆，仰止向高山。

纪念祠正门"辛弃疾纪念祠"匾为陈毅所书，郭沫若题抱柱联云："铁板铜琶，继东坡高唱大江东去；美芹悲黍，冀南宋莫随鸿雁南飞。"辛弃疾曾上《美芹十论》《九议》，力图大计，以恢复为己任，推动抗金局面。纪念祠中有辛弃疾塑像。刘熙载《艺概·词曲概》云："稼轩豪杰之词。"《四库全书总目提要·稼轩词》云："异军突起，能于剪翠刻红之外，屹然别立一宗，迄今不变。"

游历下亭

曾闻海右此亭古，李杜当年曾宴游。

一片大明澄宇宙，轻桡小泊柳荷秋。

历下亭在大明湖中小岛屿上，位于历山（千佛山）之下而得名。诗人杜甫与书法家北海太守李邕曾游于此。作有《陪李北海宴历下亭》诗。亭后有名士轩，郭沫若撰书云："杨柳春风万方极乐，芙蕖秋月一片大明。"诗人先说历下亭是海右古亭，名气大，李杜曾此宴游；三句写景"一片大明"和感受"澄宇宙"，大明湖干净；四句写秋天诗人摇着小船停泊于杨柳荷花深处。全诗诗人的游览由历史人文到现实，抒发喜悦自豪之情。李杜游过，我也游过。"一片大明"当作双关看：一说大明湖，二说当今社会风气。好诗也。

开封

徐州陇海接开封，七代古都游兴浓。

铁塔高标云汉外，龙亭辉耀世尘中。

掏沙九尺见遗址，仿宋一街存古风。

廉政随时须建设，题名碑上指包公。

战国时魏、五代时后梁、后晋、后汉、后周及后来之北宋、金曾在开封建都。开宝寺塔为褐色玻璃砖砌成，远看似铁色，元代起人称铁塔，高50米。开封古城几经战乱与黄河泛滥早已埋于泥沙之下，现在挖掘故城遗址，宋元明时期城市地层清晰可见。开封市建有宋制街道，名曰"宋都一条街"。开封市包公祠中有"开封府题名记"石碑，刻北宋时府尹、知府 183 人；宋以后民众常指点碑记，称颂包公，以致碑上包拯名字已被手指点抹成坑。押现代诗韵。

龙门石窟二首

（一）

天津桥上一车过，石窟登临履迹多。

最是龙门秋好处，碧山红树夹伊河。

（二）

棱角分明如截铁，卑唐尊魏早成风。

龙门廿品人珍爱，几在古阳一洞中。

天津桥在洛阳市南洛河之上。古阳洞为龙门石窟中开凿最早、内容最丰富之洞窟，魏碑代表作"龙门二十品"就有十九品刻在其中。

白马寺

遥看古塔上摩天，碑记祖庭海内传。

清峻寺前双白马，劳劳犹似驮经年。

"劳劳"的意思多项：

一、惆怅若失的样子。《孔雀东南飞》"举手长劳劳，二情同依依。"

二、辛劳；忙碌。唐元稹《送东川马逢侍御使回》诗："流年等闲过，人世各劳劳。"宋梅尧臣《晓》诗："人世纷纷事，劳劳只自为。"鲁迅《书信集·致台静农》："因年来精神体力，大不如前，且终日劳劳，亦无整理付印之望，所以拟姑置之。"

三、犹落落。稀疏貌。唐李贺《夜饮朝眠曲》："觞酬出座东方高，腰横半解星劳劳。"

四、犹唠唠。宋张耒《莎鸡》诗："劳劳终夕语，共此檐月光。"明唐寅《题画》诗之十七："班荆相对语劳劳，麻已沤成茧未缫。"

本诗指辛劳、忙碌讲。

白马寺是中国佛教发祥地，被尊为"释源"或"祖庭"。寺内有元赵孟𫖯所写《洛京白马寺祖庭记》石碑及其由来。寺东齐云塔亦汉时建成，寺正门前青石圆雕之双白马为宋代所建。诗歌由古塔——碑记——石马，由外到内，重点写双白马的神态。白马寺位于洛阳市东 12 公里处。东汉明帝时遣蔡愔等人往西域求法，至月氏国遇印度高僧摄摩腾、竺法兰二人，受邀带经 42 章，以白马驮回洛阳，明帝设精舍迎接，即白马寺；并安排印度高僧在此译经传教。

三门峡市

汽车暮抵三门峡市，市人大热情接待，市局三门峡工程 20 余公里，明日将行，因是而不得一见。

车出洛阳过渑池，仰韶村外日西移。

行人夜宿三门峡，不见工程也作诗。

秦始皇陵

渭河千里会临潼，一冢巍然葬祖龙。

今日仰关来吊古，柿榴和叶醉霜红。

北宋大中祥符年间，因县城东濒临河、西临潼河，两水环绕汇入渭河，改名临潼县。秦始皇陵在临潼县东5公里。石榴和火晶柿子是临潼县久负盛名的特产。押现代诗韵。

参观秦兵马俑一号坑大厅

出土秦陵兵马俑，世人无不谓为奇。

桓桓部伍声威壮，一似横吞六国时。

桓桓，典出《诗经·鲁颂·泮水》："桓桓于征，狄彼东南。"意为威武的样子。三、四句写得很有气势。秦始皇兵马俑之发现，证明秦代工艺已达很高水平，国内外学者极为重视。

华清胜地

华清胜地九龙汤，中外游人照相忙。

烽火台高舒望眼，骊山云树正苍苍。

华清池，使人想起杨贵妃，人们争相来游，照相。然烽火高台还在、骊山云树还在，历史的烟云散尽了，写出了历史的沧桑感。

过灞桥

送别曾闻魂欲消，柳条折尽客心摇。

今人不唱阳关曲，笑语驱车过灞桥。

古代灞桥，一直居于关中交通要冲，它连接着西安东边的各主要交通干线。《雍录》上指出："此地最为长安冲要，凡自西东两方而入出峣、潼两关者，路必由之。"唐朝的王昌龄在其《灞桥赋》

中也说："惟于灞，惟灞于源，当秦地之冲口，束东衢之走辕，拖偃蹇以横曳，若长虹之未翻。"但是，灞河上建桥的历史则要追溯至春秋时期。当年秦穆公称霸西戎，将原滋水改为灞水，并于河上建桥，故称"灞"，这也是我国最古老的石墩桥。到唐朝时，灞桥上设立驿站，凡送别亲人好友东去，一般都要送到灞桥后才分手，并折下桥头柳枝相赠。久而久之，"灞桥折柳赠别"便成了特有的习俗。

阳关曲，琴曲名，即《阳关三叠》，因唐王维《送元二使安西》诗"西出阳关无故人"句而得名。诗词里"阳关曲"即使送别、离别、依依不舍的意思。

访西安碑林

宋徙碑林九百年，名家书法至今传。

琳琅满目叹观止，算了平生未了缘。

唐末，朱温毁都城长安，五代梁将城外石碑移入新城之内，宋保存唐开成石经，元祐二年（1087）又再徙，即今西安碑林。自宋以来历代皆有修葺，新中国成立后又加整新，定为全国文物重点保护单位。碑林共收藏汉魏至清代碑志 2300 余件。

游大雁塔

西北名城古帝都，山环水绕起平芜。

登临自古多情况，大雁塔高天下无。

大雁塔底座与塔身总高 64 米。

访半坡遗址

与杨廷开同志参观半坡遗址，湖北省一女干部亦前往参观，固固要求同行。

古都东畔浐河东，结伴参观见略同。

文字滥觞刻画上，半坡遗址彩陶红。

乘宝成铁路火车过秦岭

南山之上石岩岩，万里征程尘满衫。

穿越钻云求捷径，不数秦塞阻归帆。

秦岭，古籍中指山脉在陕西省境南之终南山，亦称南山。李白《蜀道难》诗云："尔来四万八千岁，不与秦塞通人烟。"

2020 年 5 月 4 日 15 时 17 分于依云斋

第八节　盛世诗歌诵不尽
——章继肃先生达县书法之外的活动

章继肃先生在达县书法名气太大，常常淹没了他老人家其他领域的建树。今选几首诗，与书法无关，以反映先生学术的广博，在达县文艺活动的丰富。

1984 年 9 月，章先生观看巴山戏剧演出。写了一首《第二届巴山戏剧节》。诗云：

服装道具尽时髦，人物登场意气豪。

戏到三分齐鼓掌，革新今见浪潮高。

写一场戏剧演出，诗人先从正面写时髦的服装道具、人物登场的精神气质；再从侧面，写看戏人"齐鼓掌"，烘托戏剧受到观众的欢迎，"戏到三分"就如此让人喜爱，那"戏到十分"呢？那是可以让人联想的，一定会更是热烈鼓掌了。最后一句是诗人的感叹"革新今见浪潮高"。这一句很好，既肯定了巴山戏剧的革新，又歌颂了巴山的各项事业在改革创新，真如春潮滚滚，潮浪高涌！

元九登高

元九登高事不奇，州民纪念元微之。

诗人何幸作司马，千载长留去后思。

（1989 年 2 月）

达县农历正月初九日有登高之俗，传为纪念唐朝诗人通州司马元稹（779—831）。唐人常以行第相称，元稹行九，世称"元九"，可能由此附会而来。

诗人对达县的登高节定在正月初九日，做了一番思考，拟猜由元稹行第附会而来。诗歌谈道，元九登高节不是稀奇事，是达州市民纪念元稹（字微之）；然而，值得思忖的事，元稹贬官达州当小小的司马，一般认为是不幸，诗人却认为是幸事，元稹为老百姓做了好事，达州人纪念元稹千余年。始有登高节的来历，谈及元稹，谈及老百姓的纪念。人生价值，能让人明白，不是官当得大或当得小，关键是为官一任，造福一方。

相传 815 年，元稹贬谪通州（今达州）任司马。初到任时，通州"人稀地僻、蛇虫当道"，元稹励精图治，清正廉洁，政绩斐然，为当地百姓干了不少好事。818 年元稹调任河南，民众便于正月初九元稹离任当天，登上城南翠屏山和城北凤凰山送别元稹，依依不舍。达州从此留下了"元九"登高的传统习俗。每年正月初九这一天，达城万人空巷，男女老幼竞相往城外登山，登高远望，纪念这位好官，而且风雨无阻，不达山顶绝不罢休，一直延续至今。人们借此登高眺远，祭天祈福，期待一扫去岁颓势，迎来新年万事畅达。当代达州籍著名诗人梁上泉有这样的诗句："达州原是古通州，山自青青水自流；元九登高怀元九，诗魂常伴凤凰游。"

达县政协诗歌讨论会

万马奔腾花满天，神州春色正无边。

诗家总爱风光好，裁作雄豪锦绣篇。

（1990 年 5 月）

诗歌前两句是诗人的想象之景，应为虚写，"万马奔腾花满天"，一片繁荣昌盛、生机勃勃的景象，以小见大，由达县政协，推及神州大地，春色无边。这也是写诗的时令——五月，春天的感受。一片喜庆祥和的氛围。当然，已经流露出诗人喜悦的心情。后面两句，紧扣"诗歌讨论会"这个主题，表达自己的诗歌观"诗家总爱风光好，裁作雄豪锦绣篇"，诗写好风光，诗当雄豪气。这使人联想到继肃先生书杨升庵、陆游联语："江山平远难为画，诗句雄豪易得名。"为便于学习，我们引出这两句的原诗：

病中秋怀

杨慎

迢递城西百尺楼，登兹销暑亦销忧。

江山平远难为画，云物高寒易得秋。

吉甫清风来玉麈，涪翁妙墨换银钩。

余甘渡口斜阳外，欸乃渔歌杂棹讴。

题庐陵萧彦毓秀才诗卷后二首其一

陆游

诗句雄豪易取名，尔来闲澹独萧卿。

苏州死后风流艳，几许工夫学得成。

敬老盛会

重阳节前三日，达县政协在凤凰山假农行干校举行盛大敬老活动，予与王膏若、尹祖健同志应邀参加，赋此志盛，兼呈贾之惠副主席。

山行佳节近重阳，同志乡贤会凤凰。

盛世诗歌诵不尽，校园阵阵菊花香。

（1990 年 10 月）

重阳节达县凤凰山，政协组织乡贤聚会。"盛世诗歌诵不尽，校园阵阵菊花香。"写躬逢盛事，诗意盎然，菊花香，既有重阳节的时令之花，又写心情的高兴、好。

浣溪沙

纪念改革开放二十周年座谈会上以词代言。

改革开放二十年，民康物阜乐无边。人人都说邓公贤，更庆接班能领导。红旗高举士争先，笑歌迎接新纪元。

（1998 年 12 月）

改革开放二十年座谈，诗人讲三点：民康物、邓公领导、高歌红旗做先锋。乐的情怀，说的一致评价，笑的座谈氛围。言简而意丰。

章继肃先生在达县的文化活动很多。这里仅选除开书法活动而外的诗，以表现先生躬逢盛世的喜悦，以及文化活动的丰富多彩。

2020 年 6 月 20 日 12 时于依云斋

第九节　随意桐荫坐夏凉，　老伧何用问行藏
——章继肃先生退休杂咏

章继肃先生是 1987 年 10 月退休的。时年 65 岁，计工龄 39 年。在《章继肃文集》第 75—76 页，记录他 1995 年 8 月写的《退休杂咏》6 首七言绝句诗。

退休杂咏

（一）

退休无事便聋痴，日日看花乐不疲。

万物静观皆自得，此机参到即忘机。

（二）

校园小步绕芳丛，一日千回风雨同。

不是与人夸足力，退居乐趣在其中。

（三）

早看彩霞暮看云，闲来无事看新闻。

老年协会战麻雀，比赛居然得冠军。

（四）

日日桐荫看下棋，世情都向局中窥。

瞻前攻后随机变，惴惴小心方出奇。

（五）

篆刻老来才悟禅，悲庵苦铁费钻研。

此中大有文章在，不读诗书总罔然。

（六）

随意桐荫坐夏凉，老伧何用问行藏。

校园花发红成海，乐与儿孙照相忙。

（1995 年 8 月）

　　杂咏，谓随事吟咏。常用作诗题。清人叶廷琯《鸥陂渔话·莪洲公诗》："古体如《杂咏》云：'日出群动作，日入群动息。'"《诗刊》1977 年第 9 期："冬夜杂咏赞品德，要学红叶透底红。"

　　第一首诗大意是，退休老人无事干，学个呆笨无知的样，每天看看花乐此不疲。"万物静观皆自得"这句诗的意思是静观万物，都可以得到自然的乐趣。静观：仔细观察。自得：安逸舒适的样子。语出北宋诗人程颢创作的一首七言律诗《秋日偶成》，这首诗是作者用诗歌的形式总结自己的治学心得，宣扬其理学思想的作品。全诗原文如下：

闲来无事不从容，睡觉东窗日已红。

万物静观皆自得，四时佳兴与人同。

道通天地有形外，思入风云变态中。

富贵不淫贫贱乐，男儿到此是豪雄。

　　日子闲散的时候，没有一样事情不自如从容，往往一觉醒来，东边的窗子早已被日头照得一片通红。静观万物，都可以得到自然的乐趣，人们对一年四季中美妙风光的兴致都是一样的。道理通着天地之间一切有形无形的事物，思想渗透在风云变幻之中。只要能够富贵而不骄奢淫逸，贫贱而能保持快乐，这样的男子汉就是英雄豪杰了。

"此机参到即忘机"，刚刚参悟到此中机趣，就马上消除这机巧之心。忘机：道家语，意为消除机巧之心，用以指淡泊清净，忘却世俗烦庸，与世无争，典出《庄子·外篇·天地》。

"聋痴"，亦作"痴聋"，又痴又聋，谓呆笨无知，典出《韩非子·内储说上》："婴儿痴聋狂悖之人尝有入此者乎?"《儿女英雄传》第二十二回："两下里都把真心瞒起来，一边假作痴聋，一边假为欢笑，倒弄得各怀一番假意了。"瞿秋白《文艺杂著·鞘声八》："不要快活了! 满蒙的利益还轮不到你痴聋的阿家翁呢。"

"不痴不聋，不做家翁。"唐朝的代宗皇帝是一个度量很大的皇帝，唐代宗有一句名言：不痴不聋，不做家翁。这句话来自一个小故事。唐代宗有个女婿叫郭暧，郭暧的父亲就是平定安史之乱的大将郭子仪。有一天郭暧与夫人吵架，一气之下说道："你仗着你父亲是皇帝，我父亲还看不上这位子呢!"公主听了，就去向父皇告状。唐代宗却说，事实就是这样的呢。郭子仪知道他儿子犯了滔天大罪，立刻将儿子捆绑起来带到朝廷向皇帝请罪。唐代宗却安慰他说："不痴不聋，不做家翁。"意思是说，不装聋作哑，不装傻，就当不了别人的老公公。

第一首诗可以说点出了退休生活的大智慧，就是学做"聋痴"，与世无争，看花自适。讲退休人员的心态要健康。

第二首诗好理解，一天不论刮风下雨，校园小步绕着花园转，锻炼足力。讲退休后散步是最好的锻炼身体的方式。

第三首诗，"早看彩霞暮看云"，用互文的修辞手法，早晚看彩霞和云的变化；也由典故"闲看云卷云舒"化来。这句话是一副对联："宠辱不惊，闲看庭前花开花落；去留无意，漫随天外云卷云舒。"出自明代洪应明，后来这副对联被陈眉公收录在了《幽窗小记》中。突出一个"闲"字。但闲来无事看新闻。这一句好，它有别于过去的文人，"看新闻"，还关心国家大事。参加老年协会打麻将比赛，想不到得了冠军。闲中有了乐子。"战麻雀"是打麻将的形象说法，有川人的幽默。

第四首诗，写校园桐荫看下棋。是一首哲理诗。世事如棋，瞻前顾后，随机应变，小心出奇。这使我想到先生 80 岁时写给他的一名叫张强的学生的横幅："如临深渊如履薄冰，临深履薄古今至戒，书与张强同学共勉之"（见《章继肃书法集》第 17 页）。

第五首诗，篆刻老来才悟禅，悲庵苦铁费钻研。此中大有文章在，不读诗书总惘然。篆刻自己老来才悟到禅境，在（悲庵苦铁）两家花精力钻研，诗书是篆刻的必需营养。悲庵，指赵之谦。苦铁，指吴昌硕。可见，章先生在篆刻艺术是极有自己见解的。

第六首诗，最后一句是主眼，"乐与儿孙照相忙"，享受天伦之乐。随意在那校园的桐荫下坐夏纳凉，一个"随意"，点出退休章老归于大众，归于芸芸众生的健康心态，真是"朴素浑如田舍翁"，这是著名抗日爱国将领、诗人续范亭赞扬朱德的话。他在延安第一次见到朱德时，没想到扬名四海的三军统帅居然朴素得犹如一个农家老翁。续范亭感慨之余，用诗给后人描绘出一幅朱总司令的肖像画："敌后撑持不世功，金刚百炼一英雄。时人未识将军面，朴素浑如田舍翁。"

"老伧何用问行藏"，粗鄙野俗之人（诗人自谦之语）还有什么行为隐藏的，意思是退休即平民，活得坦荡磊落，"书有未曾经我读，事无不可对人言"（欧阳修联，2005 年章继肃书）。趁校园花发红成一片海，忙着跟儿孙们照照相，享享天伦之乐吧！

章先生退休杂咏，可以看出老人家健康的心态，健康的生活方式，丰富多彩的"夕阳红"世界，既闲适，又关心国家大事；既有高雅的艺术人生，又有"乐于儿孙"同享天伦的朴素情怀。

章继肃先生《退休杂咏》，反映出他是个可爱的老者。

【附】

1983 年 4 月，章继肃先生在四川美术出版社出版的《天府墨迹》（第一期）发表书法作品，《行草·条幅·苏步青同志七律》借以抒怀：

> 退居二线欲何为，腰脚犹轻任所之。
>
> 不上匡庐观日出，欲横东海随机飞。
>
> 天涯亲友应惊老，咫尺家山未赋归。
>
> 安得教鞭重在手，弦歌声里尽余微。

苏步青教授在复旦大学校长任上退休。苏教授与章先生恩师何鲁教授是挚友，同为新中国第一代数学泰山北斗。章先生写苏教授的诗，我疑猜是向师辈学习，又有"安得教鞭重在手，弦歌声里尽余微"的心愿。事实上，"退休以后，他仍然心系教书育人工作，欣然接受学校的返聘，教授书法、篆刻课程，指导青年教师，直到80 多岁高龄才完全退下来"（见四川文理学院办公室整理《深切怀念章继肃先生——学炳千秋，风骨永存》，第 2 页）。

2020 年 5 月 25 日 17 时 53 分于依云斋

第十节　三阕《贺新郎》

填词令人叹绝

章继肃先生 90 岁时出了《章继肃书法篆刻》一书。在书的第 74 页有原四川省文化厅厅长周正举先生与他的通信一封。信的内容如下。

章老：

近好！所寄《达州晚报》收到。拜读大作《求仁而得仁，又何怨》感慨良多。对您诗词入选西泠印社书画大展，谨表祝贺！九旬老人获此殊荣，的确难得，令我辈惭愧有加。"一路桃花红向人"，颜色字"红"使物象更加鲜明；"仰贤亭上仰前贤"，重字用得如此贴切令人击节；"百炼工纯始自然"，引前人诗句妥溜自然，不留痕迹；"茫茫林海千岩秀，煦煦春阳万里晴"等对仗之工，亦令人难忘。

词比诗写得好。先生自选词二首，西泠印社选用二首，可见社中有高人。二首词颇富清空，语言清新秀雅，与一般晦涩者迥异，读罢令人叹绝。今后如还要为旧体诗词，不妨多作词。

我身患冠心病、高血压、糖尿病，在成都温热天气里十分不好过，故将于七月十五日至西昌避暑，直至八月底方回。在西昌期间，将整理《巴蜀印人》一书，新加入二百余人，多为已故民国印人。因为巴蜀书社主动要求再版，这对我来说，当然求之不得。

我常从先生回信笔力中揣摩先生身体状况以免挂念；加上

我尤爱先生随意行草小札,故请先生以后与我通讯还是动毛笔为好。

今年八月,我满七十,届时将出一本书,曰《梦影》,书中有篆刻甚多。九月初,我寄你一本。即颂时绥!

周正举

2010 年 7 月 15 日

本来,这封信只需引用一段文字,即可说明章先生词的艺术水平高。然周先生是海内著名学者、篆刻家、书法家。我把他的书信全部引用出来,以利后人赏玩学习。

三阕《贺新郎》

周先生信中所说词二首,指的是章先生的《水调歌头·欢送李明泉、季水河同学》和《贺新郎·八十抒怀自寿》。本文仅欣赏学习章先生七十、八十、九十自寿的三阕《贺新郎》词。《水调歌头》将有另文谈及,故此处不录。

贺新郎·七十抒怀自寿

七十从来少。正今年、阳春三月,及斯称老。仿佛儿时犹似昨,往事雪泥鸿爪。总不出、家庭学校。莫笑书生心胆怯,但不求非分成襟抱。慎去就,重师道。

满园春色风光好。趁浮江、济河万里,放游登眺。暇日萤窗操柔翰,写些诗文隶草。有膝下、儿孙环绕。四化催人闲不住,为人民贡献余辉小。谁不谓,晚晴俏。

一九九一年三月

予有子二孙儿四、孙女二、故云儿孙环绕。

写文章要讲究"凤头""猪肚""豹尾"，词的起句也要先声夺人。陆辅之《词诣》曰："起句好难得。"可见，词人大都重视起句的安排，力求"出场"精彩，引人入胜。"七十从来少。"章先生，开门见山，直抒胸臆，词情笼罩全篇。七十古来稀，古稀之寿，古人难得；章先生说"从来少有"，事起必有来处。正是今年，阳春三月（农历三月二十二生日），到这个年龄，开始称"章老"了。中华文化里，七十称老，八十称翁。陆游，陆放翁，就是 80 岁以后的自称。到了这称章老的年轮，有何感叹？好像儿童时候还是昨天。感情体会贴切、真切。时间真快，老是回忆往事的痕迹。"雪泥鸿爪"比喻往事留下的痕迹。出自苏东坡《和子由渑池怀旧》："人生到处知何似，应似飞鸿踏雪泥。泥上偶然留指爪，鸿飞那复计东西。"诗句表达对人生来去无定的惆怅和往事旧迹的深情眷念。在苏轼看来，整个人生也充满了不可知，就像鸿雁在飞行中，偶一驻足雪上，留下印迹；待鸿飞雪化，一切又都不复存在。然而，它毕竟飞过，也就无悔了。总结 70 年，总待在家里和学校，莫要笑"我"这书生胆小怯弱，只是"我""不求非分"成了"我"的襟怀抱负罢了。谨慎行事，尊重为师的风尚。这里道出自己是教师，就要重"师道"，不要求"师道"之外的（非分），如高官厚禄，等等。这是上片的意思。

下片一开始说当教师"满园春色风光好"，没什么后悔的。趁年华、有进无退，直到成功，"行万里路"，登高临眺。"浮江"是有典的，讲伍子胥一生出将入相，成就了一个国家，辅佐了两代君王，最终却死在他为之卖命的君主吴王夫差手里。伍子胥死后，夫差下令将其尸首包裹在皮囊里，抛入江中，名曰"鸱夷浮江"。"济河"，出自《左传·文公三年》："秦伯伐晋，济河焚舟。"济河焚舟，比喻有进无退，决一死战。自己的闲暇时间写点诗文、创作书法。家里儿孙环绕，其乐无穷。四化大业让人闲不下来，我为人民贡献的余热不大（谦虚之词），谁人不说，老年人晚晴最美呢！

贺新郎·八十抒怀自寿

盛世休言老。正今年，杖朝八十，健康良好。结伴夫妻跨世纪，恩爱双双寿考。有儿孙贤孝。若谓足时今足矣。算知足常乐无烦恼。浮大白，歌窈窕。

育人工作焉能了。且登场、再作冯妇，服从需要。喜看春风桃李艳，多士强哉娇娇。写几卷、诗文草稿。聊记平生寻常事，非名世但只抒怀抱。为祖国，献微爝。

（2001 年 3 月）

躬逢盛世不要说自己老了。今年"我"杖朝 80 岁了，身体还算健康。"我"和妻子活到了新的世纪，恩爱享高寿。有儿孙贤能孝顺。如果说知足现在就应该满足了。算是知足常乐没有烦恼。日子好过，岁月如歌啊。

教育人的事业停不下来了。姑且让"我"登场，重操旧业，服从学校需要（返聘上篆刻课）。高兴看到人才辈出的局面，还有不少学子优秀。写点诗文，记一下自己的生活，不为传世，只求抒怀抱。为了祖国，贡献"我"的微弱之光热。

这阕词，"杖朝"，年龄的代称，指男子 80 岁，意思是年过八十就可以允许拄着拐杖入朝。出自《礼记·工制》："五十杖于家，六十杖于乡，七十杖于国，八十杖于朝。"

"再作冯妇"中的"冯妇"是战国晋国人，男性，冯妇是人名，不是说此人是姓冯的妇女。"再作冯妇"是一个成语，意思是比喻重操旧业。出自战国孟子《孟子·尽心下》："晋人有冯妇者，善搏虎，卒为善士；则之野，有众逐虎，虎负嵎，莫之敢撄；望见冯妇，趋而迎之，冯妇攘臂下车，众皆悦之，其为士者笑之。"

贺新郎·九十述怀自寿

多彩人生路。喜今朝，春光九十，良辰初度。同志亲朋来祝寿，使我欢欣鼓舞。奏不完宾宴歌曲。风景这边无限好，况满园桃李花生树，一百岁，再相聚。

诗书篆刻非专务，在三余，乐之不倦，冶镕今古。书协会员西泠展，赢得殊荣堪许。正华夏人文高举。我为传承呈余热，愿同胞人皆重国故。为此语，见吾趣。

二○一一年春

人生之路多彩。高兴的是，在今年春天，我满 90 岁了。亲朋好友来祝寿，使我欢欣鼓舞。风景这边独好（新校区），学生已然成材，期待我 100 岁时，大家再相聚吧。诗书篆刻方面，"我"很勤奋，虽是业余，却乐此不疲，从古到今地研习。"我"还是取得些成绩，一个书协会员，90 岁在西泠印社获奖，得到赞扬。现在国家重视人文科学了，"我"再献出余热，希望同胞们都爱我们的传统文化。填了这首词，见证"我"的兴趣。

"三余"，出自鱼豢《三国志·魏志·王肃传》的一个故事：董遇和哥哥搜集捡拾野稻子卖钱维持生计，每次去打柴董遇总是带着儒家的书籍，一有空闲，就拿出来学习诵读，他哥哥嘲笑他，但董遇还是依旧读书。"冬者岁之余，夜者日之余，阴雨者时之余。""三余"，形容读书勤奋。

三阕《贺新郎》，反映章先生安贫乐道，积极向上，知足常乐，贡献余热，生活多彩多姿，希望大家重视国故。

【附】

关于《贺新郎》词牌的一些知识

《贺新郎》词调起于北宋，盛于南宋，衰落于金元。《贺新郎》由北宋苏轼首次填写，是宋代使用频率较高的词调。

对于《贺新郎》词调的来源问题，众说纷纭，至今无确切结论，其中最具代表性的两家是宋人杨堤和胡仔。因杨堤和胡仔二人的分歧衍生出两种观点：一种如杨堤所言，《贺新凉》是词调本名，《贺新郎》一名为后人误传；另一种观点认为《贺新郎》是词调本名。对于此二种说法，或同意第一种观点，如清毛先舒《填词名解》载："词云'乳燕飞华屋，悄无人，槐阴转午，晚凉新浴'故名《贺新凉》，后误为'郎'；陈子清、孙永都《词律浅谈》一书中载："因苏轼词中有'晚凉新浴'句，所以名《贺新凉》，后误为《贺新郎》。"或认为《贺新郎》为本名，《贺新凉》一名由苏词衍生，如《钦定词谱》中载："苏轼词有'晚凉新浴'句，名《贺新凉》。"谢桃坊先生在《唐宋词谱校正》《贺新郎》一调下注"北宋新声"，并引用胡仔语："苏轼词为创调之作，宋人胡仔《苕溪渔隐丛话后集》卷三十九：'《贺新郎》乃古曲名也。'北宋当据古曲改制而成，因有'晚凉新浴'句，又名《贺新凉》。"

2020 年 4 月 24 日 18 时于依云斋

所遇尽时贤 第四章
——章继肃先生与名士的交往

第一节　广安与达州教育的一段佳话
——章继肃先生的广安情怀

　　广安，是一代伟人邓小平的故乡。广安，也是我国第一代数学泰斗、大书法家、大诗人何鲁先生的故里。章继肃先生早年求学广安，在何鲁先生创办的载英中学里，章成了何鲁等人的学生。章的人品、学品、诗品、书品深受这些名师的影响。章80岁时，著《章继肃文集》，集子中《何鲁校长》《跑飞机——广安北仓沟惨案纪实》两文，以及最近发现的《我的自传》（手稿）中的文字，都表现了章氏对广安师友的感恩和深深的怀念之情。

　　1940—1941年，章在广安私立载英中学读书。该校本部在重庆唐家沱，因避日本飞机轰炸，在广安南门外平桥建立了分校，校长是海内外著名数学泰斗、书法家何鲁教授。何鲁极善演说，他曾对同学说："我的数学不如我作的诗，我的诗不如我写的字，我的字不如我喝酒。"其学术道德对青年有很大的号召力。故四方之来此校学习者甚众。何鲁时在重庆大学任理学院长，每学期到广安载英分校一次，每次必抽一两个整天为同学写字，每次写字章必为之牵纸，学习其用笔结构，谋篇布局。何亦常在写字时向学生讲一些书法方面的常识。经过大家的示范、指点，章的书法艺术进步很快。

国文老师向镜清，广安五老七贤之一，早年留学日本，教学有方，深受学生欢迎。章与王膏若是渠县中学老同学，时同在一个班学习，均受到向的赏识；二人常到向老师家中做客，学习诗的写作，受益匪浅。章曾为国文老师贺公符刻"公符手毕"四字印章，贺为广安中年文人之翘楚，作诗七绝4首并写成横幅赠章，中有句云："珂乡自有印人在，好继薪传畅蜀风。"下有双行小注云："贵县杨鹏升治印，世所称蜀派者。"向对章的鼓励极大。

1942年转学重庆唐家沱私立载英中学。时何鲁校长亦举家迁至学校附近，章向他请教的机会更多。国文老师巴县何震华，对章十分器重，常将其诗词佳句如刻画重庆山城有云"夜寒霜满树，天晓雾迷城"，向何鲁称说，得到了他的赞赏。毕业后留校做教务员，同时留校者尚有营山何文宣同学。

何鲁、向镜清、贺公符、何震华几位当年广安载英中学的老师对他书法、篆刻、诗歌的学习留下了终生难忘的记忆。

特别是何鲁先生对章的影响至深。何鲁在不同时期给章写字和通信往来。我在整理章先生遗物时，发现最早的是1954年，何给章写的一副对联：

有万夫不当之气
无一事自足于怀

上款"继肃同学雅属"，下款"一九五四年集禊帖字，何鲁"。

1954年，何鲁作重庆大学校长时，给章写条幅，写的是何自己的诗，题目是"解放后初至北京喜而赋此诗"。诗云：

万里乘风上玉京，风流人物尽知名。

千年王气消沉后，亿兆人民庆更生。

1957 年，何鲁任北京师范大学副校长时，还给章写一张横幅，行草，仍然是他自己的诗，题目是"峨眉纪游诗二十七首"（见《何鲁诗词选》第 43 页，诗长不录）。

1964 年 2 月 19 日，何鲁与章书信手札道：

继肃仁弟足下：

病目两年余，直至失明，乃入医院，动手术、住院三月余。现正恢复视觉，重见光明。于今年一月返家，内子于去年十月病故，出院后始知。幸有儿辈照拂，足慰！

目前，繁德来信时，正在医院中。儿辈为我谈之，竟如梦寐。后，春节周学庸来我处，详言一切，乃得大概，故人已矣，尤令人怀念，不置也。昨，刘忆萱同志来寓，谈及往事颇多感慨，见今祖国大好形势，则无不欣然色喜矣。所幸顽躯尚健，尚可勉力以报党国耳。

即颂，

近祉！

何鲁启

二月十九日

繁德信希转致为要，鲁再及

此信和其他 10 余封何鲁致章继肃信，原件已被重庆市博物馆收藏（或重大博物馆，章无偿捐赠，云光大何先生事业）。这封信字数最多。其他信件，或谈人生、谈书法、谈文学、谈诗词，内容十分丰富。这些信件，足见何鲁对章继肃这个弟子的看重和殷切希望。悠悠故人情，绵绵师生谊，两代学者，著名书法大师的交往，令人动容。

1982 年，在四川省第一次书法家代表大会上，章见到了广安政协秘书长贺公藩学长（与章同师向镜清先生）。他对章讲，何鲁校长诗估计 700 首左右。1994 年 5 月，何培忠（何鲁校长长公子）给章寄了一本《何鲁诗词选》。书是广安县政协、岷峨丛书编辑部合编、何郝炬（四川省原副省长，何鲁侄子）选稿，由巴蜀书社出版。书名由著名数学家、原上海复旦大学校长苏步青题写。章发现"安得曲江"诗没有选入，于是章先生在《章继肃书法作品集》里补写了他老师何鲁这首诗：

> 安得曲江万缕丝，沱前绾住好春时。
> 宵来一片东风紧，细雨秾花尽在诗。

那"沱"，应该是重庆唐家沱所在的载英中学吧。

何鲁、向镜清、何震华、贺公藩等章继肃先生的师友，学高德召。何鲁书法据说："王公贵族，千金不易；文朋诗友，有求必应，分文不取。"他影响章氏，章先生一生于书法"有求必应，分文不取。"在书坛，何鲁被誉为"数学泰斗，书法奇才"（原中国书协副主席，四川省书协主席何应辉语），章继肃被誉为"巴山作家群之父""雪米莉文学之根"（达州市政协文史委副主任杨仁明语）；2007 年，中共达州市委、市人民政府授予"德艺双馨"荣誉称号；四川文理学院原书记、校长孟兆怀教授云："章继肃先生的人品、学品、书品均可谓高山仰止，景行行止，是老师中的极品，是学校的金字招牌，堪为后世师表。"

章继肃先生成为一代名师，谈起原因，一个重要的因素是以何鲁先生为首的广安名师的重大影响。"望庐思其人，翰墨有余迹。"整理章先生遗墨，写下这篇短文，似有教育感悟：

"瞎子牵瞎子，只能跳崖"；大师引路，才能出大师；广安名师带出了达州名师，一段教育佳话。

2020 年 4 月 15 日 16 时于依云斋

第二节　师生情谊

2020 年 3 月 28 日，我与章继肃先生的族弟、学生章继和先生取得了微信联系。继和先生给了我许多章继肃先生生前的信息。其中一条短信如下：

关于"文革"时期我们都分别住牛棚，互不了解，后来又不愿提及那心酸的往事。现住都江堰的温世明，是当时大竹师范学校造反派的头头，但喜欢书法绘画对吾兄很好，现存兄多件书法……下面几位先生处兄的书法作品较多。周正举处有兄写给他的信函 20 余封，周已裱成长卷；眉山罗觉富有何鲁在峨眉山手书毛主席诗词三十七首册页赠给继肃兄后，借罗学习未还，现存罗处；温世明处有毛主席诗词一册，孙过庭书谱一册；渝北区罗权国处诗词多件；渠县外国语学校及流江书画院向黎处作品也较多。

6 月 4 日，继和先生发来温世明拍的继肃先生为之书的作品照片，并告诉了我温世明、罗维真夫妇联系电话。

我想起了，罗维真老师是我在欧家学校读小学五年级时教了我一周语文的恩师；温世明老师的国画，我在邻水念高中时亲戚卧室里曾悬挂他一横幅山水；他们的儿子温代刚跟我也是同学。代刚曾告诉我，他妈妈夸我作文写得好，是全班最高分。

读小学五年级老师教了《南湖》一课，叫我们写作文《窗外》。我记得课文开头有一首诗："微雨欲来，轻烟满湖。登楼远眺，苍茫迷蒙。"后面说的就是南湖的景色。我当时写作文就仿写"微雨欲来，轻烟满田。打窗远眺，苍茫迷蒙。说的就是我们教室窗外的景色"。我就这样开头写作文。罗维真老师（当时是大竹县欧家学校校长，后于大竹中学办公室主任任上退休）夸我写得好，全班只有我能把课文的读与写作文联系起来，给我打了95分。可见，少年时读什么，外加好老师给我的表扬，与我爱好诗词文学大有关系。我一直记忆犹新，深深感念罗老师启我童稚文心。只是代刚一家不知在何处。现在真是机缘巧合。

6月4日晚，我打通了温世明老师的电话。我们高兴地说了一个多小时，直至我的手机没电。温老师较详细地给我讲了他与章继肃先生的师生情谊，并告诉我他正在写一篇有关怀念继肃先生的文字。现根据温老师电话内容记之如下。

温世明老师，出生于四川邻水鼎屏镇，自幼喜欢写写画画。9岁即在国营康乐理发店当学徒，后遇邻水中学名师冯宗祥老师，向他学习绘画。初中毕业，一边当理发工，一边在家画画。20世纪60年代，大竹师范学校两老师到邻水中学招美术优秀学生，冯宗祥老师推荐了画画极优秀的学生温世明。大竹师范的两个老师看了温的画，很高兴，决定向学校汇报特招温世明。后来，温世明特招进大竹师范读书。

那时，章继肃先生任竹师教导主任。温世明一到竹师报到，就被章主任叫住，说温同学画画好，他知道了。那时，温世明渐渐知道章主任是"棋琴书画球"著称的名师，主动向继肃先生亲近请教。师生关系很好。

章继肃老先生1966年草书《毛主席诗词三十七首》一本送给温世明作大竹师范毕业纪念。1968年草书唐代孙过庭《书谱》一本送温世明。

在温世明读竹师期间，继肃先生还用他家乡的一块汉砖，两面为之篆刻毛主席诗词《卜算子·咏梅》诗句，送给温世明同学。

温世明和罗维真老师是大竹师范学校同班同学，均系章先生学生。毕业以后仍然与老师章继肃先生保持友好往来。

大竹师范毕业后的温世明老师先后在邻水坛同、柑子、邻水县电教馆、邻水中学、大竹中学、大竹县教研室工作退休。罗维真老师在大竹石河、欧家、大竹中学工作退休。有机巧的是温世明老师在教研室工作时与在大竹县教育局工作的章继和先生办公室是一幢楼，楼上楼脚紧挨着，且非常熟识。退休后也都在成都都江堰生活。

1991年章先生七十大寿，老先生为温世明老师书赠横幅行草《钟述梁词·金缕曲·重走长征路》。

2009年重阳佳节之日，温世明老师到达州看望章继肃先生，时年先生米寿，患有疝气病。继肃先生为之书横幅行书《岳飞·满江红》词一阕。

2011年6月，温世明老师由其长子代刚驾车来达州看望九十高龄的继肃先生。继肃先生为之书赠条幅行草《唐·王湾·次北固山下》和四条屏草书《摘录唐人孙过庭书谱句》。

温世明和罗维真老师现在也已经是古稀老人，温老师一只眼睛几乎失明，罗老师严重近视，两老人目力不佳。但，温老师说他为了章继肃先生诞生百周年，还在写一篇怀念先生的文章。

巧的人、巧的事、巧的情怀。居然我的启蒙老师刘凤霞老师、我的语文老师罗维真老师都是继肃先生的学生，而且刘老师和罗老师是好姐妹，都在欧家学校教过我。

温世明老师喜欢收藏。他藏的章先生墨宝，十分宝贵，它见证了一段难得的师生情谊。

2020 年 6 月 13 日 15 时 56 分于依云斋

第三节　知音未必能知味，　曾遭青前泪湿无
——章继肃先生与画家陈海萍的交情

初夏，正是吃枇杷的季节。

吃枇杷，就想枇杷的名字来历。枇杷，原产于我国东南部，因枇杷树的叶子，与古代乐器琵琶很相似，故谐音而得"枇杷"之名。

吃枇杷，想起曾经见过的一幅画。20 世纪 90 年代，章继肃先生一直居住在四川文理学院（那时叫达县师范专科学校）南坝老校区。那时，我住在爱人任职的学校——达县第一小学（现在改名达川区南坝小学），这个小学离师专很近。我经常跑到章先生家去玩。一天，我发现章先生家客厅的墙壁上悬挂着一幅十分诱人的枇杷国画：立轴，传统绫裱，画面是几枝从上到下的枇杷枝条，枝条从左上方弯曲、分杈向左下方低垂，枇杷叶茂密，浓浓淡淡；在叶子的周围画了五串儿金黄的枇杷果，那枇杷果还有的呈现淡黄、青绿之

色；两只欢快的小鸟正张开翅膀，昂着头由右下方向着枇杷树飞去；右上方是一椭圆形朱红引首章；左边从上到下一行款字云"继肃法家先生，雅正，己卯夏海萍时年八十又三"，下盖一朱一白文两方印章。章先生见我对这幅画欣赏了很久，就说："是我老朋友，一个著名画家陈海萍画来送给我的，我很喜欢，我一周悬挂一个朋友的书画，表达一种想念。"我记得十分清楚。

今天，我查阅大竹中学熊传信副校长赠给我的《四川省大竹师范学校校志》（1940—2000），发现第 254 页和第 256 页分别记载了章继肃和陈海萍在竹师工作的信息。原来，章先生与陈海萍先生是大竹师范的同事。章先生是地理组教师、后来教语文，做教导处副主任；陈先生是美术组的教师。根据画上款识"己卯夏"，应该是1999 年的夏天。章先生与陈先生的友谊已经近 50 年了！

在《章继肃文集》第 83 页，有一首章先生写陈先生的绝句。

陈海萍老友以所作国画图集见寄读之如对故人诗以答之

山林花鸟图画中，勃勃生机意趣浓。

五十年来情不改，羡君终得出群雄。

（1998 年 12 月）

看来，这首诗还在那枇杷画之前。该诗前面两句写读国画集，"山林花鸟"是诗人喜欢的作品，赞美画家画得好，呈现"勃勃生机"的意趣；后两句一赞美画家持之以恒作画的精神，"五十年来情不改"，二羡慕画家老友终于超出许多画家，成为全国著名的一代国画大师。

常言道"物以类聚，人以群分"。章先生诗词、书法、篆刻皆是大家，然章先生能画国画，却很少有人知道。侯忠明教授在祝贺章先生八十大寿撰文《素色人生》中写道："他爱画，特别喜欢墨竹，我曾得到他的两幅画，竹影横斜，素色空灵。"（见《章继肃文集》第 235 页）陈海萍先生也是诗人。曾写一首言志诗（古风），云：

> 春滋老树绽新花，青山满目流光华。
>
> 奋蹄再奔千万里，翰墨丹青任我驾。

陈先生为什么给章先生画枇杷，而不画其他花鸟？这又是我思考的问题。原来，在中华文化里，画家画一幅枇杷送人是意蕴很深的。

从古时候起，因为枇杷在秋日养霜、在冬天开花，而在春天结果、在夏日成熟，所以，一直就被人们称作是"备四时之气"的佳果，被视为吉祥的食物之一，从唐宋时期开始就被看作是高贵、美好、吉祥、繁盛的美好象征了。枇杷树形整齐美观，叶大荫浓，四季常春，春萌新叶白毛茸茸，秋孕冬花，春实夏熟，在绿叶丛中，累累金丸，古人称其为"佳实"。一般寓意：子嗣昌盛。

于枇杷诗，我喜欢读宋人戴复古"乳鸭池塘水浅深，熟梅天气半晴阴。东园载酒西园醉，摘尽枇杷一树金"（《初夏游张园》）。戴复古的这首诗，我写过多次，吃枇杷时，很有时令感，且"东园载酒西园醉，摘尽枇杷一树金"有一种十分惬意、丰收的喜悦。于枇杷文，我喜欢明代归有光《项脊轩志》："庭有枇杷树，吾妻死之年所手植也，今已亭亭如盖矣。"因为，枇杷从此有了怀人的意韵。

今天，吃枇杷我想起了章先生所藏的那幅枇杷画，想起章、陈两先生的友谊。

——知音未必能知味，曾遣青前泪湿无？

【附】

　　陈海萍（1917—2009），四川大竹人，1937 年四川艺专毕业后，一直从事美术编辑，美术创作和美术教育工作。现为中国美术家协会会员，中国人事部人才研究会艺术家学部委员 ISQ9000A 资质认证功勋国画艺术家。

（文字来源于百度百科）

2020 年 5 月 21 日 11 时 40 分于依云斋

第四节　题周稷遗作展

　　《章继肃文集》第 39 页，有《题周稷先生遗作展览》诗一首。诗云：

　　　　谐谑风生不让先，论交书画浑忘年。

　　　　壁间笔彩淋漓在，一睹遗帧一怆然。

（1990 年 4 月）

　　"谐谑"，语言滑稽而略带戏弄。《西京杂记》卷四："（古生）善訑谩。二千石随以谐谑，皆握其权要，而得其欢心。"《旧唐书·柳浑传》："浑警辩，好谐谑放达，与人交，豁然无隐。"唐苏鹗《苏氏演义》卷下："（侯白）博闻多知，谐谑辩论，应对不穷，人皆悦之。"秦牧《艺海拾贝·茅台、花雕瓶子》："至于'茅台瓶子'，佻皮的姑娘们用它们来谐谑地比喻女伴粗壮的腰围，更加是历史久远的事了。"

　　章先生题周稷先生遗作展览，从诗的意思看，周稷先生是个语言诙谐爱开玩笑的人物，诗从人物个性作笔，章先生与周先生论交书画简直忘记了年龄悬殊之大，是忘年之交。

第二句把两人的爱好书画，因共同的爱好而成朋友，然年龄悬殊，但不影响交情，是为忘年之交。"浑"，诗里解释为"简直"。唐杜甫《春望》中"白头搔更短，浑欲不胜簪"的"浑"，就是"简直"的意思；"浑忘年"，就是简直是忘记了年龄差距（忘年之交）。忘年之交，意思是年辈不相当而结交为友。出自《后汉书·祢衡传》，《南史·何逊传》。祢衡和孔融结交为好友的时候，祢衡未满20岁，孔融已50岁了。正是因为孔融看重祢衡的人才，所以愿意为忘年之交。后来"忘年之交"成为一个成语，用来指不拘年岁行辈而结交为友。根据诗的题目来看"题周稷先生遗作展"，可以判定周比章先生年长得多。

第三句是写展览实景的，"壁间笔彩淋漓在"，书画作品悬挂壁间"笔彩"言其是美术、画家，也可以理解为用笔出彩之意，"淋漓"言其作品多，给人看了又痛快淋漓之感，可以当双关理解。

第四句，"一睹遗帧一怆然"。"怆然"，悲伤的样子。三国魏曹操《让县自明本志令》："孤每读此二人书，未尝不怆然流涕也。"三国魏曹丕《与朝歌令吴质书》："清风夜起，悲笳微吟，乐往哀来，怆然伤怀。"唐陈子昂《登幽州台歌》："念天地之悠悠，独怆然而涕下。"唐封演《封氏见闻记·第宅》："郭令闻之，怆然动容。"南宋姜夔《扬州慢》："予怀怆然，感慨今昔，因自度此曲。"清蒲松龄《聊斋志异·小梅》："临别，执手怆然交涕。"陈毅《赴延安留别华中诸同志》诗："战斗相依久，初别意怆然。"章先生一看周先生遗作一悲伤。悲伤什么呢？朋友不在了，睹物思人。

全诗由人物性格起，承两人爱好相同而成忘年之交的关系，转看遗作，合睹物思人之悲伤。周先生形象突出、两人关系、感情自然而感人。好诗！然则，周稷先生，何许人也？

章先生书里没作注释说明。这使我想到在我的另一个恩师雍国泰先生的《雍国泰文集》（中国文联出版社，2015 年 12 月）第290—291 页，记录了有关周稷先生的文字：

> 1993 年 73 岁（指雍先生年谱中）在达师专返聘代课。著名画家、大竹中学周稷，广安人，因亲戚关系，经常走动，赠送过自己的美术作品。多次摆摊到与中学同学邓小平的交往、与徐悲鸿的友谊，还藏了徐悲鸿所赠美术作品。周去世后，其子将一木箱抬入雍家储存。多年后，才知是周的字画。满满地装了一箱。经公安局当场查验，都完好无损地保藏着。此箱字画最后由其侄子捐赠给大竹县政协收藏。

上述文字内容信息十分丰富。我们可以知道，周稷先生是著名画家，大竹中学的老师，广安人。

查阅四川省大竹中学编《大竹中学志》（1998—2008）第 49 页"新中国成立后至 2007 年在大竹中学工作过的教职工名录"，"周稷"名字在其中。

章继肃先生与周稷先生交往开始于何时、何地？我们不得而知。但是否开始于两人大竹工作期间，待考证。章先生与周先生的交情有诗为证。难怪章先生诗曰："一生多感慨，所遇尽时贤。"（《正月初八日达州日报社仙女洞新春联谊座谈会上作》2001 年 1月，见达州日报社编辑《仙女洞之歌》第 53 页）

常言道："惺惺惜惺惺，人才惜人才。"章先生首先是时贤，他才能一生尽遇时贤。我们学习章先生要学习他的与人交往的心态、才情，首先还是学习章先生把自己的本领修炼得棒棒的。这是我的学习心得。

【附】

广安名家周稷的朋友圈

陈杰杰

民国周稷绘万春桥图是我市文博单位保存的一幅关于协兴万春桥及瀑布的水彩画，该画由广安籍著名画家周稷先生创作于1937年，画作色彩鲜艳明亮，用笔大胆老辣，刻画细微，给人以宁静深邃之感，展现了广安大地秀美山水。条幅底部题字"郁周我师指正，生周稷敬赠"。

周稷，1903年出生于广安观塘石莲乡石佛村（今属广安经开区），1922年入读上海美术专科学校，师从刘海粟等名家，毕业后回到成都创办四川美术专科学校，任校长，同时兼任成都师范大学艺术系主任，与川籍画家陈靖业、蒲宣三等人发起成立了峨眉画会，后曾任贵阳、重庆艺术馆馆长，是四川现代美术教育先驱和开拓者。他一生培养了几代四川画家和美术工作者，创作了许多有影响力的绘画精品。时人评价："周稷先生对四川水彩画艺术贡献是相当突出的，在他的大力推动和引领之下，四川水彩画艺术具有了雄厚的实力和基础，我们不能忘记他的贡献。"新中国成立后，周稷一直在大竹中学从事美术教学工作，直到1989年病逝，代表绘画作品有《都江堰》《泰山玉皇顶》等。

周稷先生受业于名门之下，与众多艺术大师交情深厚，又常得同乡提携，有着广泛的朋友圈。

刘郁周的高足。这幅万春桥水彩画底部落款题字为"郁周我师指正，生周稷敬赠"，其中的"郁周"即为刘郁周。刘郁周何许人也，笔者至今未找到其生平事迹史料。位于前锋区观塘镇莲花村的"独愚子墓"崖壁上所刻"独愚子藏骨处"几个大字落款即为"刘郁周题"。同时该墓还汇集了张澜、孙伏园、周建侯、马蔚森、胡采芹等书法名家题词。我市馆藏书画精品中，有近 30 幅作品都与刘郁周相关，有他的行楷书法，也有他与蒲殿俊、赵熙等书法名家的唱和之作，还有许多清末民国广安籍画家题赠的绘画习作，更多的书画上盖有他的"刘氏开汉珍藏"印章。刘郁周还曾收藏有明代封赠户部尚书王德完奏稿 4 本（实为康熙年间王德完之子王璟等托人抄录于官中的抄本），后被交换收藏于重庆中国三峡博物馆。可以推断，刘郁周是清末民国时期广安一位著名的书画家，平日交往广泛，授业弟子众多，周稷即为其中之一。

堂兄周建侯（1886—1973）。在"独愚子墓"上留有题刻的就有这位周稷的堂兄周建侯。据资料记载，1934 年，蒲殿俊在北京病逝前曾将大量手稿、书信等交由乡友周建侯保管，后不知所踪。难能可贵的是周家这两兄弟都成为各自专业领域的先驱，周稷是四川现代美术教育先驱，著名的美术家、教育家，而周建侯则成为中国农业化学学科的先驱，著名的农业化学家、教育家。周建侯幼年曾就读于张澜等名流执教的广安紫金精舍，中过秀才，后考取广安州首批留日公费生，入读日本北海道帝国大学农学部农艺化学系。1918 年回国后担任国立北平大学农学院教授、系主任、院长，抗战时期任国立西北联合大学农学院院长等职，新中国成立后出任华北农业科学研究所理化系主任。周建侯为我国农业科学教育的建设发展，做出了开拓性的重要贡献，培养了几代土壤农业化学人才，被尊为"中国的李比希"。

杨森的提携。1924 年，书画爱好者、喜欢追求新潮洋气的军阀杨森控制了成都，在他的大力扶持下建立了四川美术专科学校，年仅 22 岁的小老乡周稷被任命为校长。周稷注重引进新式美术教育，除开设西画、国画、师范、音乐、体育等科外，还经常延聘名家讲学，为近代四川美术教育培养了大批人才。1945 年，杨森主政贵州后，周稷又被委任为贵州省艺术馆馆长。1947年杨森转任陪都重庆市市长，周稷又担任了重庆艺术馆馆长，可见杨森对这位画家老乡的厚爱。但和杨森军阀本性不同的是，周稷则以他的正直、热情团结了大批文艺界人士，组织"川剧欣赏会"义演，为革命活动筹集经费，保释被捕的进步人士，为党的革命事业做出了积极贡献。早在1944年地下党杨玉枢等人组织成立广安三三川剧改进社，暗中培养革命力量时，周稷就义务为该社绘制服装、景片和舞台美术设计。同年，广安留外学会成立时活动经费不足，他又专门绘赠广安天池风景画10幅，变价4幅作基金支持学会建设发展，余下6幅则在新中国成立后交由广安县文化馆收藏。

黄宾虹来广观展。1930年夏，周稷在广安县立女子中学礼堂举办个人水彩画展，展出《广安全貌》等画100余幅，徐悲鸿致函表示祝贺，蒲殿俊三次前往欣赏，国画大师黄宾虹从外地专程驱车来到广安观展，一时成为广安文化界的盛事。后来周稷邀请69岁高龄的黄宾虹到四川美专授课，黄宾虹借机游历巴蜀，经夔巫、三峡至重庆，又由泸州、宜宾至乐山，登峨眉，观雪山，历时3个月到达成都，被聘为四川美专校董兼中国画系主任。著名画家、上海美术专科学校校长刘海粟先生在回忆这段往事时说："我曾写信介绍他（黄宾虹）去找我的学生——四川美术专科学校校长周稷，周为他配备了一辆黄包车，讲学作画提供方便，这对旧中国的一位画师，已称很高礼遇。"

知交徐悲鸿。徐悲鸿与周稷同为上海美专校友，徐悲鸿初到成都办画展，周稷四处奔走张罗，极力为其主持。1945年，周稷在重庆举办个人画展，徐悲鸿多次前往观赏，画《下山马》一幅相赠，并亲切地称呼他为学弟。徐悲鸿为画展作序，盛赞"周稷水彩画技艺浑莽浩瀚，物物得所。能削繁成简，妙造自然，于全景大规模之处置最擅胜场。所至摄取自然之美收于腕底，频年成绩至为丰满……悲鸿忝属知交，为记短章，用当介绍"（原件藏于大竹县档案馆）。此后周稷画技大增，名重西南。1947 年，周稷到重庆筹建艺术馆，徐悲鸿又赠画 50 幅相助建馆，张大千也积极为其出谋划策，要在艺术馆建成时率先展出其作品。

新中国成立后，徐悲鸿担任中央美院院长，周稷则在川东小县城大竹中学教美术，有人劝他去找徐悲鸿到大城市谋个好职业，周稷不肯。1953 年，徐悲鸿因脑溢血逝世，周稷在报纸上得知消息后，掩卷长叹，泪流不止，多日郁郁寡欢。

2020 年 6 月 2 日 11 时 20 分于依云斋

第五节　访魏传统将军
——章继肃先生北京行

章继肃先生遗存的 200 余首诗词中，只有一首专门结伴访名流。那就是《访魏传统同志》，在他手稿《我的自传》（为达川地区书法志供稿，1993 年 11 月）中却没有记载。现根据《章继肃文集》（海南出版社，2001 年，第 32 页），补叙之。

1984 年 10 月，章先生同刘伯骏、王成麟、田明灿、马骏华、李觅等同志到北京参观全国美术展览。这次活动，章先生写了《念奴娇·登长城，兼怀纫秋》《访魏传统同志》《游颐和园》《沁园春·南京》《南京雨花台》《与马骏华同志游燕子矶》《游莫愁湖》《游玄武湖》。看来这次活动可以分为北京之行和南京之行。

本文只说学习北京之行。

为介绍方便计，我们先说登长城、游颐和园，最后说访魏传统将军。上述先生参观完全国美术展览后，结伴做了长城一日游。

念奴娇·登长城，兼怀纫秋

长城万里，乃人类史上，工程奇迹。八达居庸登眺处，中外游人如织。玉宇无尘，江山有待，况值清秋节。书生老矣，匆匆来作过客。

我本西蜀编民，中原驰骋，寂寞无人识。夜渡黄河风露爽，一枕邯郸道北。上国观光，放怀纵目，使我开心臆。异时归去，小窗细与伊说。

"不到城非好汉，到了长城不遗憾。"在国人心目中，长城是应该一游的。北京，伟大的祖国首善之地，更是令人向往。如今到了首都，看看长城，是每个没去过的人不错的选游之地。"况值清秋节"，北京秋季，尤其是国庆前后，天气不冷不热，是旅游的黄金期，难怪"中外游人如织"。诗人赞长城，高兴之中，又觉"书生老矣，匆匆来作过客"，有这次机会难得，这次没看够。想起一个四川人，来中原，寂寞无人识，连夜坐火车而来，不容易。看了上国风光，回家在小窗下，跟老伴儿（段纫秋女士）讲讲。感情真挚，娓娓而谈，填词如话家常，不以华丽辞藻示人，恰是高手风格。

游颐和园

历史名园游兴高，好山好水好秋潮。
昆明湖上登清宴，武帝旌旗一望消。

颐和园是大清皇家园林。清乾隆时，将万寿山前天然湖泊开拓至3000余亩，并取汉武帝在长安开凿昆明池操演水战故事，命名为昆明湖。每年夏天在湖上练武习操。"历史名园游兴高"，首句即为诗眼。"历史"，昆明湖的来历，汉武帝的演习水军；"名园"，是三个好，"好山好水好秋潮"；游兴高自然有理了，高明还在翻出"登清宴"，登上这"海清河晏"的时代，很巧妙地赞美了所处的时代安宁、太平，才有我等常人来游昔日之皇家园林。的确为大家之作。

访魏传统同志

京华访魏老，巷小乐清安。

门外无车马，庭中有菊兰。

论书明导向，置酒问暄寒。

好是乡贤议，影留后日看。

同访者刘伯骏、王成麟、马骏华、李觅。

这是一首叙事抒情的五言律诗。魏传统将军，是达州、大巴山走出的开国少将，一代儒将，与张爱萍、杨超一起，被人们称为"岁寒三友"，名扬四海，同时也是四川文理学院老校区走出的优秀学子。诗歌起笔即点出地点和事件，"京华访魏老"，看似平淡无奇，实则暗含骄傲自豪、喜悦之情。二、三、四句是拜访路上、门外、院中环境描写，"乐清安""无车马""有菊兰"侧面烘托魏老爱干净、喜安静、人高雅；颈联，正面刻画谈论的话题，摆酒招待家乡来的书画家。"明道向"，赞魏老在书法问题上的指引、前瞻；"问暄寒"体现魏老的关心老乡、亲切而平易待人的性格特点。七、八句，诗人议论叙事抒情融为一体，把感情裹挟得很深。这首诗，我在师专读书时，亲自看章先生为我们现场写过，那时他写的是行书字体，一个四尺中堂。许多年后，达川和大竹两县书协首次搞书法联展，我写的作品就是先生这首诗。在达川展出时，一位书家朋友打电话云"十分喜欢"，后被该友收藏了。

顺便说一下，四川文理学院前身（达县师范专科学校）的校名，就是魏传统先生题写的。有不少人写文章说是张爱萍将军题写。据说，校名"岁寒三友"的作品里都写过，是学校让章先生选一个，章先生选的魏老的字。从学校校史图片看，那字就是魏传统将军的。

我拟猜，章先生在《我的自传》中不写一笔，要么写时忘记了，要么有其他考虑。

今写出，还原历史，为学习研究者作资料。

【附】

魏传统（1908—1996），四川省达州市通川区人，当代著名书法家、诗人，1926 年加入共青团，1928 年转为中共党员，1933 年参加中国工农红军，1955 年被授予少将军衔，为第五届全国政协委员，第六届全国政协常务委员，中国楹联学会首任会长。（文字来源于百度百科）

2020 年 4 月 27 日 23 时于依云斋

第六节　与马骏华同志游燕子矶
——章继肃先生南京行

1984 年 10 月，章继肃先生一行在北京参观全国美术展览后，取道南京回达州，于是有了南京之行。他写了《沁园春·南京》《南京雨花台》《与马骏华同志游燕子矶》《游莫愁湖》《游玄武湖》诗歌，记录在《章继肃文集》（第 33—34 页）里。《章继肃书法集》第 12 页收了书法作品行草条幅《与马骏华同志游燕子矶》。

诗歌鉴往事，翰墨留遗迹。后人可知先生南京行踪，以资学习、研究章先生的名士风流。

沁园春·南京

北去南来，访莫愁湖，登燕子矶。上钟山瞻仰，哲人陵墓；雨花礼拜，烈士丰碑。大桥横空，梅园名世，圣迹留人每低回。石城者，却匆忙未到，失了良机。

南京一派秋晖。图画里峥嵘楼阁飞。看人文荟萃，马龙车水；市场繁荣，物阜民熙。虎踞龙盘，山川形胜，江上秋风鲈正肥。家山路，喜蜀吴非远，指日言归。

这阕《沁园春》上片，首句交代离开北方（北京）来到南国，看了南京城外的名山胜水——莫愁湖、燕子矶、中山陵、雨花台、梅园，"圣迹留人每低回"。石城是南京城的旧名。却因为行迹匆忙没有进南京城一看，失了良机，有些惋惜。"哲人"，贤明而智慧卓越的人，出自《礼记·檀弓上》："梁木其坏乎？哲人其萎乎？"这里指的是孙中山。动词"访、上、礼拜"读来行色匆匆，心情愉快；"低回"，又节奏慢下来思考。再到"失了良机"的惋惜。诗人心情变化很明显。

下片写秋光中的南京，想家了，四川离南京很近，几天就可以到家。是一个"美"、一个"思"、一个"喜"。诗人情感层次丰富。写美，是南京自然人文的秋景美；写思，是用魏晋张季鹰"秋风鲈脍"的典故，来表达思念家乡之情。张季鹰诗《思吴江歌》："秋风起兮木叶飞，吴江水兮鲈正肥。三千里兮家未归，恨难禁兮仰天悲"。不过，张翰（字季鹰）是想辞官归隐为真；诗人却真是想快点回家罢了。

雨花台

烈士群雕耸入云，松苍柏翠见精神，

英雄热血不空洒，幸福花开礼万民。

雨花台，是南京新民主主义革命烈士纪念公园，雕塑很大，种了许多松柏。雨花台原来叫石子岗，有个美丽的来历：相传南朝梁天监六年（507），金陵城南门外高座寺的云光法师常在石子岗上设坛说法，说得生动绝妙，感动了佛祖，天上竟落花如雨。唐朝时根据这一传说将石子岗改名为雨花台。

游莫愁湖

莫愁湖上水云幽，独幸卢家有莫愁。

至此游人齐赞赏，郁金堂与胜棋楼。

20世纪80年代，朱明瑛演唱《莫愁啊莫愁》歌："莫愁湖边走，啊，春光满枝头……"那时并不知道，世上真有一个人叫莫愁，也并不知道莫愁湖在南京。"独幸卢家有莫愁"自然想起一个凄美的故事：相传从前河南洛阳有个勤劳、善良、聪明、美丽的少女，名叫莫愁。因家境贫寒，无钱处理父亲丧事，便忍痛含悲卖身葬父。时值南京的巨贾卢员外经商路过那里，便买下了莫愁。从此，莫愁便辞别寡母和"青梅竹马"的意中人，走上了背井离乡、令人堪愁的人生之路。她在忍耐中，默默地吞咽下别愁离苦。她跟卢员外来到南京，嫁给卢员外的15岁儿子为妻。后来生一子。不久，边疆发生了战争，她丈夫从军奔赴边关。不料一去数年，音信皆无。她终日里担心戍边的丈夫，思念远在中原的母亲，心中该有多少愁苦啊！她在忍耐中默默地把愁苦吞咽了。这位天性善良的女子还时时为他人排忧解难。她经常用自己积蓄的钱财接济乡邻，为穷苦人采药治病，深受乡邻的爱戴。但也惹来一些闲言碎语，最不能忍受的是卢员外诬陷她偷窃，莫愁不堪遭此凌辱，便投石城湖死了，后人为了纪念她，将石城湖连同卢家花园一并称为莫愁湖。

诗人赞美郁金堂、胜棋楼，也让读者联想赞美莫愁女的美好的德行。

游玄武湖

钟山隐隐后湖清，十里长堤接市城。

芳径独归人散后，畅游南北两昆明。

玄武湖在钟山背后，故又叫"后湖"，玄武湖又在南京市北边，所以又叫"北湖"。中华四神兽：左青龙、右白虎、南朱雀、北玄武。玄武是龟与蛇的组合体，代表北方。南朝宋武帝大明中，大阅水军于湖上，故又号昆明池。"畅游"即为心情写照。

与马骏华同志游燕子矶

客次钟山下，同游燕子矶。

大江流广野，初日照清晖。

御笔宣功德，夷兵入翠微。

如今新雨露，振翮拂云飞。

这首五言律诗，"次"是停留之意。首联单刀直入，先生和马骏华同志作客游南京，停留在钟山之下，他们一起游燕子矶。燕子矶位于南京市栖霞区观音门外，作为长江三大名矶之首，燕子矶有着"万里长江第一矶"的称号。燕子矶是岩山东北的一支，海拔 36

米，山石直立江上，三面临空，形似燕子展翅欲飞，故名为燕子矶，在古代是重要渡口。

颔联、颈联、尾联写得很出彩。"大江流广野，初日照清晖。"写出了一种宏阔的意境，大江流，初日照，心情大爽，似老杜"星垂平野阔，月涌大江流"（《旅夜书怀》）句脱胎而来。"御笔宣功德，夷兵入翠微。"燕子矶上有乾隆御碑亭，鸦片战争中，英国侵略军由燕子矶登陆，进逼南京。在这里，诗人有讽刺清统治者的所谓功德，就是使英军入侵，发人深省。"如今新雨露，振翮拂云飞。"而今在新中国雨露沐浴下，燕子矶振翮高飞，经济社会全面发展，拂云飞翔。大赞时代不同，讴歌新气象。当然也有赞美同伴马骏华同志事业、艺术、人生正是"振翮高飞"。振翮高飞，指鸟儿拍打着翅膀向上飞行。常用来形容人志向远大、努力奋发向上或经济正高速发展、在腾飞等。

1984 年 10 月，离现在 30 多年过去了。章继肃先生的这次南京之行，特别是这些诗书记录了过往。前不久，我到巴山书画院拜会马骏华先生，谈及我在编章先生年谱之事。骏华先生微笑着深情地说："章老师跟我写过一首诗，游燕子矶的。"那句"如今新雨露，振翮拂云飞"，他顺口就背出来了。

章先生的诗书，给人们的东西远超诗书本身。您会写诗、您会写字，不妨给您的朋友单单对他写一首吧，那你们的友谊会有特有的一份温馨呢。

【附】

马骏华，副研究馆员。著名书法家。四川省第九、十、十一届人大代表、达州市第一、二届人大常委会委员、曾任达州市摄影家协会主席、达州市文联主席、达州市文化馆馆长。系中国书法家协会会员、四川省书法家协会理事、创作评审委员会委员、达州市书法家协会主席、巴山书画院院长等。

2020 年 4 月 28 日 19 时 40 分于依云斋

第七节　与徐无闻先生的交情

章继肃先生文集里多次出现"徐无闻"有关的诗文。现根据这些诗文，我们来学习、研究两位先生的交往，以启我们的人生智慧。

在省书协成立大会上相识

1982 年 4 月，在中国书法家协会四川分会（后改名省书协）成立大会上，章先生作了两首七绝；书法表演时，章先生又把它写成了一张条幅。重庆许伯建先生看了以后说："真是好诗。凡是好诗，读一遍便能成诵。"接着，他真的把两首诗背出来了。当时，徐无闻先生也在场，建议把两首诗写成中堂，写大一些，让与会书家欣赏。这样，章、徐两先生便相识了。

在浙江杭州的相知

1982 年 9 月，"四川浙江书法篆刻作品展览"在杭州首次展出，四川省派出书法家代表团前往参加开幕式。四川代表团有：方振（团长）、徐无闻、丰中铁、刘云泉、何应辉、刘正成、苏园、夏昌谦、毛钧光、章继肃 10 人。章、徐两先生均在代表之列。章先生先一日到杭州，次日徐先生至，徐先生见章先生面便说："听说你来了，我才来的哟！"于是他们便去西湖旁一家酒店小饮、畅叙。

章先生有诗《与徐无闻教授饮咸亨酒店》诗曰：

一店当街车马喧，咸亨格局至今传。

座中有客来巴蜀，鲁镇风光细品论。

杭州的书友为四川代表团安排了一周的活动：绍兴览胜、海宁观潮、花港观鱼国庆联欢、柳浪闻莺书家座谈……所到之处，章、徐两先生均有诗作。他们商定，将两人在杭州所写的诗会合起来，定名为《浙展游草》，并以此各写一横幅书法作品，互相赠送，作为此行纪念。回川时，徐先生把诗稿交给了章先生。由章先生加上自己的诗先写成横幅寄出。

徐先生的诗共 9 首，现录于下：

黄龙洞
小池留白云，泉声静岩壑。

微凉生石间，细数桂花落。

绍兴青藤书屋
一树藤青池水活，斗室萧然任啸歌。

抗世厌时终不死，千秋绝艺感人多。

绍兴东湖
绝壁千寻小艇入，澄波一顷月桥通。

山阴道上群岩秀，此地争赢造化功。

兰亭即席应主会者命作

其一

兴酣落笔自天然，一序临流万古传。

遗少风规真未远，我来依旧见崇山。

其二

寄兴山川少长集，永和当日此流觞。

天机妙会忘心手，何计今人道短长。

秋瑾故居

越女长吟风雨愁，短头端的醒神州。

平生居处今犹昔，户外稽山接素秋。

国庆日正值中秋在花港观鱼即席

其一

秋半江南绿尚娇，村村新舍喜民饶。

蜀西万里雕虫客，廿载三来访六桥。

其二

西湖佳丽留坡老，蜀道雄奇记放翁。

艺事从来无域畛，墨花灿烂启新风。

两省书家柳浪闻莺雅集

笔歌墨舞正催诗，座上豪英即我师。

别后巴山明月夜，两湖盛事记今时。

章先生的诗共 16 首，现把余下的 15 首（上文已经介绍了一首），录下供大家学习。

东湖

人说东湖好，盛名不虚传。

我来东湖游，爱此景一盘。

青青山上树，淡淡湖中烟。

石壁高千尺，下临百丈渊。

船进陶公洞，如坐井观天。

船过桃花洞，一门开豁然。

鬼斧与神工，难为此奇观。

复行山阴道，应接不暇看。

把酒就菊花，竟尔忘归还。

兰亭雅集

一序兰亭百代香，邀欢曲水咏流觞。

挥毫堂上惊风雨，也学右军写几行。

与徐无闻同志兰亭御碑合影

东湖湖上泛轻舟，畅饮咸亨酒一瓯。

古事长怀修禊岁，今生欣遇兰亭游。

崇山竹树娱心目，曲水觞吟乐唱酬。

地角天涯人共远，御碑同赏海风秋。

谒大禹陵禹王庙

三过家门而不入，疏江注海利庶民。

会稽山下瞻令庙，千载人钦大禹神。

秋瑾故居

鉴湖雌侠女中英，革命前驱海内名。

和畅堂中睹壮采，男装如见气纵横。

青藤书屋

一代奇人百代师，青藤掩映屋何奇！

我来四百十年后，犹见一尘不到斯。

清平乐·金秋两度

金秋两度，修到西湖住。桂子飘香堤柳舞，人在观鱼佳处。欣看三喜相临，挥毫抒写豪情。开展全新局面，建设两个文明。

画中游

画中游在画中游，雨后西湖景更幽。

杨柳一堤山万叠，荷花十里桂三秋。

宾迎西极和东海，歌吹吴吟与越讴。

明秀繁花多少地，天城只合是杭州。

重游灵隐寺遇雨所见二首

其一

如来端坐似微醺，信女善男礼拜勤。

殿外倾盆下大雨，不知闻也为曾闻。

其二

四围观者未生嗔，呆若木鸡竟出神。

莫道冥顽终不化，于中也有异邦人。

游九溪十八涧西湖园林管理处同志在溪中溪馆设宴招待

山山水水池馆清，九溪十八涧中行。

醋鱼香溢倾佳酿，畅叙书家同志情。

登葛岭初阳台

西湖湖上水如烟，路草晨风最可怜。

我到初阳观日出，葛洪已死不求仙。

与夏昌谦同志龙井村品茶

天下名茶人欲饮，我来龙井品香茗。

三杯岭上起秋风，忽觉凉生衣袖冷。

清平乐·书家交流

湖南路上，翠柳翻金浪。佳会秋高天气爽，只欠莺省嘹亮。虽无枝上春莺，却多座上深情。喜看蜀山浙水，天涯今结芳邻。

海宁观潮

我随代表团，观潮到海宁。不是观潮派，却作观潮人。

观潮观潮潮水来，沧海横流走惊雷。

波诡云谲鱼龙吼，力争上游相挽推。

潮头蓦地触山回，三十万人舒心怀。

亚非拉美不辞远，争此一观而已哉。

潮去潮来会有时，海潮归去人潮归。

钱塘江上秋风起，海神庙前白云飞。

　　章、徐两先生的诗清新自然，深得风人之旨。十分宝贵。更十二分宝贵的是，两先生通过本次活动已成相知。

书画双绝赋相思

　　1990年农历正月初三，向克孝、季富政两先生邀请徐无闻先生在季的新居（成都九里堤西南交通大学）师生宴叙，"念及十数年来几家之挚情"（季与章先生信语），富政先生作水墨山水画中堂，徐先生题字其上寄章先生，真双绝也。收到后，章先生赋诗一首《怀九里堤》。

　　　　千里邮筒寄涧溪，辉生蓬荜喜山妻。

　　　　遥知春节醉春酒，令我长怀九里堤。

一诗一文悼故人

　　徐无闻先生于1993年6月下世，享年62岁。章继肃先生于1993年7月，写下了《悼徐无闻同志》的诗一首，1993年10月9日，写下《没有写的横幅——悼徐无闻同志》一文。

　　　　　　悼徐无闻同志

　　　　君因我至君方至，畅饮西湖酒一卮。

　　　　笔会山阴追劲健，篆镌海内著雄奇。

　　　　春风化雨众生仰，文章道德侪辈师。

　　　　种种都随人远去，巴山蜀水不胜悲。

　　文中章先生写道："痛哉！我即是写下一张横幅，也无处投寄了。"

2014年1月12日20时14分章继肃先生在达州不幸逝世，享年93岁。

章继肃、徐无闻两先生这对故人只有在另一个世界谈诗论文、把酒挥毫、纵论千古了。但，章继肃、徐无闻两先生"学炳千秋，风骨永存"！

【注】章先生比徐先生年长9岁，故本文称章在徐先生之前，也不光章先生是我的老师这个原因。

【附】

徐无闻（1931—1993），四川成都人。字嘉龄，号无闻。原名永年，三十耳聋后更名"无闻"，室号守墨居、烛名室、歌商颂室等。当代著名学者、书法家、篆刻家、教授。在文字学、金石学、碑帖考证、书法、篆刻、诗词、绘画、教育、收藏等领域都是行家里手，是当代一位全能型的人物，对艺术界、学术界、教育界皆有巨大影响。他特别是20世纪巴蜀书法、篆刻的殿军，对巴蜀文化产生了极大的促进作用，代表了学者型书家的典型形象。

2020年4月29日21时09分于依云斋

第八节　事业有心雄万夫
——记章继肃先生与季富政教授友谊有感

章继肃先生在他文集里写过两首有关季富政教授的诗。章先生在文集第62页写道："季富政同志与予同时由大竹调达县师范专科学校工作，现在西南交通大学任教。"根据这个信息，说明季富政教授 1977 年 3 月以前应该在大竹县工作过。

　　章先生 1948 年 7 月—1977 年 3 月，在大竹师范学校工作，季富政教授又在大竹哪里工作？经过多条渠道打探，季富政教授曾在大竹堡子垭中学教书。这个学校，连网上也搜不到了。据熟悉大竹的师友讲，应该是大竹乌木水库一带，大竹堡子垭可能被乌木合并了。这不重要，重要的是，章先生同季教授共同在大竹工作过，可能有过交情。加之，又在达师专是同事。

　　20 世纪 90 年代，我在章先生家里，见过季富政教授送给章先生的一幅画章先生年轻时的钢笔肖像画，用简易木框装池，挂在靠阳台窗户边的墙壁上。我记得很清楚。这说明，章先生与季教授是有交集的。章先生曾任中文系主任，季教授曾任美术系主任。后来，师专美术系停办，季教授调去西南交通大学建筑学院教书。

　　1992 年 10 月，章先生写了一首古风诗《寄谢季富政同志作画为寿兼怀向克孝同志》。诗歌是这样的：

> 季君寿我得天图，展卷悬之光满屋。
> 上有村社之远势，左右两岸摇青绿。
> 中绘清流泛小舟，舟上三鸟呼呜呜。
> 容与逍遥凌万顷，浩浩飘飘无拘束。
> 人生快意当如是，得天得天其庶乎！
> 借问谁是得天者？老向季君与故吾。
> 忆昔谈诗宴游日，往事历历如在目。
> 十五年前初识君，居然一见便如故。
> 从此共事达州城，五年南坝比邻住。
> 州河之滨龙爪颠，至今犹记盘桓处。
> 天之高也地之深，其于我辈何有诸。

凭君妙笔写其真，此情此景能再不！

季君豪气壮山河，季君洒落有大度。

季君作画如其人，下笔飒飒如风雨。

千岩万壑藏胸中，纸上倏忽生烟雾。

兴来写生天地间，描尽万象意始足。

季君作画亦作诗，新诗千首出肺腑。

季君未及知命年，事业有心雄万夫。

近闻著作已等身，更为艺苑辟新途。

天生我材必有用，季君终是画坛主。

向克孝先生先一年（1976 年），由大竹县委调达县市委宣传部，后任四川文艺出版社社长。

这首诗可分为三层意思。第一层从"季君寿我得天图"到"老向季君与故吾"。开始说季君为祝福章先生寿（七十大寿）送了一画。把画挂起来，满室生光。一开始就用"得天图""光满屋"来赞美这幅画极其珍贵，使人心情十分高兴。接着介绍画面内容，再说得到此画是"得天"，然人生快意更在"老向季君与故吾"的天生缘分之友谊。诗人用了 4 个"得天"，第一个"得天图"，意思是从天而得的图，意指从成都邮寄而来，也说天上神仙画的非人间凡人所画，夸图难得，能不难得吗？季教授的画，又其上有徐无闻教授的字，真双绝也。第二三个"得天得天其庶乎"，人生快意，如画上清流泛小舟，逍遥万顷，浩浩飘飘，无拘无束，这就是人的天性得来，大概这样吧。第四个"得天"，应该理解成《管子》中"时者得天，义者得人"。用今天的话说："我们都是君子之交，缘分啊！"

第二层从"忆昔谈诗宴游日"到"此情此景难再不"。回忆三人在达州的交往史。看来，章先生与季教授在师专初识。天高地深，人多渺小，难得友谊，难得妙笔写其真。

第三层从"季君豪气壮山河"到结尾。写季君性格做人、作画、作新诗，事业有心雄万夫，祝福"季君终是画坛主"。

全诗思路：图——忆——人。很清楚。

联想到 1990 年 2 月，章先生写第二首《怀九里堤》。

正月初三日，向克孝、季富政两同志邀请徐无闻同志与富政同志新居（成都九里堤）师生宴饮，"念及十数年来几家之挚情（富政同志来信语）"，富政同志作水墨山水画中堂，无闻同志题字其上寄我，真双绝也。收到后喜赋。兼怀凌大志同志。

千里邮筒寄涧溪，辉生蓬荜喜山妻。

遥知春节醉春酒，令我长怀九里堤。

一幅双绝画，出千里之遥成都的邮筒寄至偏远涧溪所在的达州南坝，使蓬荜生辉，连那山里长大的妻子都高兴。"山妻"，谦称自己的妻子。远远地知道，你们春节搞了个雅集，陶醉在春节的酒宴里，我都想来。我好长时间想你们啊——九里堤的师友们。

感情真挚，语言清新、典雅而妥溜，好诗。

两首诗记录了一幅画承载的友谊。如何为一件国画作品写一首诗，如何使友谊到老而历久弥新，章先生、季富政教授启迪着我们——事业有心雄万夫。

【附】

1. 季富政，男，1943 年出生，重庆市人，大学本科学历，教授。硕士生导师。曾任国家文物局三峡库区淹没古桥专题队长、美术家协会会员、四川省建筑师学会学术委员。现任西南交通大学、中国传统文化研究中心、中国传统建筑文化研究中心主任。他的著作有：《巴蜀城镇与民居》《中国羌族建筑》《四川民居散论》《四川小镇民居精选》《中国传统建筑钢笔表现技法》等。现正著述《三峡古典场镇》一书。并有"巴蜀庄园""四川客家民居""巴蜀乡土桥梁"等课题，他日夜奔波于广袤巴蜀大地，并积累了川中无人可比的宏富乡土建筑资料。他发表的文章近百篇。美术作品上百幅，曾多次参加国际、国内传统建筑及文化学术会议，亦将研究成果游学于大专院校、社会媒体，同时转化为现代民居设计及城镇规划。他的研究初衷始于转轨期建筑改朝换代的忧患，殊不知陷进去再也不能自拔。中华建筑尤其是乡土建筑惨遭建设性毁坏。于是他自费于课余、假期数百次"流窜"流连在川中山区平原，可谓备尝艰辛、历尽凶险。然抢救一点祖国文化之责，犹如大山压顶般沉重，于是就有些不顾一切了。他终于从万难之中走出来，创造出了属于自己的学术天地，同时又确立了他在此学术领域的地位。

2. 凌大志，1983 年 10 月至 1986 年 8 月任达师专副校长。

2020 年 4 月 30 日 13 时 15 分于依云斋

第九节　飞逐斜晖染赤云
——章继肃先生与董味甘教授唱和

唱和，是一个多义项的词语：

1. **歌唱时此唱彼和**。语出《诗·郑风·萚兮》："叔兮伯兮，倡予和女。"陆德明释文："本又作'唱'。"《荀子·乐论》："唱和有应，善恶相象。"晋左思《吴都赋》："荆艳楚舞，吴愉越吟，翕习容裔，靡靡愔愔。若此者，与夫唱和之隆响，动钟鼓之铿耾，有殷坻颓于前，曲度难胜，皆与谣俗汁协，律吕相应。"《资治通鉴·后唐庄宗同光元年》："陪侍游宴，与宫女杂坐，或为艳歌相唱和，或谈嘲谑浪。"

2. 指音律相合。《汉书·律历志上》："律吕唱和，以育生成化，歌奏用焉。"

3. 互相呼应、配合。多含贬义。《后汉书·皇后纪下·安思阎皇后》："更相阿党，互作威福，探刺禁省，更为唱和，皆大不道。"晋孙楚《为石仲容与孙皓书》："二邦合从，东西唱和，互相扇动，距捍中国。"《新唐书·李宗闵传》："时德裕自浙西召，欲以相，而宗闵中助多，先得进，即引僧孺同秉政，相唱和，去异己者，德裕所善皆逐之。"

4. 以诗词相酬答。唐张籍《哭元九少府》诗："闲来各数经过地，醉后齐吟唱和诗。"《二刻拍案惊奇》卷十七："妾虽不敏，颇解吟咏。今遇知音，不敢爱丑，当与郎君赏鉴文墨，唱和词章。"郭沫若《李白与杜甫·李白在政治活动中的第一次大失败》："（崔宗之）继又移官金陵，与李白相遇，诗酒唱和。"

5. 比喻彼此和谐融洽，多指夫妇关系。南朝宋谢灵运《鞠歌行》："德不孤兮必有邻，唱和之契冥相因。"北齐颜之推《颜氏家训·治家》："唱和之礼，或尔汝之。"

本文《章继肃先生与董味甘教授唱和》的"唱和"，很显然，指的是"以诗词相酬答"。唐朝郑谷诗云："积雪巷深酬唱夜，落花墙隔笑言时。"酬答唱和，是相互之间情感交融的过程，不管何时何境，吐露的都是肺腑之言，是一件让人愉悦的事情。章先生与董教授的酬唱，使友谊难以忘怀。他们丰富的才学、人格魅力，他们的如火挚情，他们的求索精神，深深感动着我、鼓舞着我。

1991年1月2日，重庆师范学院中文系教授董味甘先生（章继肃先生同学）为章先生七十大寿及诗文稿付梓写下贺诗二首。记录在《章继肃文集》第204页。

继肃学兄七十大寿及诗文稿付梓贺诗二首

其一

露冷霜凝色愈纯，秋枫红叶胜花群。

熊熊如炬燃天半，飞逐斜晖染赤云。

其二

矍铄章翁寿古稀，随风咳唾尽珠玑。

阳春白雪翻新曲，流水高山待子期。

董先生第一首诗用象征手法，用经过了"露冷霜凝"，枫叶的颜色更纯，很有哲理之趣。言生活的风霜雨雪使人生更纯美，点出了苦难对人生的意义。第二句承第一句而来，那纯，就是"秋枫红叶胜华群"，红叶颜色超过百花的红艳。三四句，以枫叶如火炬熊熊燃烧天半，飞逐斜晖染赤云的意境，表达赞美章先生"夕阳红"，老年积极进取，为社会奉献余热的可贵品质。"露冷、霜凝、秋枫、红叶、群花、火炬、斜晖、赤云"等意象，组成一幅绚丽的图画，有诗意的象征。

董先生第二首诗，主要是用典。"咳唾珠玑"出典《庄子·秋水》："子不见夫唾者乎？喷则大者如珠，小者如雾。"又，《庄子·渔父》："窃侍于下风，幸闻咳唾之音以卒相丘也。"又，《后汉书》卷八十下《文苑传·赵壹传》："赵壹字元叔，汉阳西县人也。体貌魁梧，身长九尺……而恃才倨傲，为乡党所摈……又作《刺世疾邪赋》以舒其怨愤。曰：'……鲁生闻此辞，系而作歌曰：势家多所宜，咳唾自成珠。被褐怀金玉，兰蕙化为刍。贤者虽独悟，所困在群愚。且各守尔分，勿复空驰驱。哀哉复哀哉，此是命矣夫！'"又，《晋书》卷五十五《夏侯湛传》："夏侯湛字孝若，谯国谯人也……湛幼有盛才，文章宏富，善构新词，而美容观，与潘岳友善，每行止同舆接茵，京都谓之'连璧'……泰始中，举贤良，对策中第，拜郎中，累年不调，乃作《抵疑》以自广。其辞曰：'……咳唾成珠玉，挥袂出风云。岂肯鄙事，取才进人，此又吾子之失也……'"又，唐李白诗《妾薄命》："汉帝宠阿娇，贮之黄金屋。咳唾落九天，随风生珠玉。"又，宋刘克庄词《洞仙歌·癸亥生朝和居厚弟韵·题谪仙象》："等闲挥醉笔，咳唾千篇，长与诗家窍膏馥。"

咳唾珠玑或咳唾珠玉，一者可形容势家、豪家的势焰；另一义也可比喻某人的言谈文章之美。此二义以后者在诗词中更为普遍地被使用。

阳春白雪，原指战国时代楚国的较高雅的歌曲，后比喻高深的不通俗的文学艺术。出自《对楚王问》。

高山流水，比喻知己或知音。也比喻乐曲高妙。典出《列子·汤问》："伯牙鼓琴，志在登高山，钟子期曰：'善哉，峨峨兮若泰山。'志在流水，曰：'善哉，洋洋兮若江河。'"

精神矍铄的章老已到古稀之寿了，他随意言谈的话，就是好的诗文，他把高深的文艺能翻出好懂的作品，像一曲曲高妙的乐歌等待知音的欣赏。

董教授用常典作诗高度赞扬章先生的文艺才华，也反映了两位先生知己的难得。

1991年3月，章先生作了《寄谢董味甘同学》两首，以为酬谢。

寄谢董味甘同学

予在四川大学文学院中国文学系求学时，与董味甘君等七位同学住一室；毕业后各奔前程，都无消息。四十年后，董味甘同学教授重庆师范学院，予亦督讲达县师范专科学校，始有书信联系。1990年，董味甘同学以所作《八俊图》诗八章命予书之；洎予70岁生日，又以诗两章见寄。感荷之际，为诗以谢。因记数年前曾邂逅近当时同室之卢孟甲（长春）同学，云在四川省农业学校任教，皆从事教育工作，因有"德不孤"之句，因兼寄之。

其一

江楼同学记翩翩，一别江楼四十年。

八俊图成人亦老，春泥护得百花鲜。

其二

喜读董兄八俊图，华章又谢寿今吾。

园丁事业关兴替，论曰有邻德不孤。

曾住锦江高楼，记得同学风度翩翩，我们一别江楼都40年了。你八俊图成功了，人也老了，但如龚自珍所言"落红不是无情物，化作春泥更护花"（《己亥杂诗》），培养了大量的后继人才。喜欢读董兄的《八俊图》，又感谢你华美的诗章为我祝寿。教育人的事业总是一代一代，推陈出新，《论语·里仁》说"德不孤，必有邻"——有道德的人是不会孤单的，一定有志同道合的人来和他相伴。

章先生的诗用典"春泥护花"和"邻德不孤"，很高妙地赞美同学为教育事业做出的贡献，同时赞美他的德行，愿做志同道合相伴一生的朋友。

1996年7月，重庆董味甘先生因章先生为之赐代书《八俊图》而写《谢继肃学兄赐代书》四首。书云：

一

联床夜课锦江初，五十年来音问疏。

劫历沧桑情不改，鸿飞顿降换鹅书。

二

弱冠相逢忆旧知，如今模样费猜疑。

但凭纸背三分迹，相见挥毫德意时。

三

何须回首话蹉跎，命蹇书生路坎坷。

所幸诗心尘不染，小窗吟出玉珠多。

四

达县渝州咫尺间，居然不得睹容颜。

吟笺难尽思君意，迁客何时载酒还。

当初我们在锦江边是同寝室苦读的同学，50年来通音讯问候稀少。你历经劫难、人生沧桑，情谊不改，一封信突然降临换取你的墨宝。有点不好意思啊。"换鹅书"，据何法盛《晋中兴书》载，大书法家王羲之爱鹅成性。山阴道士熟悉了王羲之这种癖性后，便蓄意养了一群鹅，以此赚取王羲之书帖。果然，王羲之见了群鹅后非常喜欢。"道士云：'为写《黄庭经》当举群（鹅）相赠。'乃为写讫，笼鹅而去。"事亦见《晋书·王羲之传》。后遂用"黄庭换鹅""换鹅经""换鹅书"等指书法高妙，或以己之绝技换取心爱之物。

20岁相逢，我们都是相知的故人了，你如今的样子我猜不出来。单凭你的力透纸背的书法墨迹，我想象得出咱们相见你挥毫得意潇洒的时刻。古时汉族男子20岁称弱冠。这时行冠礼，即戴上表示已成人的帽子，以示成年，但体犹未壮，还比较年少，故称"弱"。冠，帽子，指代成年。后世泛指男子20岁左右的年纪，不能用于女子。古时候，不论男女都要蓄留长发的，等他们长到一定的年龄，要为他们举行一次"成人礼"的仪式。男行冠礼，就是把头发盘成发髻，谓之"结发"，然后再戴上帽子，在《说文》："冠，弁冕之总名也。谓之成人。"在《礼记·曲礼上》记有：男子二十冠而字。意思是，举行冠礼，并赐以字。冠岁，意思就是男子二十岁了，说明他刚刚到了成人年龄，二十岁也称"弱冠之年"。出处《礼记·曲礼上》"（男子）二十曰弱，冠"。"纸背三分"，是化用"入木三分"力透纸背而来。传说王羲之笔法有力，在板上写字，木工刻字时发现字迹透入木板有三分深。见唐张怀瓘《书断·王羲之》。后用来形容书法笔力强劲，也用来比喻分析问题深刻。不必回忆过去的不愉快，命运的多舛，使读书人道路坎坷。所幸你诗心一尘不染，小窗边吟出许多好诗。达县与重庆很近，居然不能够彼此见面。写诗也难以表达"我"的思念，什么时候来喝杯酒带醉而归？

1996年7月，章先生写了唱和诗《和董味甘学长诗用原韵》。诗云：

一

又奉华章七月初，杜门久与世情疏。

浮瓜沉李消炎夏，不及渝州尺素书。

二

同学当年知不知，逢辰今已不须疑。

多情笑我人书老，只有孤怀似旧时。

三

我今将寿补蹉跎，萧散浑忘路坎坷。

唯有吟情终未改，新诗独让味庐多。

四

人在暮云春树间，论文常冀畅心颜。

来年莺啭沙坪坝，歌乐山前尽醉还。

"人书老"句老字，取老朽拙笨之义。

"浮瓜沉李"，典出三国魏曹丕《与朝歌令吴质书》："浮甘瓜于清泉，沉朱李于寒冰。"杜门，闭门。"光退门间，杜门自守"，典出《汉书·孙光传》。尺素：古代用绢帛书写，通常长一尺，因此称书信。指传递书信。古乐府《饮马长城窟行》："客从远方来，遗我双鲤鱼。呼儿烹鲤鱼，中有尺素书。"

又捧读你的书信、华美的诗章是 7 月初了，我与外面很久不往来了。吃西瓜、李子过炎夏，赶不上你重庆来的这封信给我的快乐。

同学当年知不知道，我们今天就逢盛世了，"我"没有怀疑过。

只不过，应该笑"我"多情，"我"的字、年纪都老朽了，只有"我"的心怀跟过去一样。

"萧散浑忘"，典出张羽（《寄员外》）"萧散任天真，浑忘是病身"。张羽，元末明初文人，字来仪，更字附凤，号静居，浔阳人，后移居吴兴（今浙江湖州），与高启、杨基、徐贲称为"吴中四杰"。

"我"今天用寿数弥补过去的蹉跎，天真地忘却世路的坎坷。只有写诗的情怀没改，新写的诗大多与草庐情怀有关（或赶不上你《味庐诗词选》里的诗）。

"暮云春树"，意思是：表示对远方友人的思念。典出唐杜甫《春日忆李白》诗："渭北春天树，江东日暮云。"

很想念远方的友人，跟你谈诗论文一定开心快意。来年春天到沙坪坝你处，在歌乐山前醉一回酒。

唱和，亦作"唱酬""唱和"。谓作诗与别人相酬和。大致有以下几种方式：1. 和诗，只作诗酬和，不用被和诗原韵；2. 依韵，亦称同韵，和诗与被和诗同属一韵，但不必用其原字；3. 用韵，即用原诗韵的字而不必顺其次序；4. 次韵，亦称步韵，即用其原韵原字，且先后次序都须相同。第4种情况难度系数最大。章、董两先生的唱和诗，就属这一种。唱和这种"步韵"，要很高的学养和诗词水平。欣赏名人学者、大家唱和，是一种高级的文学享受。

章继肃与董味甘皆名人学者，享誉巴山蜀水学林的耆宿，泰斗级别的人物，他们的诗词唱和，读来令我们齿颊留香！

【附】

董味甘（1926— ），男，四川荣县人，九三学社社员，历任荣县中学教师、教研组组长，内江专科学校文选习作和教材教法教研室主任，重庆师范学院中文系写作教研室、写作研究室主任、教授，中国写作学会副会长，中国阅读学研究会会长，全国语文学习科学专业委员会会长、名誉会长、顾问，九三学社重庆市委常委、四川省政协委员，重庆师范大学海峡两岸诗歌研究所学术顾问，重庆市文史书画研究会顾问，鹅岭诗词学会副会长。1998年被聘任为重庆市人民政府文史研究馆馆员。出版著作有《写作格言轶事集锦》《应用写作》《普通写作》《写作》《阅读学》《秘书理论与实践》《味庐诗词选》《牛鸣集》《三辰集》《钟云舫天下第一长联解读》《振振堂校注（三）》《散文名著欣赏》，参与编撰《唐宋元小令鉴赏词典》《历代妇女诗词鉴赏辞典》等，赋作《重庆赋》《双城赋》《重庆园博园记》等。

2020年5月17日19时30分于依云斋

第十节　同乡同学同事缘
——章继肃先生与王膏若先生

章继肃先生与王膏若先生是渠县老乡、几度同学、几度同事，都是达师专中文系的领导，一生过从甚密，把当时的中文系搞得有声有色。都在达师专中文系退休。都是四川文理学院校史上的名师。这不能不说是一段教育的佳话。

揭秘两位名师的关系

章先生在《我的自传》中多次提到王先生。先录之于下：

国文老师向镜清，广安五老七贤之一，留学日本，教学有方，深受学生欢迎。章与王膏若是渠县中学老同学，时同在一个班学习，均受到向的赏识；二人常到向老师家中做客，学习诗的写作，受益匪浅。

章作教务员十周后离去，到重庆南岸海棠溪四公里启智小学教书。王膏若已先在。由于他们受到学生的尊敬，校长冯布武（渠县人，爱写颜体大字，在重庆小有名气）不悦，学期结束，就未继续聘用了。

1944年上期在家中复习功课，下期考入抗日时期内迁诸校中之武昌私立中华大学（现在华中师范大学之前身）；王膏若亦考入湖北农业专科学校，两校均在南岸，因而过从甚密。

1948年7月，章在四川大学毕业，取得文学学士学位。9月，由王膏若介绍到省立大竹师范学教书。1949年上期，王膏若亦来竹师任教。下期，章回母校渠县中学教书，12月解放，又回竹师工作。直至1977年3月，章在竹师工作的时间长达三十个年头。

1978年12月起，章任中文系副主任。中文系支部书记王膏若与章三次同学、三次共事，四十多年的老朋友，因此他们在工作上合作得很好，把中文系领导得有声有色，至今尤为人们所称道。

《自传》中，章先生把王先生同他的关系说得十分清楚，同乡、三次同学、三次同事，四十多年的老朋友，工作合作得很好。章先生是达师专中文系的首任系主任，王先生是达师专中文系首任党支部书记；章先生曾任第五届省人大代表，王先生曾评为省党代表、劳动模范；他们一起搞科研，校注《天问阁文集》；他们都深受当时的中文系师生敬重，学生们公认"章继肃、雍国泰、王膏若是达师专中文系的三个泰斗级老师"。这给我们多少人生的思考啊。

章先生一阕《水调歌头》呈王先生

在《章继肃文集》第5—6页，记录了《水调歌头·亭子支农，呈王膏若同志》。

四月闲人少，组队下区乡。抢收抢种抓紧，大力支农忙。

陟彼东山远望，山后山前到处，一派好风光：早稻接天绿，麦浪灿金黄。镰刀响、歌声朗、满仓粮。挑灯连夜酣战，斗志真昂扬。祖国蒸蒸日上，一代新人成长，后继力量强。考验经风雨，百炼总成钢。

（1977年5月）

1977年3月，章奉调达县师范学院；5月，全校师生到亭子区支农。

这阕《水调歌头》可以说见证了当时粉碎"四人帮"后，中国高等院校把教育与生产劳动相结合的历史情况，也见证了章先生对王先生这位支部书记的敬重和友谊。尽管是"老关系"，但在工作上，有个上下级关系，章先生用一个"呈"字，恰当表达了这种关系。

该词主题鲜明：热情讴歌了"一派好风光""祖国蒸蒸日上""一代新人成长"，新人如何成长？"考验经风雨，百炼总成钢。"词人的心是喜悦而欣慰的。词的语言非常优美清新，读来颇有欢快的节奏。如"早稻接天绿，麦浪灿金黄""镰刀响、歌声朗、满仓粮""考验经风雨，百炼总成钢"，这几句尤为我所击赏！

一首悼念诗赋深情

在《章继肃文集》第 82 页，有这样的文字：

《天问阁文集》出版悼王膏若同志

祖健前年逝，伤心又哭君。

可怜诗一首，招得几人魂。

海内失知己，诗坛无拱辰。

研斋文已出，足以慰幽深。

《天问阁文集》李长祥著，出版之书为"我"与王膏若同志所校注。押现代诗韵。

"拱辰"，拱卫北极星。语本《论语·为政》："为政以德，譬如北辰，居其所，而众星共（拱）之。"后因以喻拱卫君王或四裔归附。

诗一开始，"伤心""哭"直抒胸臆，尹祖建先生前年走，现王先生又走，老友一个个凋零，何其伤心，读者可以想象得到，如果说这是伤心，那么下面"用诗招魂"得"可怜"，把悲伤又推进一层。接着"海内失知己，诗坛无拱辰"来说明悲痛之原因，业已点出了尹、王两先生对于章先生的重要。该句化典"海内存知己"（唐王勃《送杜少府之任蜀州》）、用典"拱辰"，含蓄隽永。最后，向王之魂灵报告可以宽慰的事——"研斋"已出版。全诗表达悼念老友的深情。

孙和平教授推介章、王两先生诗作

许多年后，著名学者诗人四川省委党校孙和平教授在"问书堂文化艺术网/诗文天地栏目"以《巴渠诗词》（绝句五首，这里仅录四首）推介章、王两先生诗歌。

兰亭雅集
章继肃

一序兰亭百代香

邀欢曲水咏流觞

挥毫堂上惊风雨

也学右军写几行

退休杂咏（录一）
章继肃

退休无事便聋痴

日日看花乐不疲

万物静观皆自得

此机参到即忘机

与客谈禅
王膏若

抱树眠风乐自然

长吟不用郑公笺

劝君且莫谈高洁

记取螳螂伺叶边

感怀

王膏若

平生不识马蹄骄

一卷残编一韫袍

六十年来尘网里

几曾心事涌如潮

以上真是难得一见的绝妙诗咏。章王二老（原供职达师专已相继去世）九泉有知，当受我等后之者一拜。孙和平。

我在想，孙和平教授仅仅推介章、王二先生的诗才吗？有没有二人的友谊呢？

【附】

2009 年 1 月，李万斌先生在《四川文理学院学报（社会科学）》第 19 卷第 1 期撰文《薪火相传文脉悠远，崇德博学文理昂扬——四川文理学院老校区百年校址考略》中简要介绍了王膏若先生。

王膏若（1918—1997），达州人，名字源于"何献蒸肉之膏而后帝不若"（屈原《天问》）。擅长古典文学，学诗专攻袁枚、黄仲则。曾任达县师范专科学校中文系党支部书记并担任教学，执教 40 年。曾当选为中共四川省第三、四次党代会代表，荣获四川省劳模证书和金质奖章。主持《潜书注》（四川人民出版社 1984 年出版）的注释工作，有《易沉诗稿选存》，书名语出"露重飞难进，风多响易沉"（唐骆宾王《咏蝉》）。

2020 年 5 月 18 日 22 时 33 分于依云斋

第十一节　衰草寒烟，临风把笔
——章继肃先生与尹祖建先生

我在四川文理学院官网"校友捐赠"栏目看到一则消息：《人去留书香捐赠传佳话——尹祖健子女向学院捐书 2445 册》。原达县师专中文系副主任、副教授、退休教师尹祖健同志（已故）的子女主动与学院联系，将其父亲生前用几十年的心血购置和保存的图书资料共 2445 册全部完好无损地捐赠给了我院图书馆。

尹老师的藏书内容极其丰富，范围相当广泛。涵盖政治、哲学、历史、文化、艺术、教育等各门学科，涉及古典文学，诗词鉴赏，文艺论丛，文史研究，人物传记，历史典故，既有学术专著、教学用书、通俗读物，又有参考工具书和地方文献。所有书籍均用牛皮纸包装，并在封面和书的扉页上分别写上书名和购书年代及地点。随意翻阅，都会发现书中记录着尹老师在阅读书时留下的各种符号和字迹。就连大大小小的零散报刊也按类整理装订成册。另外，国家大事等重要新闻资料也收集入藏并以剪报的形式加以保存。

尹祖健老师于 1978 年调入四川文理学院工作一直担任中文系古典文学课程，同时还开设了选修课"中国古代诗话"。他生前曾多次参加省内外学术会议，被选为四川省师专古典文学教学研究会理事。他的古典文学基础雄厚，涉猎广泛，尤其对诗词更有精湛研究，曾担任中文系古文教研组组长，1984 年任中文系副主任，1988 年被评为副教授。

通过这则消息，我们知道尹祖健先生的一些情况。这样一位可敬可爱的老先生，与章继肃先生生前的交情确实非同一般。

1990 年 9 月，尹先生撰文《放眼观世界，夺魁为人民——记章继肃同志的书法生活》，《通川诗话·（十一）纪游诗》又评论褒扬章先生的诗歌；1991 年 1 月，尹先生为章先生七十大寿所出的《小窗诗文稿》作序文；1992 年 7 月 8 日，尹又给章先生书信一封，品评章先生文章《学普通话的故事》，这些文章都记录在《章继肃文集》里。我们通过这些文章，可以看出，尹先生对章先生的书法、诗文真是大加赞扬。尹先生完全可以说是章先生真正的谈诗论文的知己。

1995 年 12 月，章先生写诗《哭尹祖健同志》，深切悼念尹先生的去世。诗云：

充栋藏书最足夸，平生风范鹖冠斜。

飞流银汉文章手，慢捻铜琶诗话家。

方睹畅颜佳气象，忽传病脑驾灵车。

苍天不与人长寿，泪洒巴山志士嗟。

"鹖冠"，1. 汉代武官所戴的帽子，因用鹖羽做装饰，故称为"鹖冠"。《续汉书志·舆服志下》："武冠，俗谓之大冠，环缨无蕤，以青系为绲，加双鹖尾，竖左右，为鹖冠云。"2. 相传春秋时有一楚人，隐居深山，以鹖羽为冠，人称"鹖冠子""鹖冠"，遂成后世隐士所戴的一种帽子。《文选·刘孝标·辩命论》："至于鹖冠瓮牖，必以悬天，有期。"

诗里"鹖冠"应该指隐士。

"充栋藏书最足夸"，说明尹先生爱读书藏书，平生风范如隐士。"飞流银汉文章手"，写文章来得快且水平高；"慢捻铜琶诗话家"，轻拢慢捻：弹奏弦乐器的一种指法。形容轻巧从容地弹奏弦乐器。典出唐白居易《琵琶行》："轻拢慢捻抹复挑，初为霓裳后六幺。"

铜琶，是铜琶铁板的简说。形容气概豪迈，音调高亢的文辞。出自宋俞文豹《吹剑续录》："东坡在玉堂日，有幕士善歌，因问：'我词何如柳七（柳永）?' 对曰：'柳郎中词，只合十七八女郎，执红牙板，歌杨柳岸晓风残月；学士词，须关西大汉，铜琵琶，铁绰板，唱大江东去。'"这是说，尹先生是轻巧从容、高亢豪迈的诗歌评论家。正看到尹先生人生学术畅快的佳气象时，忽然传来他因脑病而去世的噩耗。这真是苍天不给人长寿，巴山志士无不洒泪嗟叹"可惜了啊"。全诗尹祖健先生形象特点高大突出，诗人悲痛惋惜之情跃然纸上。

1995 年 12 月，章先生 74 岁高龄，两次上雷音铺，为尹祖健先生亲自题写墓门铭联，写下《为尹祖健同志墓题写铭联组诗四首》。诗云：

一

水落州河古岸存，天寒日薄淡山村。

驱车两上雷音铺，含泪为君题墓门。

二

君喜我书我为书，临风把笔意踌躇。

扬波骋艺今非昨，从此人间斤斧疏。

三

君有贤妻佳子女，箕裘克绍尽人钦。

俱来衰草寒烟里，观我作书泪满襟。

四

同志情亲二十年，高擎赤帜敢为先。

何期化鹤君西去，千载凄予思旧篇。

　　"克绍其裘"，原指能继制藤器或风裘之事，后喻能继承父祖之技艺或事业，常用此语。典出《礼记·学记·卷十八》："记问之学，不足以为人师。必也其听语乎？力不能问，然后语之；语之而不知，虽舍之可也。良冶之子，必学为裘。良弓之子，必学为箕。始驾马者反之，车在马前。君子察于此三者，可以有志于学矣。"

　　"思旧篇"，典出一则故事。竹林七贤的精神领袖嵇康，因得罪了钟会，遭其构陷，被司马昭处死，死时年仅 39 岁。跟嵇康同时被问斩的还有他的至交好友吕安。就在嵇康、吕安被杀 9 年后，向秀途经嵇康故居，前往凭吊，写下了千古流传的《思旧赋》。山阳笛声，形容怀念老朋友。出处是北周·庾信《伤王司徒褒》："唯有山阳笛，凄余《思旧篇》。"

　　除了这两个典故，这组诗就好理解了。水落州河古岸显存，天寒、日薄、淡淡山村。写景以烘托低沉的心情，后面叙事"两上雷音铺""含泪题墓门"，叙事中含悲情。那"两上"，见其情深；"含泪"见其悲。感人感人，真好诗。

　　如果说第一首诗写景、叙事而抒情的话，那么，第二首则是心理、细节的描写而抒情。"君喜我书我为书"，是诗人心理描写，说明生前尹先生特别喜欢章先生的书法，也可能是尹先生的遗言，百年后，要章先生题写其墓门；也可能是尹先生后人之请托；也可能是章先生为表达对尹先生感情而为，我们不得而知。这一句也回答了第一首的最后一句。"临风把笔意踌躇"是细节、也是心理描写；后面两句是承"踌躇"而来，"从此人间斤斧疏"，既点出尹先生是诗人"扬波骋艺"的知己作用，又写出诗人痛失知己的深沉之慨叹。顺便说一下，章先生在世时曾对我讲过，尹先生与他老人家的交情，也谈及尹先生特别爱章先生书法，以至于，章先生认为自己写得不大成功的纸稿，尹先生都一一席卷而去，不忍章先生撕毁之。

第三首写尹先生家"贤妻佳子女""克绍其裘"侧面烘托尹先生家庭教育十分成功。后面"俱来""观书零泪"于"衰草寒烟"的感人画面，也可以理解成对作书章先生的侧面烘托，感人至深！

第四首，尹先生"高擎赤帜敢为先"，发挥了一个共产党员的先锋模范作用，是章先生对尹先生一生的高度概括和赞扬。后面用夸张"千载"，用典"思旧篇"，来表达自己的失去知交的凄凉之情。

组诗描写、记叙、抒情、用典融为一体，感情真挚而深沉，"衰草寒烟""临风把笔""含泪题字"的画面深刻于读者的脑海，久久难忘，一位年过古稀的老者痛悼老友的深情，让人感动不已。

章继肃先生因其品行高蹈，诗文书印、学术博雅，一生结交名流很多。更有一生追随者"万千桃李"。尹祖健先生是他工作上的副手，上下级关系能处得这样好，足以为之去世后写下5首诗来怀念。这在章先生的交往里，算是独一无二了。章、尹二先生确实是教师中的楷模，能让上下级关系的同事成为知己，值得后学感悟，躬身再拜顿首！

2020 年 5 月 23 日 15 时 23 分于依云斋

第十二节　章继肃先生的先生们

章继肃先生遗存的文字里有许多他老师的名字和简略介绍。这些先生，按照中国的传统，我们这些章先生的学生，该称之为"太老师"，或老百姓说的叫"师爷爷"了。文化讲传承，学术讲根脉。为光大章继肃先生学术、师承根脉，我想对这些先生介绍一下。

发蒙老师杨先哲

在《章继肃文集·故乡的纪念》一文里，章先生古稀之年回忆了他的发蒙老师杨先哲。从他家朝西走，约半里路光景有一地名叫杨家河堰。过了河堰再朝前行百多米，就有一所私塾在那里。教书的先生叫杨先哲，是章继肃先生隔房的舅舅，远近闻名的好先生。继肃先生七岁发蒙，给章先生留下深刻印象的是杨先生管理学生不准下河堰洗澡的办法是"画押儿"。就是放午学时，在每一个学生的脚或小腿上，画一种符号，下午上学时进行检查，谁的脚上没有那符号，谁就下河堰洗过澡，就要挨手心打。乡下的学生老实，从来也没有人犯过规。

杨先哲先生远近闻名，管教孩子有自己的办法。

初中国文老师刘尔灵、袁子琳、图画老师朱化平

章先生16岁，在渠县初级中学读书。国文老师达县刘尔灵，循循善诱人，常将所藏文史书籍借章先生阅读。

国文老师袁子琳，是渠县首屈一指的写家，章先生请他写了条幅一张、对联一副，裱褙以后悬之壁间，经常临写。

图画老师朱化平，亦精篆刻，章先生打碎砚台，磨成石印，请

他写好印稿，雕刻起来。这些老师对章先生后来的爱好文学、书法、篆刻起了启蒙的作用。

这几位先生中，袁子琳先生在川东地区名气最大。现根据恩师雍国泰先生文《杂家文人袁子琳先生》介绍如下：

袁师名森（1899—1979）字子琳，新中国成立后，以字行，因此人们已忘其名。原籍渠县清溪镇，出身地主家庭。从现存清溪乡下的庄园看来，栋宇宏敞，工程细致，不是寻常百姓家。先生兄弟二人，兄长袁荣字子朴，长先生十余岁，清朝晚期，考取官费留日，入早稻田大学。遂亲自教授其弟诗词文章。故子琳先生的成就，可以说多得之于乃兄的教诲。最重要的是思想培育，袁子朴通英、法、日等国文字，且思想先进，广闻博识，认为读书要接触社会，透彻人情，闭户攻书，绝无成就，遂不惜巨资送其弟东出夔门，远游京沪，在重庆、成都住的时间最久。

子琳先生毕业于监狱学校，但未就业，继而入国学院学习文学，又未卒业。以后遍游蜀中，在重庆登报卖字，在成都二仙庵身披袈裟为众僧讲经说法，结识了不少文人墨客。以后即在各州县中学任教，他所教的学校统计起来近三十所。东到万县、巫山、大竹，北去达县、宣汉、南及邻水、重庆、合川，西达南充、广安。一校一般只住半年，最多一年（新中国成立后例外），即另觅新栖。

袁先生的特长第一是书法。他早年长期习碑，曾师事四川书法家颜楷。刚劲有力，潇洒自如。新中国成立前袁先生的书法笼罩了巴山渠水，影响深远。庙堂匾额，大户人家的壁挂，多有袁先生的墨宝。

第二是教书，他语言流畅，有深厚的文字功夫，一篇文章，从他生活经历广、随手拈来，都成妙证，所以他到一校就播名一方。

第三是精通川戏，袁先生喜爱川戏，这是他平生的第一嗜好，特别研究咬字吐词。早年在成都，拜访了不少"名角"，学习唱腔，研究剧本，加以自己声音洪亮、圆润，颇受"行家"的赞扬。当时各县各乡都有川剧音乐会（既不化妆坐唱），袁先生每到一地，先拜访的四川局茶社，那时农村文化生活贫乏，一听到袁先生要到本地唱川戏的消息，晚上音乐茶社的门口人山人海，拥挤不通。锣鼓一响了，只要袁先生放出一腔，全场鸦雀无声，袁先生的川戏就有这么大的魅力。

第四是袁先生精通"灯谜"。新中国成立后作渠县政协副主席，每到春节，他都要组织开展"灯谜"活动。他自编灯谜，浅的少年能猜，深的多少文化界人士也百思不得其解，阳春白雪，下里巴人，适应程度不同的群众。据袁先生说"谜语"的特点，就在于"谜"，声东击西，向北实南，把猜者引入迷途，这才是好"谜语"。他举例如谜面为"夏至以后，清明以前"，猜一食物（汤圆），人们总是从时令季节方面去推求，而不知从历史方面去考虑。夏朝过了是商汤，清朝明朝以前是元（谐音"圆"）朝。

总之，袁先生知识广博，多才多艺，人们称他为"杂家"。我没有完全录完雍先生文，摘其精要。

高中恩师何鲁、向镜清、贺公符、何震华、刘之成

广安五老七贤之一，向镜清教其学习诗歌写作

章继肃先生 19 岁就读于广安私立载英中学校。何鲁先生所创广安私立载英中学校对青年有很大号召力。国文老师向镜清，广安五老七贤之一，留学日本，教学有方，深受学生欢迎。章先生与王膏若先生是渠县中学老同学，时同在一个班学习，均受到向的赏识；二人常到向老师家中做客，学习诗的写作，受益匪浅。

广安中年文其篆刻

章先生曾为国文老师贺公符刻"公符手毕"四字印章，贺为广安中年文人之翘楚，作诗七绝四首并写成横幅赠章先生，中有句云："珂乡自有印人在，好继薪传畅蜀风。"下有双行小注云："贵县杨鹏升治印，世所称蜀派者。"对章先生的鼓励极大。

一代数学泰斗、诗人、书法家、教育家何鲁影响一生

21 岁，章先生转入重庆唐家沱载英中学校本部就读。时何鲁校长亦举家迁至学校附近，向他请教的机会更多。在载英中学校读书期间得何鲁校长教诲颇多，他那种耿介正直，谦恭待人，豪侠仗义，豁达大度，恬淡无求，甘于清贫的品格大多源于何鲁校长的影响。对章继肃先生影响最深的恐怕是何鲁校长的书法艺术了，在校期间，只要何校长写字，章继肃先生就去牵纸，"简直把那项工作给承包了"，可见其对书法艺术的痴迷和从何校长处获益之多。章继肃先生也获何校长多次书赠，即使离校后，他们仍然有频繁的书信往来，章继肃先生还曾借临何校长手书的《宋姜尧章续书谱》《孙过庭书谱》，何校长曾给章继肃先生写有《毛主席诗词》行草各一本，《真草千字文》一本，供章继肃先生临写，章继肃先生早期的书法风格很大一部分就保留有何鲁校长的痕迹。离校后章先生与

何校长仍然保持书信交往，随时请益书法艺术，章先生为人作书从不收取润笔，有求必应，从不拒绝，再忙也要给以满足，大概也是受何校长的影响。

何震华老师赏识其诗联

刘之成老师教授其数学课，刘老师是名师，可是章先生对数学不感兴趣。向镜清、何震华老师教授语文。国文老师巴县何震华先生对章的五言律诗"夜寒霜满树，天晓雾迷城"一联，十分赞赏，竟向校长做了汇报，认为高中学生有此等状重庆雾都景色入微的诗句实属不易。何校长听后说："的确是佳作。"

川大著名学者、词学家、书法家向仲坚

继肃先生 26 岁入川大。在川大两年，由于家庭经济来源减少，章先生的衣着、生活十分寒酸，同学讥之曰"人不风流只为贫"，的确如此。词学教授向仲坚对章先生的词作大为欣赏，帮助章的生活费用，得以完成学业。向先生名迪琮，字仲坚，双流人，海内著名词人，书法家，著有《柳溪词》，新中国成立后为上海文史馆馆员，已老死。

网络上向迪琮先生介绍：

向迪琮（1889—1969），字仲坚，双流城关镇人，同盟会员，大学教授。兄向迪璋（礼南），辛亥四川保路运动双流同志军领导人。弟向迪瑛，留学法国，取得电气工程硕士学位。

清末，向迪琮在成都四川铁道学堂读书，学土木工程。毕业后，入唐山路矿学堂（后称唐山交通大学，今西南交通大学）。21 岁时加入中国同盟会。从民国元年（1912）起，先后任北京内务部土木司水利科科长，扬子江技术委员会书记长，

北平永定河堵口工程处秘书、处长，电车公司常务董事，行政院参议，天津海河工程局局长。民国三十八年（1949）回川，任四川省政府高级顾问，四川大学文学院中文系教授，四川大学工学院土木工程系教授、系主任。1954年以后，任上海市人民政府文史研究馆研究员。

向迪琮知识渊博，除自然科学外，文史和医学，均有所涉猎。早年有诗名，对词学有一定造诣，是近代中国词坛上有一定影响的人物。喜收藏书画金石，藏有宋代蔡君谟端砚一方，辛稼轩手札，及名画多幅。尤喜藏古今名墨。曾将二锭康熙旧墨馈送陆枫园转赠名书法家沈尹默。所藏曹素功自制的"挥毫落纸似云烟"墨一锭，后为上海郑逸梅所得。

向迪琮著作，有《柳溪长短名》及《续录》，《柳溪词话》《云烟回忆录》《玄墨室知见墨录》《国医经脉图介及其主要用药概况学》；辑录的有《历代名贤画粹》《玄墨室画集》《中医文献》等。1969年病逝于上海。

川大杨明照、向楚、林山腴、佘雪曼教授

教授杨明照上《校雠学》课，章先生极感兴趣，常至其家请教问难，开启了章先生后来对校雠、目录、文献检索的爱好。院长向楚讲《唐宋文》教授林山腴讲《楚辞》，均是四川著名学者、书法家，章先生对他们十分尊敬，曾请其各书条幅一张，可惜都遗失了。时巴县才子佘雪曼，亦在川大开《楚辞》课，讲课比林山腴为浅，但其书法瘦金体却写得很好，章先生亦师事之。

杨明照"龙学泰斗"

杨明照（1909—2003），字韬甫，四川大足（今重庆大足

区）人。著名文献学家，四川大学终身教授。毕生致力于中国古代文论及古代文献研究，领域广泛，沿波讨源，义周虑赡，向以严谨精深享誉学界。其对《文心雕龙》的研究更被公认为划时代的成果，其本人亦被誉为"龙学泰斗"。

向楚　文字音韵学家

向楚（1877—1961），字仙乔（亦作仙樵），号瘲公，四川巴县（今重庆市巴南区）人，光绪二十八年（1902）举人。19岁入县学，次年以优异成绩考入东川书院，师从前清进士出身的翰林赵熙，致力于汉唐经学和声韵文字学，时人将他与周善培、江庸合称为四川的"老三杰"。因其学术渊闳，于文字、音韵诸学造诣尤深，孙中山先生曾誉其为"儒宗"。其人为重庆辛亥革命的主要宣传者、组织者和领导者之一。重庆光复后任蜀军政府秘书院长、四川军政府秘书厅长。在护国战争中，曾参与策动"肇和号巡洋舰"起义之谋。其后，任四川省政务厅长、代省长、教育厅长和南京高等学校国文部教授、成都高等师范学校国文系教授兼系主任、公立四川大学中国文学院院长、国立四川大学文学院院长兼中文系教授等职。新中国成立前夕，被川大教授会议公推为代校长。新中国成立后，为民革中央委员，并先后被选为四川省人民代表、省政协委员。1952年调任四川省文史馆副馆长，1961年病逝。向楚所著《巴县志》为全国名志，有音韵学、文字学著述多种并诗集一卷传世。其前半生身居要津，左右时局，于风云变化间挥洒热血；后半生潜心教育与学术，对成都地区各高校的发展壮大贡献良多。

古典诗人与学者　林山腴

林山腴（1873—1953），名思进，字山腴，别号清寂翁，生于四川华阳。父亲毓麟，无心功名，却卓然诗人风范，曾著《澹秋集》。当时文人评价其诗有王维、孟浩然风骨。

他关心民间疾苦，所吟咏的哀流民诗："累数百言，词旨悲壮。"林山腴自幼聪敏，未及弱冠，已能将心中块垒发抒于诗篇，深得当时成都著名文人廖季平、严岳莲等人赞赏。从庭训之教，得高人指点，幼小的山腴徜徉于儒家文化的渊深洪波之中，这为他的一生行踪出迹定下了基调。

光绪二十九年（1903），已经30岁的林山腴在四川乡试中考取举人。四年之后，游历日本归国的他在北京经过朝考，被授予一个并无职权的闲职，掌管文墨的内阁中书。时值风云激荡、神州鼎沸，林山腴以侍母之名，收拾行囊打道归蜀，从此绝意仕出，埋头典籍，教书育人。成都少了一位清季官员，多了一位渊雅的古典诗人与学者。

1953年8月1日，一代耆儒林山腴魂归道山。时值旧俗端午节之后七日，成都爵版街吊丧之人络绎不绝，素服众人之中，有二位女孝哀号至戚，闻者皆知，二女一为林先生的接脚之女，一为遣嫁之婢，街坊无不道：林先生待人厚道呢。又有一大群老者赫然在列，都是四川省文史馆的五老七贤，林先生去世之前曾任四川省文史馆副馆长。

在汗牛充栋的典籍与整饬绚美的诗词中度过80个春秋的林山腴，颇有几分传奇色彩。

著名书画家佘雪曼

佘雪曼（1908—1993），男，字莲裔，号莲斋，重庆巴县人，著名书画家，6岁学书，8岁学画，毕业于南京中央大学艺术系，是中国著名书画家。1949年移居香港，创办香港雪曼艺文院，专门从事书画创作。他擅长泼墨山水、莲花、牡丹、梅花和兰花。画以水墨画作品居多，笔墨豪放，具见气势，而花鸟杂作均行笔简捷，不擅形似，而纯属文人画风格。居港三十余年，出版文学丛书、美术丛书、字帖、画册逾百种，并被译成日、法等国文字出版。还先后在美国、日本、菲律宾、马来西亚、新加坡、泰国，中国台湾、北京、南京、成都等地举办过个人书画诗文展览。

1989年受聘为重庆市文史研究馆名誉馆员。1993年11月病逝于香港，生前曾任全国政协会员。

在这些教授过章继肃先生的先生中，对继肃先生影响最大、交往时间最长的是何鲁先生。目前关于何鲁先生介绍最全的当数何应辉、廖科主编，何培炎副主编的《二十世纪四川书法名家研究丛书——何鲁卷》（四川人民出版社2014年出版）。它的序文由廖科撰写之《科学与艺术之交融——著名数学家、教育家、学者何鲁书法评传》，文章太长，不录。文章说，何鲁书法师从于右任先生。

章继肃先生师从何鲁书法，何鲁师从于右任书法。四川文理学院书法开山祖师爷是章继肃先生，可以追溯书法根源至何鲁先生，再上为于右任先生。

四川文理学院书法根脉正大而清晰。我们引以为傲！

2020年10月5日于依云斋

【参考文献】

1. 章继肃：《章继肃文集》，海南出版社2001年版；

2. 章继肃：《章继肃自传——为达川地区书法志供稿》，手稿本；

3. 雍国泰：《雍国泰文集》，中国文联出版社 2015 年版；

4. 何应辉、廖科、何培炎，《二十世纪四川书法名家研究丛书——何鲁卷》，四川人民出版社 2014 年版；

5. 其余介绍文字来源于网络百度经过整理。

高山齐仰山 | 第五章

——章继肃先生的家园情怀

第一节　桑梓之情

桑梓，借代故乡，典出《诗经·小雅·小弁》："维桑与梓，必恭敬止。"意思是说，家园里有父母栽的桑、梓树，一定要恭敬对待。中国人称故乡就叫"桑梓"，对故乡的热爱之情，即称桑梓之情。

章继肃先生，1922年农历三月二十二日出生于四川渠县新市乡三拱桥村。据章的族弟章继和先生讲，三拱桥，指一古石桥三个拱子，清朝时修建，造型好看，现在石桥上还过汽车。有桥的地方，就有河流。他的故乡有两条小河。章先生八十大寿时出有《章继肃文集》（海南出版社，2001年），书名由四川省政协主席聂荣贵题写。书里《故乡的纪念》，是他在1991年12月写的，当时他已年过古稀，这篇文章的结尾写道："少小离家老未回，故乡是值得纪念的。"表达了古稀老人的桑梓之情。

故乡留给老人什么样的纪念呢？

一大一小的两条河，涨水时淤积着大片大片的浮泥，浮泥上长满青草。童年的章继肃常和一个叫罗存龙的同班同学牧牛，有说有笑，打泥巴仗玩儿。一次，章用泥块打中罗存龙的耳门子，罗捂着耳朵牵牛回家。章50多年没见罗，没道个歉，心里过意不去。

大河边有一种羽毛长得好看的鸟儿，祖母叫它翠儿。文中对祖母的话，以及翠儿站立、飞翔、抓鱼的美进行了细腻的描写。河边的鸟儿多。多的是斑鸠、白鹤、牛屎雀、点水雀、苞谷雀、嫂嫂裤裆红等飞鸟。作者着重描写、介绍嫂嫂裤裆红这种鸟的得名，引用唐人宋之问《陆浑山庄》诗中"山鸟自呼名"，见其知识的丰富；点水雀，引出城里一位历史老师，讲课总是把上身躬一躬的，同学给取他绰号"点水雀"，虽然有点像，但对老师却是不敬。

为了过河方便，在河滩的浅水处造了石磴。由石磴，引出过跳磴的往事和人物。小孩儿过磴如履平地，与对岸小朋友会合。三姑长得斯文，过磴要母亲帮忙。

家朝西不远是杨家河堰。作者深情回忆自己读私塾时的情形。在杨家河堰私塾（靠近大竹杨家）发蒙读书，教书先生叫杨先哲，是隔房的舅舅。祖父早上领着上学，母亲给"我"换一件竹庄布新衣，跨过杨家河堰，就听见琅琅书声，从没听过，心里紧张，掉头就往家里跑。祖母和母亲千言万语，"我"置若罔闻。没法子，祖母便背着"我"往私塾走，母亲拿一块板子在后面跟着，一不老实，母亲就在我屁股上抽打一下，这样，终于把"我"送进学堂。作者回忆杨先生为孩子安全计，怕孩子下河堰洗澡，就用笔在每个孩子的脚或小腿上"画鸭儿"，放午学画，下午上学检查，"画鸭儿"不在的，谁就下河堰洗了澡，就要挨手心。乡下娃老实，谁也没犯过规。公立学校兴起，老师不兴"画鸭儿"，章学会了下河游水的技术。

母亲不准"我"下河洗澡。一次，"我"带二弟到河边洗澡。二弟人小在河边看，母亲突然来抱走章的上衣和裤子。章欺侮二弟，强行脱下他的花裤子自己穿上回家，二弟哭着赤条条跟回家。母亲慈祥地说："以后别下河洗澡了。"算是责备。二弟破涕为笑。二弟宽厚，应该是一个有福气的人。

文章内容大抵如此。写得朴实有趣，感情裹挟于幽默的叙事之中，巧妙地讲述了故乡自然风光美、人情美。深情回忆祖母、同学、三姑、母亲、舅舅杨先生、二弟。同时，也有知识趣味，以及旧时川东地区私塾老师如何管理小孩下河堰洗澡的安全问题；也委婉地教育老师教态要美，学生不宜给老师取绰号等广博的内容。章先生书法名气太大，淹没了他老人家的文学名气。其实，他的诗文也堪称大家手笔。

章先生在渠县县城里念初小高小。从《我的自传》中，可看出对一些老师的感恩和怀念。

1934 年，章 13 岁，在渠县城泮林街县立高级小学读书。1936 年，章 15 岁，在渠县县立初级中学读书。爱好踢足球，是班代表队的后卫。晚自习时间经常高声朗读国文，影响同学学习，影响老师工作；训育主任谢公布、国文教师广安滕策安建议开除章的学籍，未获通过。其间参加同学熊梦周（中共地下党员）组织的"惕励壁报"和"世界学生反侵略运动大会"。又向熊学习武术，早晚练气功，打沙包，舞枪弄棒，增强体质。国文老师达县刘尔灵，循循善诱人，常将所藏文史书籍借章阅读。国文老师袁子琳，是渠县首屈一指的写家，章请他写了条幅一张、对联一副，裱褙以后悬之壁间，经常临写。图画老师朱化平，亦精篆刻，章打碎砚台，磨成石印，请他写好印稿，雕刻起来。这些老师对章后来的爱好文学、书法、篆刻起了启蒙的作用。

章在渠城读书，好动练武受同学影响，刘尔灵、袁子琳、朱化平三先生启蒙了文学、书法、篆刻。平静的叙述，实藏感恩。

岁月不又，年届古稀。1992 年 6 月，为筹建师专巴渠文化研究所，章与校长胡孝章、教务长李明泉及雍国泰老师前往参观渠县历史博物馆、汉阙，征集资料，以是而有故乡之行。他有 6 首诗记录。

故乡行

一桥飞架一江清，风雨南征未阻行。

文物参观巴子国，故园归省宕渠城。

座中美酒迎宾客，市上老朋呼姓名。

讲话东风拂大地，乡亲阔步奔新程。

这是一首七律。"飞架"，以动态写桥，以"清"摹江之色，风雨无阻，南向而行。颔联，对仗工稳，写出故乡行的原因，"巴子国"，写出故乡历史的厚重；颈联，为本诗之妙笔，细节描写，故乡老朋之热情招待，"直呼姓名"，人际关系的轻松和亲切，使该诗有了温暖的声音。后面两句是虚写，写出了时代，邓小平南巡讲话之后，又祝愿乡亲过上美好生活的愿景。

参观南阳滩水电站

车出金禅诗意浓，南阳滩在图画中。

溢流翻坝一江白，供电照明万户红。

天淡云闲船过闸，碑高迳折树遮空。

彬彬站长多才气，应是故乡儿女雄。

这首诗，也为七律。写南阳滩电站是一幅图画的美，作背景，突出故乡儿女彬彬多才是英雄。赞美故乡儿女之情。中间两联，动静结合，写景逼真，"白红"的色彩美，"云闲"的融情于景，"万户红"的双关。真是好诗。

喜闻达成铁路开工

漏米垭前礼炮隆，达成铁路庆开工。

巴山蜀水添新彩，城镇区乡换旧容。

经济腾飞海内外，列车驰骤省西东。

南巡讲话人心振，四化花开遍地红。

这是纪实诗，礼炮响，达成铁路开工，这件事儿。后面是联想，修好的家乡会出现的愿景。突出一个"喜"字。

访土溪赵家村东西无名汉阙二首

（一）

赵家村上石峥嵘，雨后江乡一片青。

日照东西两汉阙，耐寻味处是无铭。

（二）

阙乡爱阙护围墙，阙石岿然墙内藏。

风雨曾经千百载，料知世上有炎凉。

冯焕阙

冯焕其人史有证，其人其阙到今称。

国家保护弥珍贵，古雅绝伦难与朋。

冯焕事迹见《后汉书·冯昆传》。后三首写故乡文物及古贤，流露家乡自豪之情。

渠县号称"中国汉阙之乡"，共六处。章先生又于1993年5月，游故里看其他三处阙。亦有诗歌赞叹之。

岩峰区看汉阙

相约岩峰去看阙，主人开宴倒金厄。

山村小路春泥满，冒雨顶风访汉阙。

与张成茂同志约往岩峰区看汉阙，张万举同志热情接待，冒雨作导，通往者还有张家固同志。这个汉阙如何？冒雨顶风要去看，留下空白，让读者驰骋瑰丽的想象吧。

蒲家湾无铭阙

（一）

阙中此阙最为奇，两石相连有令姿。

何事无铭难识主，蒲家湾上立多时。

（二）

东阙尚存西阙亡，张君犹见在岰塘。

至今惟有残基在，塘水悠悠路草芳。

张君，指张万举同志。

沈府君阙

沈公湾上好风熏，双阙铭存两府君。

腾气扬波隶法古，奇葩异代吐清芬。

汉阙，国宝。渠县六个，要写出各个不同的特点，不容易。

寄谢张成茂同志夫妇兼呈廖章恒同志

车行二百里，次第野灯红。

星落断山外，客来暮霭中。

盛宴开桂馥，古阙访岩峰。

安排劳君计，归犹乐无穷。

故乡文物汉阙、历史厚重而自豪，更有故乡人情美难忘！

2009 年 2 月，向黎在渠县流江畔兴办达州外国语学校，请章先生题诗、写字多多。今刻匾额、石碑满校园。有一首《章立诗参观达州外国语学校有感》，老人 87 岁高龄，为故乡兴办学校挥毫鼓而呼：

求学名校何处寻？流江河畔读书声。

十载寒窗苦作舟，七十二行如小烹。

中外双语扎基础，德才兼备担大任。

百年树人乃国策，办学和分公与民。

章先生的桑梓情，还用篆刻艺术来表达。《章继肃书法篆刻》第 15 页，有"流江""濛山""渠县""渠县文化志""达成铁路开工志庆""盛世修志"等金石印蜕。每一枚石章风格不同，堪为玩索！

章先生的故乡情悠悠。今从其文、其诗、其书法、其金石篆刻走进。可能还是挂一漏万。章先生故乡渠县有文庙，围墙上有"宫墙万仞"几个大字。四川文理学院副书记、中国书法家协会会员、侯忠明教授曾云："他的世界，犹如一座神奇的宫殿，我们走进去是乞丐，走出来是富翁。"

2020 年 4 月 17 日 1 时 35 分于依云斋

第二节　高山齐仰山，四海颂清芬
——章继肃先生崇敬伟人的深情

一

伟人是指功绩卓著、受人尊敬的人。

伟人，是在一定的历史条件下，在某个领域或几个领域，通过自身和团队的奋斗，做出了普通人不能做出的伟大业绩的人。这些业绩对当时或者后世产生了积极的影响，对国家、民族乃至于全人类都是有益的。

世界各个民族都有自己的伟人，每个民族的人民都崇敬自己民族的伟人。

不过，不同行业的人崇敬的伟人各不相同。我们最崇敬的是党和国家的领导人。章继肃先生的作品里，也表达了对党和国家领导人的敬爱。

二

章先生崇敬毛泽东主席。这种情感，在他的诗词中有体现。1977 年 1 月，他写了《水调歌头·批判"四人帮"》：

> 奋起千钧棒，批判"四人帮"。神州八亿黎庶，怒火满胸膛。批得王张江姚，丑恶原形毕露：四个中山狼。本性难更改，得志便猖狂。
>
> 敬爱的，共和国，党中央。英明决策，当机一举扫灾殃。亿万军民拥护，全国人心大快，事业何堂堂！毛泽东思想，永远放光芒。

词写批判王张江姚"四人帮"，表达对"四人帮"的怒火，对党中央领导集体的衷心拥护，粉碎"四人帮"是毛泽东思想的胜利，全国人心大快！几个地方说一下，"奋起千钧棒"直接化用毛主席诗句："金猴奋起千钧棒，玉宇澄清万里埃。"（毛泽东1961年11月17日《七律·和郭沫若同志》），一开始就使人想起主席伟句，破空而来，千斤压顶，砸碎妖孽，也自然联想孙大圣的形象，极富浪漫色彩，又有《水调歌头》词豪放词派的气象。"黎庶"，指老百姓、民众。典出《史记·孟子荀卿传》："若《大雅》整之于身，施及黎庶矣。""中山狼"，出自明代马中锡《东田文集》中的《中山狼传》，形容那种忘恩负义、恩将仇报的人。东郭先生误救中山上的一只狼，反而险些被狼所吞的典故。曹雪芹《红楼梦》中对贾家二小姐迎春的判词。"子系中山狼，得志便猖狂。金闺花柳质，一载赴黄粱。"用在这里，有两层意思：一、"四人帮"是忘恩负义之徒，绝不能同情；二、"四人帮"篡党夺权，只能是作"黄粱美梦"罢了，对其嘲讽。结局翻进一层，即在前面层层铺写的基础上，于结尾处将题旨深化，升华意境。"毛泽东思想，永放光芒。"热情讴歌毛泽东思想。一篇全在尾句，刘体仁《七颂堂词绎》云："词起结最难，而结又难于起，盖不欲转入别调也。"

章先生书法作品也爱写毛主席诗词。收入老人83岁后的《章继肃书法集》（2005，达市新出准印字227号），前两幅就是毛主席诗。

毛主席诗观潮

继肃书

千里波涛滚滚来，雪花飞向钓鱼台。

人山纷赞阵容阔，铁马纵容杀敌回。

毛主席为女民兵题照

章继肃书

飒爽英姿五尺枪，曙光初照演兵场。

中华儿女多奇志，不爱红装爱武装。

两首诗都是斗方、行草书出。前一首落款"继肃"，可以得出70岁以前写的（先生说，他的书法落款"继肃"就是70岁前，落款"章继肃"是70岁后）；后一首落名全称，自然是70岁以后写的。主席第一首诗见过的人不多。

三

1991年11月，章先生看了电影《周恩来》以后，写了两首诗，表达对周总理逝世，举国悲痛的回忆和对总理无限颂扬之情。

《周恩来》影片观后

（一）

记曾地圻与天倾，噩耗飞传出玉京。

十万万人齐下泪，神州痛悼巨星暝。

（二）

革命功劳著史篇，人民总理世称贤。

鞠躬尽瘁死方已，灿烂辉煌六十年。

第一首用现代诗韵。

四

1985年6月，章先生拜谒仪陇县马鞍乡朱德故居，写了一首诗。名曰《仪陇县马鞍乡朱德故居留题》。

真理追求不为难，功勋道德口碑刊。

人民敬爱如兄父，千载荣光在马鞍。

诗人游朱德总司令故里，算是旅游诗。它高，高在不走常道，写马鞍的景物再写朱德这个人。它直接写朱德这个人，思路高！一个人，用 28 字来刻画，不容易。全诗抓朱德个性特点"真理追求""功勋道德"这个正面；又从人民、环境这个侧面烘托朱德这个人，"口碑"而"敬爱"；"马鞍荣光"。结局"马鞍"二字扣诗题目。为平仄所需，把"父兄"一次颠倒为"兄父"。高度凝练，朱德形象高大，表达诗人景仰之情。

章先生一件书法作品《朱德和郭沫若春节游广州花市》，条幅、行书。落款章继肃书于达州。

百花齐放遍城乡，灿烂花光红满堂。

更有心花开得好，一年转变万年香。

五

章先生在邓小平同志诞生一百周年，写了三件作品来表达对这位伟人的热爱。三件皆是书法作品。

第一件，诗是山东孔柔先生写的。章先生书写的，条幅，行书。诗名是《邓小平同志诞辰一百周年纪念》。诗云：

世纪风云变，奇功赖伟人。

英名垂宇宙，理论定乾坤。

大计传千古，深情被万民。

高山齐仰山，四海诵清芬。

这首诗，我怀疑"高山齐仰山"本应"高山齐仰止"。才是一首"五律"，否则算"五古"。先生作诗是大家，可能是先生在报刊上读到的。然诗可古风。也就用"山"，而不用"止"字。意思好些，读起来很顺溜，意境很美。加之，我在他家里听过他老人家吟诵的是"山"。这件作品成了他的书法代表作，馆藏于达州巴山书画院。

第二首，是齐雷的诗，先生也可能在报上看到这首诗，觉得好，就书写了。行草斗方，诗名是《小平同志诞生一百周年》。

小平两制誉人间，港澳台澎势必还。

纵使回归公未睹，九泉之下定开颜。

第三首，是先生自己的诗。横幅行草。诗名是《小平同志诞辰一百周年纪念》。

神州无处不春风，亿兆生民幸福中。

港澳回归国耻雪，全凭世纪伟人功。

六

章先生，是经历 20—21 世纪的重大历史烟云的长寿老人，又是老一代知识分子，还是一名中国共产党党员。老人对新中国的感受，特别对和平安宁的环境，有着独特的珍视，对新中国的领导人有着现代人难以理解的深厚情感。难怪老人家用自己的诗词、书法作品对他们表达崇敬和感恩之情。

2020 年 4 月 25 日 18 时于依云斋

第三节　春灯似昼　团坐无眠
——章继肃先生的亲情诗

亲情的定义就是有血缘关系的人之间存在的感情，亲情就是亲人之间的感情，父母和子女之间的感情，亲兄弟姐妹之间的感情，这些都是亲情。"亲情"重在"情"字，章继肃先生在其《章继肃文集》里有几首诗写自己的亲情。

《哭秋子》

女儿秋子，远嫁黑龙江虎林县（现虎林市），患心脏病不治，以 1983 年 8 月 3 日卒，年仅 35 岁。哀哉。

一

何期噩耗电飞传，嗟汝艰辛卅五年。

难得此生为父女，几回翘首哭云天。

二

千里空赢一病身，世无和缓怎回春。

膝前惟有淡蔬食，一念归宁一怆神。

（1983 年 8 月）

常言道：女儿是父亲的小棉袄。秋子 35 岁，英年早逝。章先生痛失"小棉袄"，白发人送黑发人，何其悲伤，可想而知。

哪里想到一纸电报飞传而来的，是爱女的噩耗，嗟叹你艰辛人生 35 年。难得与你此生为父女，几回翘首哭诉云天之外的你。

千里之外远嫁，你白白地"赢"得一病身。"和缓"，指春秋时的两个良医和与缓并称，后来代指良医。"回春"，比喻医术高明或药物灵验，能把重病治好。"世无和缓怎回春"，现在世上没有像医和、医缓那样的良医，怎能把你重病治好呢？膝前只有淡而无味的蔬菜饭食，言伤心而无味口，每每念及你的回门宴的场景，都令人伤心泪哭。

"归宁"，古时流传下来的礼俗，又可称为做客、返外家（闽南语用法）或三朝回门，是指新婚夫妻在结婚的第三日，携礼前往女方家里省亲、探访，女方家人在此时亦须准备宴客（通常于中午，称作归宁宴或请女婿），归宁结束后，媒人的工作才算告了一个段落，男方须送礼给媒人表示谢意。也就是现在所说的回门，一般是婚后的第三、六、七、八、九天，或者满月时女婿携礼品，随新娘子返回娘家，拜谒妻子的父母及亲属。自亲迎始的成婚之礼，至此完成。此俗起于上古，泛称"归宁"，为婚后回家探视父母之意。后世各地名称不一，宋代称"拜门"，清代北方称"双回门"南方称"会亲"，河北某些地区称"唤姑爷"，杭州称"回郎"。近代通常在婚后第三天，又称"三朝回门"。此为婚事的最后一项仪式，有女儿不忘父母养育之恩赐，女婿感谢岳父母及新婚夫妇恩爱和美等意义，一般，女家皆设宴款待，新女婿入席上座，由女族尊长陪饮。新婚夫妇或当日返回，或留住数日，若留住时，则都不同宿一室。

"怆神"，伤心。典出宋陆游《夜登千峰榭》诗："危楼插斗山衔月，徙倚长歌一怆神。"林百举《悲愤》诗之十："眇眇梅孤鹤瘦身，登楼四望独怆神。"又如，明张弼《渡江》"交游落落俱星散，吟对沙鸥一怆神。"

两首哭秋子，表达老父痛失爱女的悲怆。

嘉玉弟携女潇潇至喜赋

内弟段嘉玉在涪陵师范学校任教。

爆竹方除旧，涪陵来远宾。

相看姐弟喜，笑语侄姑亲。

为惜别三载，深添酒一巡。

放歌当盛世，畅饮莫辞频。

（1990 年 2 月）

这是一首五言律诗，突出"喜"这个题眼。新年刚过，爆竹辞旧迎新的声音犹在耳边，一喜也；涪陵远客亲人来，二喜也；姐弟相看，侄姑笑语，互文理解更好，浓浓亲情，状摹生动，喜气感人，三喜也；惜别三载，添酒一巡，身处盛世，放歌畅饮，四喜也。"相看姐弟喜，笑语侄姑亲"为我击赏！

大儿思齐自大庆油田回家探亲

江城跃马过新年，齿发蹉跎未息肩。

老懒无心作事后，探亲有子趋庭前。

瞻依每诵诗三百，同望常怀路八千。

最喜春灯明似昼，一家团坐话无眠。

（1990 年 3 月）

"趋庭"，典故名，典出《论语注疏·季氏》。"（孔子）尝独立，鲤趋而过庭。曰：'学诗乎？'对曰：'未也。''不学诗，无以言。'鲤退而学诗。"鲤，孔子之子伯鱼。后因以"趋庭"为承受父教的代称。

瞻依的意思多：1. 瞻仰依恃。表示对尊长的敬意。语出《诗·小雅·小弁》："靡瞻匪父，靡依匪母。"郑玄笺："此言人无不瞻仰其父取法则者，无不依恃其母以长大者。"宋王安石《祭欧阳文忠公文》："然天下之无贤不肖，且犹为涕泣而嘘唏。而况朝士大夫、平昔游从，又予心之所嚮慕而瞻依。"明张煌言《上监国启》："臣不胜惶悚瞻依之至！"清孙枝蔚《赠滕县任明府淑源》诗："上官齐劝慰，父老最瞻依。"2. 借指父母。清王闿运《王祭酒母鲍太夫人诔》："少依慈训，壮失瞻依。"3. 敬仰依恋。宋苏轼《天章阁权奉安神宗皇帝御容祝文》："将往宅於灵宫，永怀攀慕；愿少安于祕殿，无尽瞻依。"冰心《寄小读者》二一："湖畔徘徊，山风吹面，情景竟是瞻依而不是赏玩。"4. 形容耸立。明徐弘祖《徐霞客游记·滇游日记七》："其下深壑中，始见居庐环倚，似有楼阁瞻依之状，不辨其为公馆、为庙宇也。"

诗里的意思"瞻依"，耸立。

"闾望"，就是倚闾望切，解释为靠在里巷的门口向远处殷切地望着，形容父母盼望子女归来的心情十分殷切。闾，古代里巷的门，亦作"倚闾而望""倚门而望""倚门倚闾""倚门之望"。出自清李宝嘉《官场现形记》第十八回："亲老多病，倚闾望切，屡屡寄信前来叫卑职回去。"

"路八千"，出自唐韩愈的《左迁至蓝关示侄孙湘》："一封朝奏九重天，夕贬潮州路八千"（"潮州"一作"潮阳"）。这首诗里的意思是离家很远很远。

思齐从江城快马加鞭回来陪父母过新年，齿发蹉跎还没歇息赡养父母重任在肩。年老懒于无心干事之后，高兴的是探亲有儿子回来承受父教。思齐站立每诵诗三百的情景在眼前，父母盼望离家很远的思齐归来的心情十分殷切。最高兴的事家里春节的灯火明亮如白昼，一家人团团围坐，说不完的亲情，一点没有睡意。

该诗佳句迭出，读来令人动容。

忠力红梅完婚喜赋

长孙忠力在黑龙江大庆石油管理局工作，孙媳胡红梅大竹县石河中学英语教师。

黑水巴山一线牵，三生石上结前缘。

喜看两小成佳偶，兰桂腾芳永象贤。

（1994 年 6 月）

"三生石"上，佛教故事，唐代李源与高僧圆泽禅师相约来世相见的故事。借指前世姻缘，来世重新缔结。典出唐袁郊《甘泽谣》："三生石上旧精魂，赏月吟风不要论。惭愧情人往相访，此生虽异性长存。"

"兰桂腾芳"，典出明程登吉《幼学琼林》第二卷："父母俱存，谓之椿萱并茂；子孙发达，谓之兰桂腾芳。"

该诗强调忠力红梅婚姻的缘分，暗含要惜缘的深意。后是祝福之语、勉励之词。

送外孙女周洪玲北归

洪玲十一岁丧母。时在北京市打工。

我有外孙女，生小不相识。

倏忽廿二年，千里来作客。

一声呼外公，悲喜两交集。

嗟我老丧女，嗟汝幼失恃。

虽然能谋生，巢枝一何仄。

匆匆送汝归，此去应努力。

要为女强人，雄关从头越。

嘱咐正叨叨，火车飞向北。

野阔朔风凉，人散车站寂。

老眼渐昏花，不觉泪沾臆。

（1994 年 11 月）

"失恃"，指死了母亲，语出《诗·小雅·蓼莪》："无父何怙，无母何恃。"清田兰芳《云南楚雄府通判袁公（袁可立孙）墓志铭》："公（袁赋诚）早失恃，事继母刘淑人如己母。"

该诗面对生小不相识的外孙女，一生呼外公，悲喜两交集；悲的是由外孙女想到失去的女儿，喜的是千里来做客的亲人；勉励要做女强人，后面也有自己年龄太大，也帮不了她的落泪。诗情真意切，读来有白发老夫挥泪，后人牵肠挂肚之感，给人极大的情感波动之感。

悲欢离合，喜泪盈盈，这就是生活的本真、亲情的无限。章继肃先生的亲情诗，充满人间烟火气息，很接地气。人人看到更加丰富的先生世界。

2020 年 5 月 27 日 21 时 54 分于依云斋

第四节　割少分甘，聚赏春晖
——章继肃先生与章继和先生

章继和先生是章继肃先生的族弟，也是继肃先生大竹师范学校的学生。而且，继和先生又从事教育工作。因此，继和先生与继肃先生的感情非常深厚。

一

《章姓家谱》人物简介第 22 页，有"教育战线的好干部——章继和"的文字简介。"章继和，中共党员，男，1937 年 5 月出生于渠县渠江镇正南街。小时候随祖父生活，但其祖父章昌言先生在多所学校任教，生活居住不定……1954 年秋，渠县中学初中毕业后，由于家庭原因考入大竹师范学校，毕业后，先后在大竹师范附小，大竹胜利街小学及第二中学任教。1979 年调大竹县教育委员会工作，先后任副股长、股长及大竹县教育服务中心主任兼中共党支部书记，大竹县教委调研员并兼任大竹县人民政府勤工俭学领导小组副组长及办公室主任等职。1996 年退休，现定居成都……"

我知道继和先生是 2001 年 3 月，在《章继肃文集·后记》里，继肃先生有一段文字："1991 年那年我七十岁，'人生七十古来稀'，继和弟说值得庆贺，于是由他出资，把我在劫后所写的诗文全部印刷出版，书名《小窗诗文稿》。"

通过上两段文字，我们知道继和先生是继肃先生的族弟、学生，而且敬重继肃先生，为他老人家办了实实在在的事情，使继肃先生 70 岁以前的诗文得以面世。

二

章继肃先生九十大寿，四川文理学院在莲湖校区为之庆寿，开座谈会。继和先生出席并在会上主持人点名发言。我才一睹继和先生儒雅的风采。

1990 年 6 月，章继肃先生写了《饮新茶》一诗。诗前有小序云：继和弟馈赠普洱茶，王金尧同志馈青花绿茶，饮之而积昏尽扫。兼怀张成茂同志。诗曰：

普洱青花世所珍，新茶一碗长精神。

平生风义兼师友，割少分甘情性真。

　　"割少分甘"：甘，美食；分少，东西虽少但肯与人分享。喻自己刻苦，待人宽厚，与人同甘共苦。这是司马迁对李陵的评语。李陵（？—前74）字少卿，陇西成纪（今甘肃秦安）人，西汉将领。李广孙，善骑射。汉武帝时，为骑都尉，率兵出击匈奴，战败投降。后病死匈奴。司马迁在《报任安书》中说："以为李陵素与士大夫绝甘分少，能得人之死力，虽古名将不过也。"颜师古注曰："自绝旨甘，而与众人分之，共同其少多也。"后以此典咏与人（多指部下）同甘苦，亦作"分甘""分甘共苦""割少分甘"。

　　"平生风义兼师友"，化句"风义生平师友间"，这是陈寅恪《王观堂先生挽词》中的一句。在现代中国学界，王国维与陈寅恪是两位著名的史学家、考证学家，他们在各自的研究领域中，都为中国的学术事业做出了开拓性的贡献，因而在国内外学术界享有很高的声誉。尽管他们两人共事的时间并不长，政治思想也不完全一致，但是，由于学术渊源以及治学方法比较接近，彼此情趣也颇相投，因而结成了"风义生平师友间"的忘年之交，成为学术心境最为相知的挚友。

　　这首诗的意思把"割少分甘""平生风义"的典故搞清楚了，就好理解了。普洱青花是世人所珍爱的好茶，一碗新茶喝下去倍长精神。我们是情趣相投的挚友，你们对"我"真是宽厚啊，还把好东西分享给"我"。

三

1990 年 9 月，章继肃先生鲁豫陕之行，游泰山，心情高兴，写诗告诉包括继和先生在内的亲人们。这记录在《章继肃文集》第45 页。

游泰山，寄继义、继学、继和诸弟

数十年来望齐鲁，如今始造泰山巅。

仰登六千六百磴，已上三十三重天。

下视来时青云路，秦松汉柏龙烟雾。

摩崖刻石遍道周，经石峪字大如斗。

幽壑云石不可攀，陡侧南通十八盘。

盘回彳亍踏云行，迥然飞舞南天门。

天风吹来杖履清，过此须臾到天庭。

濯足万里黄河水，振衣千仞玉皇顶。

若云足时今足矣，此行不虚快平生。

风云变幻不可推，忽然风叫云雾飞。

玉宇琼楼浑难见，沙飞石走如开战。

气温下降复下降，陡觉高处不胜寒。

丈人诸峰未暇游，望望不已忙下山。

索道拥挤乘坐难，步行两腿为之酸。

吁嗟兮！

泰山岩岩詹鲁邦，登之精神四飞扬。

此游此生恐难再，归来无日不神往。

登山前日，在泰安岱庙购买手杖一根，以助脚力。《诗经·鲁颂·闷宫》云："泰山岩岩，鲁邦所詹。"李白《泰山吟》云："精神四飞扬，如出天地间。"予时年六十九矣。

写登名山，难度系数可想而知。然章先生却写得有特色。一般写，由下向上，移步换景；而先生却自出机杼，先说站在泰山顶上。"数十年来望鲁邦，如今始造泰山巅。仰登六千六百磴，已上三十三重天。"几十年仰望泰山，感情厚重，今天第一回上其顶，登了 6600 步磴子，上了 33 重天。对于一个 69 岁的老人，的确难得。其次，是"下视"，写"青云路""秦松汉柏""摩崖刻石""经石峪斗字""云壑云石""十八盘""南天门""天庭""玉皇顶"。再说自己体会，知足、此行不虚、快慰平生。再次，写忽然风飞石走，匆匆下山。最后，写登泰山精神飞扬，此生难再来，故而告知诸弟，归来无日不神往。跟我们写登山，的确是个好例子，可资借鉴学习。

四

2006 年春分时节，章继肃先生为继和先生赋诗书之《继和弟七十寿辰志贺》。这在《章继肃书法篆刻》第 39 页。诗云：

继和弟七十寿辰志贺

每怀相聚赏春晖，千里非遥愿总违。

今日题诗为弟寿，人生七十古来稀。

二千〇六年春分继肃诗书

（白文朱印：章继肃印）

人生七十古来稀，典出唐杜甫《曲江》二首之二："朝回日日典春衣，每日江头尽醉归。酒债寻常行处有，人生七十古来稀。穿花蛱蝶深深见，点水青蜓款款飞。传语风光共流转，暂时相赏莫相违。""人生七十古来稀"，杜诗原意是应珍惜年华，不必追求浮名荣贵，趁春光时节，饮酒赏卉，及时行乐。后用为慨叹人生无常人寿几何的语典。宋辛弃疾《感皇恩·寿范倅》："七十古来稀，人人都道：不是阴功怎生到。"

人能活到七十高龄自古以来就不多见。形容长寿不易。因其如此，继肃先生才为继和先生寿志贺诗书。

五

《章继肃书法篆刻》第 55 页，有一幅隶书横幅书作。

正文：寿山福海（寿字右上方引首章，长方形，白文朱印，风华正茂）

款字行书四行：静逸先生百岁寿辰志庆，后学章继和贺，章继肃书（白文朱印章继肃印）

这应是继和先生请托继肃先生书写的。寿山福海，意思是寿象山那样久，福像海那样大；旧时用于祝人长寿多福。出自明张凤翼《灌园记·开场家门》："华屋珠帘，寿山福海，别是风烟。"

静逸先生，据章继和先生告知，是其好友之父。陈静逸，汉源人氏，老地下党员，在重庆曾面见周恩来接受任务。

六

继肃先生与继和先生情缘家族血情、情缘竹师师生、情缘教育行业：一生互相牵挂，割少分甘。继和先生出资帮继肃先生七十寿出书《小窗诗文稿》，继肃先生为继和先生七十寿志贺诗书……如此兄弟，如此师生，如此挚友，也算得上人间一段佳话了。最让我感动的，还有最近，继和先生热情支持我的请教，为我研习章继肃先生，提供了大量难得的信息。继肃、继和两先生的深情值得我们好好学习，处理手足情、师生情、朋友情。诗曰：

人间难得这般情，族弟师生教育英。

割少分甘交到老，春晖相聚踏峥嵘。

【附】

本文写就，我微信发请章继和先生过目，向前辈请教。以下是继和先生回的微信文字：

大作拜读，深表谢意。肃兄一家与我家有深厚的感情，20世纪20年代，我祖父章舍在成都就读成都高等师范，其时伯父维新先生（继肃先生之父）亦在成都陆军讲武堂学习。叔侄俩上学或放假时都随行。后维新先生就任国民革命军营长，驻在外地，吾祖父在渠中任教并任渠中校长，肃兄读小学和中学住在我们家中，他对我母亲十分敬重；后我在竹师上学，当然他既是兄长更是良师。他对我的两个女儿十分珍爱。《章继肃文集》中《伯伯长寿》一文是我女儿从新加坡寄回的，表达她对伯父的祝福。

2020年6月6日18时08分于依云斋

第五节　港澳情怀

香港和澳门的回归，应该是20世纪中国的大事，也是世界的一件大事。章继肃先生一向关注国家大事，对港澳回归祖国，竟"老夫狂喜不成眠"，用他的诗人情怀，写下了6首诗词。许多年过去了，再读这些当年老人的诗词，一腔滚烫的赤子心灵，依然令人感怀。

1997 年 6 月，他写下《迎接香港回归座谈会上》一诗。诗云：

香港回归佳日近，老夫狂喜不成眠。

一堂咳唾生珠玉，齐颂光辉九七年。

"佳日"，指温煦晴明的日子。晋陶潜《移居》诗之二："春秋
多佳日，登高赋新诗。"艾芜《地貌的青春》："让人在春秋佳日，
进入大自然的怀抱中，恣情任意地欣赏，以便消除工作的疲劳。"
孔羽《睢县文史资料·袁氏陆园》："袁氏（袁可立）陆园在鸣凤门
内……每逢佳日节期，州内文人名士在此聚会，吟歌赋诗，抚琴欢
唱，成为州中盛事。"看来，佳日，指好日子，令人感到高兴的日
子，大多指春秋季温煦晴明的日子，也指使人高兴的节假日。香港
回归，在诗人看来，就是中华民族盛大的节日。假日临近，"老夫
狂喜不成眠"，是苏轼《江城子·密州出猎》"老夫聊发少年狂"句
子的创新和杜甫"漫卷诗书喜欲狂"（《闻官军收河南河北》）揉化
得来。参加座谈的人谈吐颇具文采，"咳唾生珠玉"是化用李白
《妾薄命》中的"咳唾落九天，随风生珠玉"，现在多用"咳唾珠
玑"，大家一起歌颂光辉的 1997 年。

全诗首先指出香港回归是民族的佳节，佳日临近，诗人自己，
座谈的人们都歌颂光辉九七。这是民族共同的情感。

1997 年 7 月 1 日，一日双庆。庆中国共产党的生日，庆香港回
归祖国。诗人写了《一日双庆》：

千载难逢我竟逢，金瓯补缺党旗红。

普天此日同双庆，把酒临风念邓公。

诗人认为党的生日之时又收回香港，是千年难逢的大喜事，诗人有生之年逢遇到了。高兴之情可以想见得到。"金瓯补缺党旗红"，这一句很好，国土进一步完整，使党旗更加红艳。党国关系紧密，既是党的大事，也是国的大事。普天同双庆，人们把酒祝贺，临风怀念一代伟人邓小平的功绩。全诗由情到事、由景到人的联想，很自然，格调高致。

1997 年 7 月，在欢庆香港回归祖国之时，章先生填了一阕《沁园春》。词曰：

香港回归，举国欢腾，岂不快哉！想战开鸦片，可操胜算，清廷误国，夷乃为灾。城下修盟，人为刀俎，议割珠崖事可哀。百年耻，喜今朝雪洗，疆宇重恢。

环球同此情怀，争亲睹空前盛况来。看团圆欢笑，红旗招展，硝烟散尽，紫荆花开。顺利交接，繁荣稳定，两制光辉照九垓。杨帆起，乘长风破浪，再迎澳台。

词一开始就叙事——香港回归，描写——举国欢腾，抒情——岂不快哉！由现实入笔。"想"作为一字领起管住后面几句到"议割珠崖事可哀"，是回忆香港被割的历史，是虚写；"百年耻，喜今朝雪洗，疆宇重恢"，是议论抒情，又是回到现实之笔。词的上片，感情线可抓"快哉"——"可哀"——"喜雪"。"城下修盟"，是典故"城下之盟"的意思。这个典故出自《左传·桓公十二年》：强大的楚国侵略弱小的绞国，因绞国严守不出，楚国一时也拿它无法。后来楚国屈瑕设下诈骗之计，将绞国打败，并迫其签订了屈辱性条约"城下之盟"。该典故解释为在敌方兵临城下时被迫签订的屈辱和约。"人为刀俎"，"人为刀俎，我为鱼肉"比喻生杀大权掌握在别人手里，自己处在被宰割的地位。这个成语典故出自《史记·项羽本纪》，原句是："樊哙曰：'大行不顾细谨，大礼不辞小让。如今人方为刀俎，我为鱼肉，何辞为。'"之后演变为成语"人为刀俎，我为鱼肉"。

词的下阕，紧紧围绕"环球同此情怀，争亲睹盛况空前来"。一个"看"字领起后面几句描写"盛况空前"，用笔洗练，读来节奏欢快。"九垓"：1. 亦作"九畡""九陔"，中央至八极之地。《国语·郑语》："王者居九畡之田，收经植入以食兆民。"韦昭注："九畡，九州之极数。"晋葛洪《抱朴子·审举》："今普天一统，九垓同风。"北齐魏收《枕中篇》："九陔方集，故眇然而迅举；五纪当定，想宵乎而上征。"《明史·韩爌传》："念先帝临御虽止旬月，恩膏实被九垓。"2. 亦作"九阂""九陔"，九层，指天。《文选·司马相如〈封禅文〉》："上畅九垓，下溯八埏。"李善注："垓，重也……言其德上达于九重之天。"《汉书·礼乐志》："专精厉意逝九阂，纷云六幕浮大海。"颜师古注引如淳曰："阂亦陔也。"晋葛洪《抱朴子·广譬》："日未移晷，周章九陔。"晋郭璞《游仙诗》之六："升降随长烟，飘飘戏九垓。"唐吴筠《秋日彭蠡湖中观庐山》诗："董氏出六合，王君升九垓。"这里是全天下之意。

"长风破浪"，意思是比喻志向远大，不怕困难，奋勇前进。出自《宋书·宗悫传》："悫年少时，炳问其志，悫曰：'愿乘长风破万里浪。'"后是一个希望，祖国早日统一。

1999 年 12 月，澳门回归时，章先生又写了《喜迎澳门回归》诗二首。诗云：

（一）

波平如镜月轮高，出水芙蓉分外娇。

历尽沧桑归故国，千歌万曲庆通宵。

（二）

两制构思青史垂，挺荷争艳紫荆辉。

台澎骨肉休瞻顾，共庆团圆早早归。

第一首诗，前两句写景，烘托一种和平安宁，喜气的氛围，旨在表明澳门回归不费一枪一炮，和平解决，"海不扬波"；后两句，议论抒情，澳门历尽沧桑，回到故国，值得千歌万曲，庆它个通宵达旦。有夸张的意味。

第二首诗，前两句写澳门回归功在一国两制；后两句是联想，台湾同胞不要瞻顾徘徊，也应早早归来，两岸共庆团圆。这当然可以理解为澳门回归后的影响和愿景。

学习章继肃先生诗词中的港澳情怀，实际上也是让我们明白，中华诗词文化的一根主线就是爱国主义旗帜的高扬。从"长太息以掩涕兮，哀民生之多艰"的屈原，到"死去元知万事空，但悲不见九州同"旳陆游，中国古代诗人的爱国情怀大多读来令人悲怆，而新时代的诗人章先生的爱国情怀让我们感到"金瓯补缺党旗红"，"岂不令人快哉"！

2020 年 7 月 17 日 17 时 45 分于依云斋

第六节　与四川文理学院

一、鲐背章老，学校为之庆寿

2011 年 4 月 24 日上午 9 时，四川文理学院莲湖校区行政楼三楼会议室，章继肃先生九十华诞座谈会举行。学校党委书记李万斌教授主持、校长孟兆怀教授致辞，四川行政学院教授孙和平教授、学校中文系主任熊伟业教授、王道坤教授、章继和先生、尹枫先生、廖清江先生、李梅女士等会上发言。中午在红旗桥头"老地方酒楼"聚餐。

我保存了当时的一张纸"章继肃先生九十华诞寿宴席次安排"，为志其盛，不妨抄录如下：

第一桌

章继肃、李万斌、孟兆怀、成良臣、孙和平、李梅、杜泽九、喻东、李晓波（市旅游局）、汪成慧、廖清江、苏久红

第二桌

张强、尹枫、章继和、邵瑜、赵童邻、邹亮、常龙云、市老龄委、李晓波（县广电局）、王道坤

第三桌

吴海、张成茂、龙德华、章思礼、章思科、唐铭、朱景鹏、凌灿印、冯永川、罗彪

第四桌

彭闽湘、赵成云、姚春、马洪刚、吴科文、何人广、郑长江、徐晓宗、赵泽碧、梁民颖

第五桌

何平、张海涛、周远明、王星程、常时、黎亮、罗显坤、熊伟业、刘长江、杜松柏

第七桌

肖超、张全普、王朝兴、潘卫光、许笑天、常辉、刘大彬、程璧英、侯忠明、杨尚通

第八桌

阮碧辉、赵定贵、张波、朱陶、王燮辞、郑静、马碧红、李壮成、陈官章、张丽

第九桌

余文盛、尹羿之、成立、陈荣杰、成华军、袁尊、徐继恩、工作人员

鉴于章老先生的学生和各界朋友陆续到会，难于周全安排，请上述席次中未列的嘉宾到第十桌就餐。衷心感谢您的谅解！

章先生自己一生没办过生日宴，唯一的这次是学校为他办的，据说，名单是章先生开出，学校办公室提前通知的。据说，这是学校的第一次。足见，学校看重章先生。一个教师，能被自己的学校如此看重，他对这个学校的贡献是可想而知的。

二、章先生为筹建达县师范专科学校做出了贡献

1977 年 3 月，当章先生刚进入老年的时候，奉调达县师范学院工作。学院于 1978 年 12 月经国务院批准，正式定名为达县师范专科学校。

1. 为学校图书馆资料建设做出了贡献

1977 年 12 月，章先生率学生孟兆怀、张德怀、季水河、王祥昆四人，前往重庆图书馆，通过老同学陈自文的介绍，在该馆无偿

地为学校清理图书一万余册，为学校图书馆资料建设做出了贡献。同月，被选为四川省第五届人大代表，赴成都出席会议。

2. 把中文系搞得有声有色

1978年6月，参加十三院校《中国文学史》南昌定稿会议。开始了学校与兄弟院校的接触。12月起任中文系副主任。中文系支部书记王膏若与章先生三次同学、三次共事，40多年的老朋友，因此他们在工作上合作得很好，把中文系领导得有声有色，至今尤为人们所称道。

1979年1月，加入中国共产党组织。10月，被邀参加杭州大学庆祝国庆三十周年学术报告会，初次领略了西湖的旖旎风光。12月，将承印十三院校《中国文学史》赚得之款，购买新版《辞海》二十九部，借给系上教师使用，人手一部，对提高教学质量起到了积极的作用。

1980年4月起，任中文系主任。

1981年8月，章先生的书法作品参加了四川省纪念鲁迅诞生一百周年书法展览。12月，被邀请为四川省大学生书法竞赛评选小组成员，推选出参加"全国大学生书法竞赛"的优秀作品。会议在四川大学举行。

1984年4月，先生时年62岁，学校机构改革，不再担任行政职务，留中文系上课。

章先生的影集中有一张盖有达县师范专科学校鲜章的小纸条：

章继肃同志：

感谢您为筹建达县师范专科学校做出了贡献。

达县师范专科学校

一九八五年教师节

1987 年 4 月，章先生取得副教授任职资格，于时已年 65 岁了。10 月退休，计工龄 39 年。1988 年 3 月，章先生被批准为中国书法家协会会员。

三、返聘学校教书、办报、做学术顾问等，指导青年教师，直到 80 多岁才完全退下来。

由于章先生在学校、社会名气大，学校返聘他教书法、篆刻等课、编《达师专报》，作"巴渠文化研究所"学术顾问，指到青年教师等工作。

学校常把章先生的书法作品作为珍贵的礼物馈赠给尊贵的客人。2005 年专升本评估期间，学校把评审期间的照片印制成册，准备请章老先生撰文题款后赠送给专家组成员留作纪念，先生用了整整一天时间，反复揣摸，精心设计，多次临写，直到满意为止。

四、打造新文理校园文化做贡献

学校升本后，又请他为学校题写了校名。2011 年，学校与韩国草堂大学缔结友好学校之后，学校派人出访韩国，90 岁高龄的章老先生闻讯十分高兴，欣然泼墨，题写了唐代张九龄的《送韦城李少府》句"相知无远近，万里尚为邻"，书赠草堂大学。草堂大学校长金柄植先生得知是四川文理学院 90 岁高龄的书法家所题，啧啧称赞，视如至宝。

在新校区建设过程中，学校为了打造校园文化，从外地运回几块文化石，需要在上面题写新校区赋和警句、对联。他不顾年事已高，1000 多字的《新区赋》，他一气呵成，布局工整，刚健秀拔，力透纸背，完全看不出是一个望九之人所作。书成之后，他还请学生用轮椅把他推到镌刻现场，指导师傅刻字。其拳拳之心，让人感动。

五、他很少向学校提出困难申请

晚年，章先生患上了便秘和疝气，苦不堪言，加上爱人生病卧床多年，生活上很不方便，经济较为拮据，但他很少向学校提出困难申请，都是学校主动想到他，为他解决一些生活上的难题。

2014 年 3 月 10 日，四川文理学院办公室整理编印了深切怀念章继肃先生——《学炳千秋，风骨永存》一书。书中大量诗联是为怀念他的弟子而写，其中著名学者李明泉教授撰联云：

扬真善美德行，教神州书生，寂静听大江东去，笔走龙蛇灵润原野；

奠中文系基石，育巴山作家，含笑看文化复兴，喜藏心中魂绕江河。

2020 年 4 月 20 日 19 时于依云斋

第七节　诗词关注国家大事

20 世纪的中国经历了许多重大的事件。作为长寿老人，亲身见证了这些重大的历史事件。老人家的诗词之作也有写这些祖国的大事，表达自己的心声，表达自己的赤子情怀，表达自己的家国之爱。

庆祝建国三十周年

1979 年 10 月，时值国庆三十周年。章先生又填一阕《水调歌头》：

节日同欢庆，建国卅周年。军民安定团结，歌舞乐尧天。革命功高百代，冠盖宾迎四海，颂酒倾长川。形胜应须记，重任在双肩。

钻科学，抓生产，猛攻关。人人解放思想，群力可移山。拥护中央决定，继续长征万里，四化谱新篇。实践证真理，万事向前看。

"尧天"，即太平盛世，亦称"尧舜天"。毛主席诗词句"六亿神州尽舜尧"。"冠盖"句化"九天阊阖开宫殿，万国衣冠拜冕旒"出自唐朝诗人王维的《和贾至舍人早朝大明宫之作》，表达国家的强盛，须"颂酒倾长川"加以庆贺。"重任在肩""万事向前看"写出担当、乐观的心态。

庆祝建国五十周年

1999年10月，新中国成立五十周年之际，章先生写了《庆祝建国五十周年》诗一首。诗云：

开国辉煌五十年，普天同庆兆民欢。

雄狮一吼惊环宇，叱咤风云阔步前。

诗一开头，就说新中国成立以来的五十年是辉煌的五十年，国庆节普天同庆，兆民欢悦。后面两句写得很有气势。祖国如一头雄狮发出一声巨吼，世界寰宇震惊；又像一位左右世界局势的将帅，引领中国人民阔步向前。"叱咤风云"，形容轰动一时的人物，今多指将帅或左右世局者的威风气势。出自《梁书·元帝纪》。

庆祝中国共产党成立六十周年

1981年7月，建党六十周年，老人家的《满江红》记录自己的心音。

> 六十春秋，过去也，轰轰烈烈。创下了，史无前例，丰功伟绩：暴力推翻旧世界，和平建设新中国。展红旗，继续新长征，同心德。
> 冲天劲，移山力，追科学，讲政策。会神州豪俊，尽扫穷白。四化催人闲不住，伏辕老骥心犹热。奋驽驾，效命供驱驰，无休歇。

上阕高歌建党六十年，创下了轰轰烈烈的丰功伟绩，史无前例，"暴力推翻旧世界，和平建设新中国"。有了成绩不骄傲，要继续新的征程，全体党员同志同心同德。

下阕分两层意思，意思同心同德怎么干，干什么，达到的目标是"尽扫穷白"，就是要国家富强，填补科技的空白；第二层讲自己不顾年老，效命供驱驰，闲不住，跟大家一起努力干。

迎接第十一届亚洲运动会

为第十一届亚洲运动会集资捐赠书法作品，该会文展部寄来纪念册一本，"深表感谢"；副教授尹祖健同志，因是而为文三千言，以记叙我之书法生活，并在《通川日报》刊出。予实有感焉。爰作此诗，以酬祖健同志之顾许也。

集资迎亚运，捐赠一联新。

"放眼观世界，夺魁为人民。"

孤怀情未减，敝帚老犹珍。

感谢如椽笔，从容写我真。

1990 年 5 月，章先生写了这首诗。诗歌内容很好理解，就是为亚运会集资，捐赠新写的一副对联。对联内容是"放眼观世界，夺魁为人民"；颈联，写自己爱国情怀未减，对自己的书法作品，老来"敝帚自珍"，但为了国家，也慷慨赠之；尾联，感谢尹祖健先生的如椽大笔，从容写出事情的真实原委。"如椽笔"，即如椽大笔，像椽子一般粗大的笔，比喻记录大事的手笔，也比喻笔力雄健的文辞。典出《晋书·王珣传》："珣梦人以大笔如椽与之，既觉，语人曰：'此当有大手笔事。'"俄而帝（晋孝武帝司马曜）崩，哀册谥议皆珣所草。"参见尹祖健《放眼观世界，夺魁为人民》文章，对这首诗的背景就了解得更为详细。

第十一届亚洲运动会于 1990 年 9 月 22 日至 10 月 7 日在北京召开，这是我国第一次举办大型的综合性国际体育盛会。由于规模空前，所需经费数字，也十分巨大。据有关方面透露，全部费用，约需人民币 45 亿元。除国家投资外，还需捐助。目前，人们正在努力为亚运会做贡献，已发展为一个群众性的爱国运动。不久前，达县师专章继肃副教授收到了亚运组织委员会寄来的一本纪念册，上面写道："你为第十一届亚洲运动会集资捐赠书画作品三件，深表感谢。"纪念册中并附有章老"放眼观世界，夺魁为人民"的书法作品照片一张。这些作品，除了供亚运会展出外，还将作为纪念品出售，用以筹集资金。

章老通过他的艺术才能，为亚运会，为祖国四化建设做出了自己的贡献。

关注澳星发射事件

1992 年 3 月 22 日，为澳大利亚发射通信卫星，功亏一篑；8月 14 日再次发射成功。详见《中国青年报》1992 年 8 月 25 日第 2版徐建国《中国澳星发射始末》一文。8 月，章老读报赋诗二首《澳星发射二首》。诗云：

（一）

澳星发射未成功，再擎鲸鱼碧海中。

科学从来重实际，莫将成败论英雄。

（二）

澳星发射已成功，四海五洲笑语同。

不畏浮云遮望眼，中华儿女敢降龙。

诗歌两首对比来写，"发射未成功"，给予鼓励，科学中实践，不与成败论英雄；"发射成功"，大家欢喜，看问题应"不畏浮云遮望眼"，赞扬"中华儿女敢降龙"。"降龙"，是成语降龙伏虎的简说，原是佛教故事，指用法力制服龙虎，后比喻有极大的能力，能够战胜很强的对手或克服很大的困难。出自南朝梁·慧皎《梁高僧传》。这里指中华儿女有极大的克服困难的能力。

纪念抗日战争胜利五十周年

1995 年 8 月，为纪念抗日战争胜利五十周年，章先生填了两阕《破阵子》词。一阕指出日本帝国主义发动的是侵略战争，残暴，杀戮焚烧，黎民水火之中，血染中华半壁红，神州寒雾笼罩。二阕说国人团结抗战才胜利。历史不容篡改，世界和平之路尚遥远，要警惕。

（一）

鬼子悍然犯境，铁蹄践我辽东。骡突叫嚣三省陷，杀戮焚烧四野空。黎民水火中。

七七卢沟桥畔，倭奴又刮妖风。残暴真叫人发指，血染中华半壁红。神州寒雾笼。

（二）

怎忍金瓯残缺，一腔怒火中烧。御侮中流仰砥柱，团结斗争破敌曹。红旗分外娇。

历史不容篡改，缘何霸气难消。五十周年庆胜利，世界和平路尚遥。还须警惕高。

章词用语出新。"金瓯残缺"，是"金瓯无缺"这个成语化来。金瓯无缺，意为金瓯没有残缺，比喻国土完整，出自《南史·朱异传》。毛主席词《清平乐·蒋桂战争》："收拾金瓯一片，分田分地真忙。"中流仰砥柱，也是"中流砥柱"这个成语的创新使用。"中流砥柱"，意思是指就像屹立在黄河急流中的砥柱山一样，比喻坚强独立的人能在动荡艰难的环境中起支柱作用。出自《晏子春秋·内篇谏下》。

一个诗人，一个诗词的大家，他的笔触一定要关注中华诗词传统，一个就是要有家国情怀。学习章继肃先生诗词中有家国情怀，用语继承中创新，我们感到他老人家不愧为一代诗词大家。

2020 年 7 月 11 日 11 时 40 分于依云斋

招邀到白头
——章继肃先生头善结报缘

第一节　乐山之行

1990年10月，四川省高校校报工作会议在乐山召开，章继肃先生遂有乐山之行。先生取道成都，过三苏故里，游乌尤寺，登尔雅台，礼拜乐山大佛，然后返程到重庆坐江轮，过宜宾，夜泊泸州，均有诗作记之也。

车过眉山县
买得轻车出锦官，山如眉黛点朱颜。
三苏旧宅无由达，过了眉山向乐山。

眉山城内三苏祠原为苏氏故宅，明洪武年间，时人为纪念三苏父子，始就地改宅为祠。汽车速过，未能望其门墙。

买得轻车出了成都，眉山似美女眉毛，太阳（或山上红花）如点朱颜。三苏祠没办法到，过了眉山向乐山进发。

"锦官"，这里是锦官城的简说，故址在今四川成都南，成都旧有大城、少城。少城古为掌织锦官员之官署，因称"锦官城"，后用作成都别称。唐杜甫《春夜喜雨》"晓看红湿处，花重锦官城"的诗句，使成都叫锦官城，天下闻名。"山如眉黛点朱颜"，很美，拟人手法写山可爱。"眉黛"，古代女子用黛画眉，所以称眉为眉黛。黛，青黑色的颜料。山如眉黛，形容山的颜色像画眉用的黛一样黑。现代台湾作家李乐薇《我的空中楼阁》中写道："山如眉黛，小屋恰似眉梢痣一点。"章先生把太阳（或山花红艳）在眉山比作女子眉间点朱，那确有新颖之趣。

乌尤寺

登山有道舍舟游，云树插天古寺幽。

一凿离堆民利赖，青衣亭上看嘉州。

"天下山水之观在蜀，蜀之胜曰嘉州。"嘉州（今乐山市），这是北宋著名文人邵博对嘉州山水的评价。嘉州最吸引人的地方，自然要数凌云山和乌尤山了。位于乌尤山上的乌尤寺，是盛唐时期惠净和尚草创的，初名正觉寺，至宋时改今名。（魏奕雄编注：《大佛乌尤寺诗文选注》，西南交通大学出版社，1993 年）

乌尤山半山有止息亭，亭内石刻荣县赵熙题词："登山有道，徐行则不踬，与君且住为佳。"《史记·河渠传》云："蜀守李冰凿离堆，辟沫水之害。"即李冰避沫水（大渡河）之害，在凌云山和乌尤山连接处开凿溢洪道，引部分江水绕乌尤山而下，遂使乌尤山成为水中孤岛，故名"离堆"。

登尔雅台

从前读尔雅，训诂略知津。

今到乐山县，长怀郭舍人。

台高荣草木，雾薄润衣尘。

不尽岷江水，年年送苦辛。

尔雅台在乌尤山上，传为汉武帝时犍为郭舍人（失其名）注《尔雅》处。中国尔雅台有两处：一在今湖北宜昌市，《寰宇记》卷一四七"夷陵县"：尔雅台"郭璞注《尔雅》于此台"。二在今四川乐山市东乌尤山正觉寺（乌尤寺）西，《舆地纪胜》卷一四六"嘉定府"：郭璞《移水记》，"记谓世主播迁，戎羯乱华，于是优游笑傲，放意于山水间，仍于嘉州城东百步乌尤山凿书岩，而苏子由诗亦指其注《尔雅》于此。史谓无入蜀之文。谨按《移水记》有嘉州二字则非璞之手笔，恐后人之附会耳"。后人以为晋郭璞注《尔雅》处，清乾隆时人陈登元《蜀水考》谓此为犍为郭舍人注《尔雅》处。

《尔雅》中国古代最早解释词义的专著，汉代学者缀辑而成。后世经学家多用以考证解释儒家经典的意义，遂成为《十三经》之一，注释《尔雅》的有晋人郭璞注、宋人邢昺疏等。

"训诂"，训诂学，是中国传统研究古书词义的学科，是中国传统的语文学——小学的一个分支。训诂学在译解古代词义的同时，也分析古代书籍中的语法、修辞现象。从语言的角度研究古代文献，帮助人们阅读古典文献。

这是一首登高怀古的诗。从前读过《尔雅》，训诂学也略知它的门径。现在到了乐山县，很长时间怀想郭舍人。尔雅台高，草木开花，薄薄的雾润湿了他的衣服。那不尽的岷江水呀，年年送别他的辛苦的身影，几人还记得他这个人呢？

乐山大佛

（一）

凌云山寺瞰三江，绝壁丹崖法雨庞。

莫道峨眉天下秀，乐山大佛世无双。

（二）

何事州人竞说奇？千年睡佛一朝知。

山川形貌任君会，姑妄言之姑听之。

乐山大佛在青衣江、大渡河、岷江三江汇合处之凌云山悬崖上，坐像通高 71 米，居世界第一。近又有"睡佛"之发现，不过据目前山川草木之形穿凿附会而已，竞相传诵，愈传愈奇。则不可也。

船过宜宾

二水合流泾渭分，群山叠翠抱江城。

嘉州日日愁风雨，船到宜宾却放晴。

二水合流泾渭分明，群山叠翠环抱着长江边的宜宾城，在乐山天天刮风下雨，使人生愁绪，船到宜宾天却晴朗了。高校校报工作会议结束后，诗人乘坐江轮至重庆返达。

泸州夜泊

不尽长江灯火明，忠山隐隐晚风轻。

轮船夜泊泸州港，闲倚栏杆听市声。

忠山在泸州市西郊，风景绝佳，为泸州八景之一。忠山，古称堡子山、宝山、泸峰山，明崇祯年间因纪念诸葛亮而改名忠山，古代《泸州八景》中的"宝山春眺"指的就是这里。三国时期，诸葛亮平定南中时曾驻兵于此，因诸葛亮对蜀国真正做到了"鞠躬尽瘁，死而后已"，对国家忠心耿耿，泸州人为了纪念他，明朝时把宝山改名为忠山。山顶原有武侯祠，始建于宋庆元年间，祭祀诸葛亮及其子诸葛瞻、孙诸葛尚，故又称三忠祠。宋人刘光祖有诗描述这座庙宇说："蜀人所至祠遗像，蛮徼犹知问旧碑。"宋代以后，当地以武侯祠为中心，每年举行庙会。届时乡人"贡马相率，拜于庙前"，盛况空前。

不尽长江水，一路伴灯火。"灯火明"点题"夜"；"忠山隐隐晚风轻"，使人想起忠山的得名，有历史的厚重，隐隐忠山晚风轻，写景清雅、淡适。船夜泊泸州港，诗人闲倚栏杆听市声，写得很宁静。

章继肃先生的乐山之行，让我们知道了章先生学术爱好的多样性。他老人家不光是著名的书法家、篆刻家，他还应该是四川高校报刊领域的行家里手。

2020 年 5 月 7 日 16 时 34 分于依云斋

第二节　感谢通川报，招邀到白头
——章继肃先生与达州日报社

一

《达州日报》社，在达州建市前叫《通川日报》社，它是当时的达县地区，以及后来的达川地区党报机关的名称。那时的通川日报社与章继肃先生有许多联系。章先生《章继肃书法篆刻艺术》（2001 年达市新出准印字第 002 号），《仙女洞之歌》（达州日报社编辑，2001 年 3 月出版），《梦圆达州》（李明荣著，香港天马出版有限公司，2005 年），《历代诗人咏夔州》（李明荣编，2007 年达市新出准印字第 243 号），以及《夔门再聚首》（李明荣著，2010 年 5 月，香港天马出版有限公司），这几本书的有关图文可以让我们了解这一点，也是我们研究章继肃先生与达州日报社的重要资料。

二

一个作者与报社的交往，也往往是与报社记者、报社领导的交往。章先生与《通川日报》社的交往，主要也是与当时报社李明荣社长先生的交往。

《夔门再聚首》第 226—227 页，印有章先生 2000 年 3 月写给李社长的信函（局部）：

明荣社长同志：

您好！

我的书法篆刻艺术，承您印赐之五百本书已于正月十六日收到。当是时也即欲写信一封，向您致以感谢之忱。只以内人卧病，辗转床第，心情不好写了数次，均未成功，以至拖到今日，实甚歉然。……岁月易得，我调达州工作，忽忽二十有四年矣，在此之间，蒙同志们不弃有加，鲁钝之能得以发挥，心实德之。我与社长同志订交亦已二十余年，正所谓与善人交，如入芝兰之室也。

……

这封书信，我仅选局部文字就能说明这两层意思：李先生帮章先生印书；李、章二先生交情深厚。

李先生在《夔门再聚首》一篇文章中，印此信之外，文中还用大量褒扬的文字，向他故乡人介绍，他在达州有一位人品、博学和艺术十分敬重而交好的朋友——堪称"德隆望重"的章继肃先生。

章老先生是我十分敬重的少有几位书法家之一。他博学多才，其精湛的书法艺术在达州是首屈一指的，无人敢与之匹敌。他执达州书坛、印坛之牛耳达数十年之久，在全川乃至全国都有一席之地。他早年师承大名鼎鼎的数学家、书法家、诗人何鲁，以二王为基，又博采众长，岁至耄耋，还衰年变法，草书精进，在秀逸、俊美行书的基础上，增添了大气磅礴，但又不失浑穆庄重，臻于人书俱老的境界，作品令人爱不释手。以至于重金难买，一字难求。我常常哀叹，在章老先生百年之后，达州在数十年内，恐怕也无人替代他的位置。为感念故乡的恩泽，最近我拟出一本《历代诗人咏夔州》。从汉晋以降，在搜集的近500首诗词中，绝大多数都是古人的，健在的少之又少，作者不过三五位而已。但为了向故乡人民隆重推出章老先生，我特地搜集了他的两首诗和两幅书法作品。在介绍他时，我苦搜枯肠，用了三句话，即德隆望重，博闻强记，诗文、书法、篆刻俱佳。在对157位作者的介绍中，用德隆望重这样极为庄重的词汇，是仅见的。足见我对章老先生人品、博学和艺术的尊重！

（《夔门再聚首·书法艺术与市场价格》）

三

这使我想起李先生与章先生的信札诗书酬唱，记录在李先生的
《梦圆达州》里。

感事呈章继肃教授诗四首并祈吟正

今日造访逢天寒，甚健谈锋忘病缠。

书坛纵论古今事，胜我寒窗度十年。

自己宝物人宝之，甘将此宝赠予斯。

难怪美名传四海，书道载誉神州驰。

池水尽墨砚石穿，工夫还在字外边。

时下书和人俱老，著书立说理当然。

立言无异立德行，古训三立意味深。

免借他人开金口，代言难有本意真。

夔人剑鸣并书

元月四日于识丁堂

答李明荣社长同志诗四首即请正之

岁寒寂寞冷空斋，唯有吟情扫不开。

君子之交淡若水，最难风雨故人来。

余事作书兼作印，书难称善印难精。

但求一快书胸臆，不与旁人争利名。

文正徽清誉报坛，还将著述乐休闲。

他邦走马添新慨，情系达州好梦圆。

若云迟暮欲何之，老有所为当此时。

最是夕阳无限美，青山满目好吟诗。

二千〇五年元月卅日　章继肃未是草

　　这应该是写于 2005 年 1 月 4 日，李明荣先生是重庆奉节人，奉节古称夔州，所以称家乡，是中国文人传统。剑鸣，是李先生笔名；识丁堂为书斋名。李先生的诗意思是，造访章先生一则新年，二则探病，或者因事，天气寒冷，章先生谈锋甚健，忘了自己疾病缠身，章先生的谈话，使他感觉收获大。收获什么？下面说道，章先生的书法作品自己认为是宝物，别人认为也是宝物，但章先生甘将自己宝物的书作赠予李先生，李先生感叹，章先生书名传四海的原因，其中一个就是舍得宝物。第三首是说另一个原因的，勤奋习书、字外功夫，人书俱老，著书立说应当。第四首顺到上面说，古代讲立德、立功、立言，为之"三立"（《左传·襄公二十四年》）不朽。说自己（或朋友）立言，比别人写自己更清楚。

　　章先生酬答时大意是，感谢朋友，在这寒冷的天，寂寞的空书斋，只有吟点儿诗了；我们是淡如水的君子之交，很感谢您冒风雨还来看我这个老朋友。自己的谦虚及文艺观，我写字刻印是业余爱好，字印都创作得不好，只求写字刻印心里快乐，不跟谁争这名啊利啊。赞扬朋友办报办得好，还写书，还办供人休闲的（仙女洞）事业，又到外国走了一圈，一个外地人情系达州，实现了您的理想啊。劝慰朋友，也是互勉，人老了，干点儿什么？老有所为，悠闲写诗最好。

这一组达州名人的酬唱诗发在当时的《通川日报》上，后来，我又见李先生给章老作的《章继肃书法篆刻艺术》序文《人书俱老》也发表在报上。其中引用了一首吴丈蜀为《谢无量自写诗卷》出版时作的诗："突破藩篱迈旧踪，师承汉魏善融通。成家岂是临摹得，造诣全凭字外功。"印象极深。

四

章先生为李先生两书《历代诗人咏夔州》《梦圆达州》题写书名。而且《历代诗人咏夔州》书中还收录了章先生和他的恩师何鲁先生的诗。诗书都漂亮，诗不长，兹录于后：

夔　门
谁运万钧石，置之大江滨。
休言真可恃，东海且扬尘。

滟滪石
滟滪江心立，雷霆万壑分。
急流成坦道，功成抵千军。

何鲁先生五言绝句二首

李明荣同志雅正　章继肃书

白帝城下
托孤事业传千载，白帝城高仰望新。
一日遍看三峡景，合船尽是醉游人。

夜入夔门

瞿塘滟滪禹功开，不尽长江滚滚来。

夜入夔门灯映壁，江南十月觅诗回。

明荣同志两正　章继肃未是草

章先生书何鲁先生的诗放在自己写的诗前面，以示尊重自己的老师；何鲁先生写的诗是两首五言绝句，自己写的诗是七言绝句；就落款，同称一个受书者，"李明荣同志雅正""明荣同志两正"，"两正"，是说一个请正自己写的诗，二个请正自己写的字。"未是草"，是谦虚之词——不对的草书。在这种情景下，有自己的老师、有自己的朋友、有自己如何摆放次序，如何措辞，如何选自己书作形式和内容，章先生做得恰当，给我们许多学习的暗示。

五

章继肃先生为达州日报社刻的金石印章五六枚。这可以在《章继肃书法篆刻艺术》一书里，看到印蜕，为热爱篆刻艺术的后来人提供了研习的范本。

六

李先生《仙女洞之歌》里有章先生为报社产业仙女洞景区书丹的《仙女洞赋》书法作品共 10 页，是临习章氏行草的极佳范本（太长不录），还有 5 首章先生写仙女洞有关活动的诗。这些诗，我觉得，一个景点，写 5 首，还是不容易，值得学习。

1998 年 6 月，《初游仙女洞在浦新城、梁上泉两先生乡土书画展览座谈会上作》：

车行三十里，曲径始通幽。

泉自洞中静，云从岫上流。

地灵宜久处，洞好可常游。

乡土展书画，深情在达州。

五、六两句乃通川报社李明荣社长为仙女洞二门所作联语，章先生书丹。

1999 年 2 月，《元月九日再游仙女洞参加通川日报社新春联谊会用前韵》：

美哉仙女洞，晴日照青丘。

佳节群贤至，天台再度游。

畅谈跨世纪，联谊酣高楼。

感谢通川报，招邀到白头。

2000 年 2 月，《元月九日赴达州日报社新春座谈会三游仙女洞再用前韵》：

仙女洞边路，一年一度游。

人才跨世纪，春已上枝头。

祝福老朋友，座谈新达州。

词倾三峡水，西部展鸿猷。

2000 年 4 月，《仙女洞巴渠文化研讨会》：

小园高卧不知春，北外风光事事新。

一路河山如待我，四乡花柳正迷人。

巴蜀文化闻遐迩，仙女景观出世尘。

开发良机未可失，不辞老懒往来频。

2001 年 1 月，《正月初八达州日报社仙女洞新春联谊座谈会上作》

谷日题诗地，佳名处处传。

摩崖跨世纪，把酒祝新年。

拱手州河上，观梅耳海前。

一生多感慨，所遇尽时贤。

摩崖句，指宋小武先生所作，章先生为书丹之《仙女洞赋》。

同一个地点，用同一个韵，四首五言律诗、一首七言律诗。难度系数很大。章先生是一代大家，每一首诗切入当时的情况和自己的心情，都处理得非常妙。

达州名胜，章先生大多有诗记录，独有达州日报社打造的仙女洞，章先生书丹的摩崖，以及 5 首诗，这是最多的。它是章、李两位先生友谊的另一种展示，它是达州日报社与章先生留给达州人民的精神财富，它是章先生书法艺术研习的一个好景点。

七

2005 年的冬天，时任达州日报社社长的刘方棠先生，怀着对章继肃先生为达州书法艺术事业所做贡献的尊崇，也为了未来研究达州书法艺术留存资料，再次为先生印制了《章继肃书法集》（2005，达市新出准印字第 227 号），并且刘方棠社长先生还作了书的序。

八

而今，中共达州市委、人民政府托达州日报社，联合四川文理学院美术学院，把仙女洞打造成了"艺术之窟"。里面陈放了罗中立、冷军等一大批巴山画家的代表作，吸引来达州的游客。章继肃先生书丹的二道门楹联、仙女洞赋摩崖将会越来越被更多的人关注。

【附】

李明荣（1940—　），字剑鸣，夔翁，奉节康乐人。1956—1962 年在奉节中学读初中、高中，后考入西南财大（原成都大学）政治经济学系。毕业后一直从事新闻工作。曾任达州日报社党组书记、社长、总编辑，2001 年卸任退休。主任编辑，编辑出版有《梦圆达州》《历代诗人咏夔州》《美加纪行》《仙女洞之歌》《巴文化初探》等。

2020 年 4 月 22 日 9 时 56 分于依云斋

第一节 以蜡烛之精神哺育华夏豪英
——章继肃先生对学生的感情

学子对老师的敬爱

在章先生遗物中，有一件众多学生赠送、书法家李觅书写的条幅，引起了我的关注。

该条幅已被虫蛀，然品相大致完好。上面的字清晰可认。条幅正文："以蜡烛之精神哺育华夏豪英"，行书；上款："学生张德怀、孟兆怀、成良臣、季水河、李明泉、郝志伦、王道坤、郑长江、杨霞、赵静、王雍丽赠"；下款："一九八七年九月李觅书（下盖一枚白文李觅之印的篆章）"。

1987年9月，这个时间使人联想到教师节和章先生退休（1987年10月），这批学生都是达师专中文系留校的且我基本上认识，大多是我的老师。张德怀老师是我的辅导员，教过我《师范大学生成才概论》；孟兆怀老师给我上过党课，后来任四川文理学院党委书记、校长；成良臣老师教我《外国文学》，中文系书记，后来任教务长、副校长；季水河老师教我《文学概论》《美学》，后来调湖南省湘潭大学，博士生导师；李明泉老师中文系主任、教务长，后调四川省社会科学院任副院长，硕士生导师；郝志伦老师教我《古代汉语》，后来任系主任，调西南科技大学任文学院院长，硕士生导师；王道坤老师任教务长；郑长江老师任中文系辅导员，我的班主任，后任校团委书记、工会副主席等；杨霞老师我不认识；赵静老师是我的班主任、中文系秘书、辅导员、音乐系书记，后调天津科技大学任教；王雍丽老师我不识。

我曾微信联系赵静老师，叫他回忆这幅字的有关情况，他说年代久远，记不清了。但我不识的那两个老师说是中文系留校的，后调成都工作了。以上章先生的学生称"华夏豪英"的确不为过。

李觅先生，中国书法家协会会员，笔名李瑁、唐木，原达县地区图书馆工作，退休居成都，渠县人。

这个条幅，记录了众多学子对章先生的敬重和友谊。有特别的价值。

当然，作为一代名师，章先生的学生满天下，各行各业的学生能人无法去统计。仅从《章继肃文集》里给章先生生日写贺文、贺诗的就有许多。现就姓名和题目，时间（有的没写）统计如下：

1. 2001 年除夕于成都，田雁宁（执笔）、谭力、张建华、李明泉、杨君伟《我们的大学，我们的老师——为章继肃老师八十大寿而作》；

2. 1991 年 1 月 7 日深夜，雁宁《写给老师》；

3. 1991 年 1 月于成都，张建华《烛光祈祷——谨以此诗祝贺章继肃老师七十寿辰并献给所有曾教我帮我的老师们》；

4. 1991 年 1 月 5 日于达城，王金尧《鄙逐名利勤耕耘——献给章继肃老师》；

5. 刘凤轩《永遇乐.贺章继肃老师七十大寿》；

6. 张成茂《相识在"史无前例"的日子里》；

7. 2000年3月26日夜于达师专家中，孟兆怀《我心目中的章老师》；

8. 2001年2月，郝志伦《我与章先生的师生缘》；

9. 2001年2月23日夜于灯下，杜泽九《永远年轻的"六月雪"老师》；

10. 2000年11月25日于冬阳之中，李明泉《永远飘逸的银发——章继肃先生二三事》；

11. 2001年3月，成良臣《经师易求，人师难得——为章继肃老师八十诞辰而作》；

12. 王道坤《感悟人生　艺术的生活》；

13. 罗权国《祝贺章继肃老师八十华诞二首》；

14. 2001年3月，杜欣《润物无声到竹西——贺章继肃先生八十大寿》；

15. 2001年元月于达县师专，侯忠明《素色人生——谨此祝贺吾师章继肃先生八十大寿》；

16. 姚春《想回母校当学生》；

17. 2001年2月于达州，李壮成《我的老师——章继肃先生》；

18. 2001年元月于新加坡，章力《伯伯长寿》。

老师对学子的深情

学生们对章老师饱含敬重与热爱。章先生对学生用诗词、书法、篆刻等作品表达对他们的深情。

一、学生调离新的去处，与他老人家话别，他就用诗词的形式表示欢送。

水调歌头·欢送李明泉、季水河同学

一九九三年二月，欢送李明泉副教授奉调四川省社会科学院，八月，又欢送季水河副教授督讲湖南省湘潭大学。两君皆本校中文系毕业留校学生。其留也，吾知其必有成也；其去也，吾知其将更有所作为也。于其去就之际，不能无词也。

欢送复欢送，宴设小洋楼。厨人斫尽沧浪，不断进鱼筐。席上杯盘狼藉，说尽千言万语，难遣别离愁。今日送君去，后会渺难求。

请干了，这杯酒、且消忧。男儿志在千里，鹏运岂能留。建设泱泱祖国，宜把眼光放大，人物要交流。携手州河上，笑看凤凰秋。

小洋楼，餐厅名，以鱼类菜肴著称。

（1993年8月）

章先生词写情真实感人，"席上杯盘狼藉，说尽千言万语，难遣别离愁。今日送君去，后会渺难求"。有对学子的劝慰"请干了，这杯酒、且消忧"。对工作调动的认识，境界特高，"男儿志在千里，鹏运岂能留。建设泱泱祖国，宜把眼光放大，人物要交流"。有对再会的期盼和对学子的鼓励，"携手州河上，笑看凤凰秋"。同时又以景结情，蕴味深致。

送郝志伦副教授调西南工学院

郝志伦副教授为本校中文系毕业留校学生，任古代汉语课教

师，后任中文系主任，评为副教授，与予同住州河之滨凡20年。

　　执手沙头思渺然，喜君才气薄云天。

　　骊歌一场堪回首，弦诵州河二十年。

（1997年1月）

送陈开茂同志赴任巴中专署副秘书长

　　陈开茂同志大竹师范学校毕业学生，与予同至达县地区工作共十六年。

　　执手沙头思渺然，喜君豪干事躬先。

　　青云得路应须上，不忝州河十六年。

（1993年12月）

　　二、有学生英年早逝，章先生填词吊唁。如《雨霖铃·哭刘凤轩同志》。词云：

　　刘凤轩同志生前任中共达川地区委员会宣传部副部长、通川日报党组书记、总编辑，为予任教大竹师范学校时学生。"东游催发"指访问日本，因病未果行。凤轩同志曾有《永遇乐》一阕贺我七十岁生日（见《章继肃文集》，第208页）。

　　公忠廉洁。有公论在，同志安息。春秋五十初度，风华茂，溘然云殁。吊者如林泪眼，尽无语凝咽。送缓缓过市灵车，往事追怀总堪忆。

　　文章作手诗坛杰。喜高文，纸贵洛阳邑。春风得意标格，才略展，东游催发。师友情深，千载程门犹立飞雪。曷有极，浩浩苍天，不起颜渊疾。

（1994年2月）

　　章先生词先评价刘凤轩先生："公忠廉洁。有公论在，同志安息。"接着叹其英年早逝，"吊者如林泪眼，尽无语凝咽"侧面烘托自己的悲伤和凤轩的公忠廉洁。追忆往事，用了"洛阳纸贵""程门立雪""昊天曷极""孔子哭颜回"的典故，表达对凤轩去世的悲情。

　　"洛阳纸贵"，典出《晋书·文苑传》记载，晋代左思的《三都赋》写成后，在洛阳许多人竞相传写，引起纸价上涨，后常用洛阳纸贵来称誉某种著作流传很广。

　　"程门立雪"，典出《宋史·杨时传》："见程颐于洛，时盖年四十矣。一日见颐，颐偶瞑坐，时与游酢侍立不去。颐既觉，则门外雪深一尺矣。"

　　"苍天曷极"，典出《诗·王风·黍离》："悠悠苍天，此何人哉！"毛传："苍天，以体言之……据远视之苍苍然，则称苍天。"

　　孔子哭颜回的故事，典出《孔子家语》：颜回二十九岁，头发全白了，过早地死了。孔子哭得十分伤心，说："自从我有了颜回，学生们（以颜回为榜样）更加亲近我。"鲁哀公问孔子："（你的）学生中谁是最好学的？"孔子回答说："有个叫颜回的最好学，（他）从不把脾气发到别人的身上，也不重犯同样的错误。不幸年纪轻轻死了，现在没有（像颜回那样好学的人）了。"

　　三、与学生相遇，或聚会，章先生也用诗歌记录情谊。如《神仙台诗补》和《成都二日开茂同志请宴馆中》。

神仙台诗补

　　1948 年 7 月，予毕业于四川大学中国文学系，旋受聘为省立大竹师范学校国文教员。学校在大竹云雾山东古刹梨树寺中，寺旁有巨石名"神仙台"，相传有仙人曾居其上。台下有小食店，某生与店主之女有私，怀孕后，竟辍学而去。山中无事，引为笑谈，予时少壮偶傥，为诗以记之；游戏之作，早已任其飘散。不意45年后，在达县与当时学生蒋先治相遇，蒋君竟为予朗诵此诗（唯第一句有未合处），后又述予作诗之由，娓娓动听，往事追怀，因补其第一句并录其本事如上。前人有毁其少作，予反其道而行之，不亦谬乎！蒋先治君邻水县人，达川地区巴山科技情报所副研究员，1992年退休。知我者其蒋君也。

台上仙人不可踪，神仙一去石台空。

邻娃独擅风流事，点染名山夕照红。

（1995年1月）

成都二日开茂同志请宴馆中

陈开茂时兼巴中宾馆总经理，参加宴会的有向克孝、黄庆娴、凌大志、王金尧、张仕君等老友及章立贤弟夫妇。

驸骥晨兴即趱程，天公助美放晴明。

风驰电掣争高速，月白灯红进锦城。

佳会竞相倾积愫，暂淹遮莫说离情。

人生得意须欢聚，廿载不虚是此行。

"趱程"，赶路，典出《西游记》第八回："光蕊便吩咐家僮收拾行李，即拜辞母亲，趱程前进。"清赵翼《过昭平峡》诗："官是未经风浪恶，劝官遇险勿趱程。"蔡东藩《慈禧太后演义》第三回："单说兰儿自上舆后，由舆夫趱程前往。"

"月白灯红进锦城"具有色彩美。"佳会竞相倾积愫，暂淹遮莫说离情"叙事、摹情逼真。"人生得意须欢聚，廿载不虚是此行"

既有理趣，又直抒高兴之情。

三、学生结婚，章先生也用诗词、书法作品等形式祝福。
诗云：

金华阁冉崇军刘福梅同志新婚贺诗

冉君才俊自超群，喜得志同道合人。

从此扶摇九万里，艺坛服务立功新。

（1988 年 12 月）

余文盛、彭时敏同学结婚贺诗

余君才气自超群，喜得志同道合人。

从此扶摇九万里，前程似锦立功新。

（1993 年 7 月）

余文盛为本校中文系 88 级毕业同学，留校工作；彭时敏为本
校政史系 88 级毕业同学，时在公共汽车公司工作。

侯忠明、马碧红同学结婚贺诗

结伴青春志趣同，洞房交卺蜡灯红。

鸡鸣戒旦祖生舞，正看鹏抟万里风。

（1995 年 1 月）

侯忠明，本校中文系 1989 级学生，毕业后曾留校任校报编辑。
马碧红与侯忠明同班同学，时在达川市第一职业中学任教。

李壮成、张丽同学结婚贺诗

同窗三载鸟鸣嘤，今夜洞房细语倾。

共举红旗兴骏业，相期白首证鸳盟。

（1996 年 6 月）

李壮成、张丽均中文系学生，毕业后留校工作。

同学结婚可能章先生贺诗，用书法、篆刻的形式表示祝福的很多。这里仅仅选章先生文集里的贺诗。我结婚时，章先生是证婚人讲话并赠书法作品《唐人朱庆馀近试上张水部诗一首》，横幅，行书。

四、章先生为《女同学美化寝室题字》，选一首。诗云：

中文系女同学请题"陋室"二字以美化寝室，予以其言太陈，因题"琬琰居"三字与之。

何必题陋室，应是琬琰居。

楼高云不碍，芳辰好读书。

（1995 年 12 月）

师生情谊，章继肃先生也算是做老师的人成为学子良师益友的一个典范人物了。

2020 年 5 月 31 日 13 时 12 分于依云斋

第二节 黄州黄鹤两难忘
——章继肃先生湖北行

1988 年 12 月，章继肃先生写了《柬邻水刘儒贤同学》一诗。诗云：

> 手把一杯琼液香，黄州黄鹤两难忘。
>
> 请君试问东流水，别意与之谁短长。

一、二句记事，三、四句用李白诗以寄别后之思也。

这句诗出自唐代李白的《金陵酒肆留别》，意思是请你问问东流江水，别情与流水，哪个更为长远？原文如下：

> 风吹柳花满店香，吴姬压酒唤客尝。
>
> 金陵子弟来相送，欲行不行各尽觞。
>
> 请君试问东流水，别意与之谁短长？

1984 年 3 月，章继肃先生与刘儒贤同志参加全国元明清文学研讨会，住武汉市武昌武汉师范学院 20 余日。《章继肃文集》第 30—31 页有诗歌记行四首。

武昌

汉阳门外大江横，黄鹤楼高控楚荆。

一夜东风吹岸柳，朝来绿满武昌城。

武汉三镇位于中国的长江、汉江交汇处，为武昌（今武昌区，青山区，洪山区）、汉口（今江汉区，江岸区，硚口区）、汉阳（今汉阳区）三座重镇的合称，范围即是今日武汉市的七个中心城区。三城镇同位于长江和汉水交汇处，隔江鼎立，故称"武汉三镇"。

武汉三镇发展的历史、规模、速度各有不同的特色。武昌是湖北省委、省政府所在地，为武汉的科教文化中心；汉阳兴起最早，历史悠久，是中国的工业中心；汉口在明朝才开始强势崛起，20世纪初期成为全国仅次于上海的国际大都市，工商业基础较好的汉口发展为武汉市的经济、金融中心。

武汉三镇各有其独特的历史发展轨迹，在武汉市功能分工上各自扮演不同的角色，虽然三镇在行政上已经合并接近60年之久，这种情形并未发生根本改变。

汉水的北岸是汉阳。中国地理上有"山南水北，谓之阳"。汉阳门外大江（长江）横流，黄鹤楼高控领着荆楚大地。黄鹤楼市武汉是的标志性建筑。湖北省，古时属于楚国，楚国地区遍长一种灌木"黄荆"。所以，楚国即是荆国。"黄荆棍下出好人"，黄荆条子打在人身上有痛感，叫"痛楚"，汉语里"楚楚动人""衣冠楚楚"，探源头，我们想，大概是这种灌木初长叶子时嫩绿好看有关吧。一个晚上春风一吹，早上一看绿色就满了武昌城。武昌的春天来了。这里是我们联想宋人王荆公诗句"春风又绿江南岸"（《泊船瓜洲》），有异曲同工之妙。

访晴川阁

龟山灵气今犹在，千古巨观迹已陈。

廿二层楼惊帝座，一桥飞架一川晴。

晴川阁在汉阳龟山东麓，明建，取唐崔颢诗"晴川历历汉阳树"句意命名，高阁层台，称为"千古巨观"；后渐圮废，正拟重建。阁西凌空为武汉长江大桥，阁东有新建22层高楼，真巨观也。中国古代划分的星座，按传统习惯称为星官，它们与西方说的星座含义相当，所以现代也把星官叫作星座。在传统星座中有两处出现有"五帝座"，它们都是古人划分星座时为天帝设定的座位，本是明确而无疑义的。但在《日者观天录》中，介绍"紫微垣"说："五帝座，五帝座内的五颗星，位于华盖星的下方。"介绍"太微垣"说："内五帝座，内五帝座五颗星，内一星在太微垣之中，是黄帝的御座。"这种解读是错误的，对读者产生误导。由于类似的错误在过去也已出现过，造成不必要的混乱，一直延续至今，因此有必要进行讨论。五帝座在太微垣内称为"五帝座"，在紫微垣内则称为"五帝内座"，这是通常的理解。例如《中国恒星观测史》《中国天文学史》《星图手册》《中国大百科全书·天文学》等都是如此理解。二者虽然都是天帝的座位，却有差别。太微垣是政府机构办公的官署，以天帝为中心，称为外廷。因此"惊帝座"，意思是惊动了天帝，即玉皇大帝。

龟山的灵气现在还在，千古巨观的陈迹还在那里，指的是晴川阁。现在22层的高楼，使天帝都吃惊，在阳光下，大江上飞架着武汉长江大桥，非常壮观。诗歌赞美了新时期武汉的建设成就。

游西山

名山拔地大江东，曾是吴王避暑宫。

百啭春莺翻柳浪，游人尽在图画中。

西山在湖北鄂城市西2公里，平地崛起，苍劲奇伟，魏黄初元年吴王孙权建避暑宫于此。

名山，一是曾是吴王孙权的避暑宫所在地，自然有名；二是"拔地大江之东"，山川形胜而有名；三是"百啭春莺翻流浪"，鸟语花香而有名。可见"名山"二字即为诗的主眼。"游人尽在图画中"，诗人自然也在，一种喜悦的心情，就写出来了。至于图画如何，西山美得如何，"拔地大江之东"的奇伟苍劲，春莺百啭的悦耳，翻飞柳浪的怡目，让读者联想不已。把西山送到眼前了。本诗炼字绝叹："拔"，写山之苍劲奇伟之势；"啭"，写春莺鸣叫之声，婉转甜滑；"翻"，状柳条之动态轻盈。实为好诗。

东坡赤壁

凭栏远望大江流，喜到东坡赤壁游。

千古风流人已杳，青青麦柳绕黄州。

湖北黄冈县（原黄州）有一处赤鼻矶，因断岩临江，如下垂之鼻，石呈赤赭色，故名。苏东坡在此写下前后《赤壁赋》和《念奴娇·赤壁怀古》等著名作品，人们亦称此为赤壁，是为假赤壁。假赤壁比真赤壁尤为有名。清康熙年间，为与真赤壁相区别，在此重修纪念楼亭，定名为东坡赤壁。全国元明清文学研讨会组织与会同志游西山及东坡赤壁，予与刘儒贤同志均参加，诗以记之。

"千古风流人已杳，青青麦柳绕黄州。"怀古追远，以景结情，情景交融，好句也。

【附】

刘儒贤，男，汉族，1955 年 3 月生，四川邻水人，1996 年 1 月加入中国国民党革命委员会，1980 年 12 月参加工作，达县师范专科学校（今四川文理学院）中文专业毕业，大专学历，经济师。

（百度百科）

查《四川文理学院校史（1976—2016）》（孟兆怀主编，四川大学出版社，2017年），记载：刘儒贤，男，四川邻水人，中文系1977级校友，曾任广安市政协副主席，市工商联（总商会）主席（会长），民革四川省委广安直属支部名誉主委，四川省工商联常委。

2020年5月12日12时10分于依云斋

第三节　先生的散文

　　章继肃先生生前写过约22篇散文。为什么是"约"？《章继肃文集》中散文所收录的22篇，但据我所知，老人家还受邀请为一些书法界的朋友写过一些序文，我读过马俊华先生、侯忠明先生书法作品集中他写的序文；2009年渠县《章姓家谱》他也作过序文1篇。如果加上这些，章先生就写过24篇散文。这个数量应该说并不多。然而，类别涵盖多钟，水平很高，足以散文大家视之。

　　散文，这里是广义的。与他爱写的诗歌，不押韵的文章相对而言。我个人认为，章先生散文那22篇基本上能反映他的散文成就。这22篇散文，可以分为学术散文、序文、纯文学的散文三种类型。

学术散文

　　章先生的学术散文共8篇。即《李长祥的著作》《李长祥年谱简编》《孤忠与美人》《万里乞食一孤儿》《戛云亭》《戛云亭与〈戛云诗稿〉》《读诗漏语》《书法长寿之我见》。

一、《李长祥的著作——〈天问阁文集〉校点代序》简介

1. 背景。章先生研究李长祥的《天问阁文集》的背景是"四川省古籍整理出版规划（1984—1990）"提出进行整理的古代名人集子中就有《天问阁文集》。1984 年 11 月，全国高等院校古籍整理研究工作委员会同达县师范专科学校项目负责人章继肃副教授签订"重点项目议定书"，开始了校点《天问阁文集》的工作。王膏若副教授为主要参加者。

2. 李长祥简介及其著述或存或亡，亟待整理。开篇指出李长祥字研斋，达州人，晚明之奇杰，著作有《天问阁文集》《杜诗编年》《易经参伍错综图》以及诗集等，这些著作，或存或亡。

3. 李长祥著作的大致情况。《天问阁文集》，章先生认为：现存有三种刻本，即赵之谦《鹤斋丛书本》（残册）、刘承干《求恕斋丛书》本（刘行道整理之本）和李子安补刊的《天问阁文集》。三种刻本都不完善，考其原因，当在于清初立国，文网甚密。《天问阁文集》列为禁书。既为禁书，四处转移深藏，断简残篇不足为奇。李长祥《天问阁文集》是一部值得研究的书。文中还记录了章先生、王膏若先生以及尹祖健先生整理校点的简单经过。书成之后向出版单位巴蜀书社做了汇报，书社袁廷栋同志回了信，认为《天问阁文集》这类书，除了大图书馆，就靠地方销一些……言下之意，不好销。从此章先生他们校点的《天问阁文集》被束之高阁了。

《杜诗编年》，章先生首先提出《杜诗编年》的作者，刘行道明确提出是李长祥；近人张惟骧却题为"杨大鲲撰"；而孙殿起则著录为"明古虁李长祥、毗陵杨大鲲同撰"，却是为何呢？章先生认为，李长祥晚年居毗陵（今江苏常州市），毗陵有他同年好友杨廷鉴。李长祥在毗陵编写《杜诗编年》，有些部分同杨大鲲（杨廷鉴

之子）共同讨论编成。接着说，《杜诗编年》一出，即被注杜之家所称引。最后，刘行道说《杜诗编年》已经亡佚。章先生经过考证，指出"成都杜甫草堂纪念馆藏有胶卷"，极望有关文化部门能早日利用，以飨读者。

《易经参伍错综图》，《（民国）达县志》卷十八"艺文门"有著录，说经过明末社会动荡，刻板残缺，已不能成一本完整的书，再残缺的版刻也看不到了。

诗集，章先生首先指出李长祥诗文俱佳，后来侧重于古文。考证出，李长祥所写诗数量很不少。刘行道在《天问阁文集后序》中说，李长祥诗集已佚。章先生曾辑录过李长祥的佚诗，惜数量不多，已载《天问阁文集》的《附录》之中。章先生认为，这种辑佚的工作可以继续做下去。

二、《李长祥年谱简编》简介

章先生用了几万字写了李长祥的年谱。为我们如何编写人物年谱研究李长祥提供了许多可资借鉴的东西。

三、《孤忠与美人——李长祥的抗清活动与家庭生活》简介

这是章先生写的一篇有关李长祥的学术论文。先生参考大量资料，写出李长祥这位大明的孤臣孽子的忠魂，鼓励着未亡人勇敢地直面人生，李长祥的续弦妻子钟山秀才姚淑是个奇女子，诗画俱佳，夫妻琴瑟甚调。

四、《万里乞食一孤儿——唐甄和他的〈潜书〉》简介

这是章先生写的一篇关于唐甄及其著作的论文。章先生主要指出了唐甄与魏禧围绕《潜书》的文坛佳话。章先生的观点是，唐甄

在他的著述中常说自己贫穷，只不过是旧时文人的故态，官僚地主们口中的贫和穷而已。"万里乞食一孤儿"，是唐甄《铁门行》中的一句诗，正是他晚年生活的写照。

五、《夏云亭》简介

这是一篇先生对达县历史名亭游览后写的带有学术性质的短文。章先生指出"夏云"之名亭，无非是说这个亭子峻极罢了。有些人把"夏云亭"写成"嘎云亭"，其实"夏"和"嘎"音义都不相同。

六、《夏云亭与〈夏云诗稿〉》简介

该文首先谈题咏夏云亭的诗不多，佳作更少。章先生近读《夏云诗稿》中的朱炳辉一诗《孟夏日游夏云亭遣兴》却是好诗。然后顺便介绍朱炳辉其人和分析了这首诗好在哪里。最后谈到1990年，达县政协编《夏云诗稿》，章先生曾对书名及编撰工作出过力。书得到各界人士好评。

七、《读诗漏语》简介

这是章先生对于诗歌学习体会的一篇短小却十分有见地的学术随笔。杜甫七言律诗雄压三唐，篇什亦盛，但在他集子里却没有标明那些是"七律"。崔颢《黄鹤楼》诗一首变体诗，他本人不标"七律"。变体诗非律家正体，但只要有一定艺术水平，仍不失为一首好诗。对于崔颢《黄鹤楼》诗，也应如是观。现代有些诗喜欢标上"七律"二字。章先生认为最好的办法是不标律。

八、《书法与长寿之我见》简介

这是一篇令书法人振聋发聩的文章。章先生针对现在报章杂志和某些书法专书上谈书法使人长寿的现象感兴趣。老人家认为，考证历史上长寿的书家不乏其人，但真正高寿的书家却未占几个百分点。他认为，自己七十几岁，别人认为是书法之缘故，他认为，现在八九十岁高龄为数不少，七十几岁算不得什么。无论哪种长寿方法，都有一个正确对待的问题，处理得好，可以增进健康，获得长寿；处理得不好，不但不长寿，反而还要害寿。健康长寿最重要的一条是"净化脑子"，挥毫作书可以净化脑子，获得健康长寿之效。对于那些把书法作为争名逐利的手段而经常搞得筋疲力尽的人，书法之于他，只能起到"害寿"的作用。

序文两篇

这是章先生写的有关书法作品集和书法教程的两篇非常短的序文。然而这两篇序文却十分有价值。

一、《达县地区书法篆刻作品选·序》，有史料价值。达县地区书协现状、成立的时间、会员人数、省会员、国家级会员；书协成立的背景、做出的贡献，巴山风格——豪犷、真朴，以及在全国取得辉煌的几位数家。这是书协成立十年的成果。特别是章先生提出的书法上的巴山风格是"豪犷、真朴"，是首次提炼。这些，为后人研究达县地区书法事业提供了十分珍贵的史料。

二、《简明书法教程·序》，这是章先生为侯君（忠明教授）的书写的序。文章百余字，但内涵极其丰富。细品价值很大而饱含深情。

写一篇书法专著的序文，如何写？章先生一个角度上讲，提供了思考的维度。我认为，这篇文章价值就在这里。

1. 先讲著者与序文者的关系。"共同的爱好、共同的语言。"换言之，没有这两个"共同"，给人写序文似有不妥。侯君与章先生是有这两个"共同"的。

2. 接着要说共同爱好的事目前现状。目前书法之事，十余年掀起阵阵热潮：爱好者众；理论研究"踵事增华、纵横古今、眼花缭乱"。

3. 侯君好学深思，理论研究"不囿陈见、择善而从、自有见地"；这本书以利学子；赞扬鼓励侯君"敬业精神、天纵英才、千里之行、朝发夕至"。字字精当，搞理论研究，前提是好学深思；评判是创新；方法是择善而从，自有见地才行；验证标准是以利学子；赞扬中有鼓励，书法是"千里之行"，漫漫长路，只有敬业、天分相加者可达。而侯君具有这两方面的素养，所以可以"朝发夕至"。

章先生的学术散文，奠定了他在达州乃至四川整理古代地方名人古籍的学术地位。他研究李长祥、唐甄是较早的，是卓有成效的。他写戛云亭的文章，看出老人对地方、家乡文化、文物的关注。他读诗谈诗随笔而走，言之允当。谈书法长寿话题，辩证有据，很有见地，有育人功效。两篇序文，有存史价值和方法引领价值。

章先生的学术散文，符合启功大师"为文要短浅显"的标准。不写空洞水分多的文章。不写故作高深的让人读不懂的文章，不写观点不明、难以让人找作者要说什么的文章。我认为，真正的大学问家为文就是章继肃先生这样。

纯文学散文

章先生的纯文学散文，称得上学者散文，或文化散文。这些散文写的时间大多在 70 岁之后，存量不多，10 篇，然都可以堪称精品之作。

一、《它在哪里》

该文写于 1992 年 10 月，标题中的"它"，指章先生为学校美化食堂写的书法作品。学校修了新食堂，原来旧食堂另派了用场。那旧食堂美化的两幅字没有转到新食堂，却不翼而飞了。章先生对自己的书作"敝帚老犹珍"，很是牵挂。据传，一学生和学校工人先后从食堂悄然取走壁上那些用木框架装好的书法作品，虽属下策，却也反映了人们对章先生书法的倾慕与热爱。文章先叙此书作，然后联想开去，谈"爱美之心，人皆有之，把某种艺术品据为己有，是古今中外经常发生的事情，采取的手法也是多种多样的"。然后举书法艺术方面的几个例子：李世民派萧翼到永欣寺辩才和尚处骗取王羲之《兰亭集序》手稿的故事；唐代张旭被爱他书法的老人假扮告状，骗得张旭墨迹；章先生也举了自己的书法被人喜爱的一个故事。这些故事有趣，很好地教育人们热爱艺术作品，取得的方式要有"道"。

二、《何鲁校长》

拜读这篇文章，有点儿像读《世说新语》，了解章先生记传恩师何鲁名师风流、传奇人生的色彩；又能帮助后人了解章先生早年在载英中学求学的一些情况，是研究章先生不可多得的好资料。

三、《跑飞机——广安北仓沟惨案纪实》

本文是纪念抗日战争胜利 50 周年之际，写的一篇回忆性质的纪实文字。再现了作者在广安读书时所亲身经历的广安北仓沟惨案。反映了"前事不忘，后事之师"的主题。

四、《没有写的横幅——悼徐无闻同志》

本文写了与著名学者书法家徐无闻交往的故事，珍贵地记录了徐无闻先生的9首诗歌，表达对徐先生去世的悼念之情。这是研究章先生书法交往的宝贵资料。

五、《故乡的纪念》

该文构思精巧，老人对故乡的回忆，饱含深情地回忆了故乡生活的人和事。儿时的伙伴、祖母、祖父、母亲、二弟、三姑、启蒙老师杨先哲，人物众多，栩栩如生，是研究先生早年的好材料。

六、《人参汤圆》

主要反映先生与夫人的家庭生活，小中见大，夫妇恩爱。当然可以看成文化散文，再现许多重庆、成都名小吃，对美国人不知汤圆芯子如何包进去的"宝器"联想故事，以及乡亲传闻"我"在重庆吃汤圆"出洋相"的故事，读来幽默风趣，而又意蕴丰赡。

七、《学说普通话的故事》

本文虽短，但容量很大，艺术性，十分引人入胜。这篇文章尹祖健先生在该文后有允当评语文字。参见本书附录。

八、《第七个狗年》

章先生是属狗年出生的，他生命中第七个狗年收到长孙忠力从大庆寄来的贺年信，信封上印有一枚狗头邮票，于是写了狗年话狗的文字。先生对狗在爱与恨之间。先回忆自己喜欢狗：老家童年时，养一只名叫"黄排长"的小狗，很逗人爱；杰克·伦敦《荒野的呼唤》中写的一些外国狗。接着，谈自己十分憎恶狗，害怕狗：邻居田二娘家的狗咬过"我"；初中生时的"人狗大战"；重庆读高中时，值抗日战争后期，"我"遭一群外国狗的围攻；最后谈，工作后学校没人养狗，数十年，差不多把狗忘记了；退休后散步遇一条大狼狗，留白让读者思考城市养狗的问题。这篇文章，仍然可以看成先生散文的佳作。很幸运的是，这篇文章先生的手稿存我处20余年了。

九、《我的迷惘》

买书，书店老板用小纸片打印价签贴在图书的原定价处，提高价格，蒙骗买书人，回家才发现；回家坐车，有人给"我"这个老年人让座：车上有乘客说钱包被小偷偷了；社会是有好有坏，"我"迷惘，正如公交车上放的歌《雾里看花》。回到家，孙子在卧室里唱《牵挂你的人是我》，歌声嘹亮而带几分伤感。"我不再迷惘"，"我"知道，他最近与女朋友分手了。文章像小小说，读来韵味隽永。家之外的社会"我迷惘"，家里"我不再迷惘"，爷孙相依为命，然孙子失恋这事，作为爷爷也帮不上什么，实质上"我迷惘"，文章没说，读者能感受到这个味儿，高妙。

十、《邻人和猫》

这篇文章读起来像钱钟书的《围城》，是一篇婚姻家庭的哲理思考，可以看成是微型小说。全文围绕邻居夫妇，因丈夫常年在外，妻子在家开玩笑，写信给丈夫说收养了一个孩子，征求丈夫同意，为孩子起名，"员外"到"援外"的名字讨论，丈夫完成国外援外回家，才揭秘，收养的孩子原来是一只小花猫。反映夫妻琴瑟甚调。小花猫，到了春季，失踪了。不久又回到家，家里人十分高兴，给它美餐、洗尘。小花猫多次在黄昏时分不辞而离家，不久又回来。针对这种情况，夫妇商量用笼子把猫关起来养，结果猫在笼子里碰撞、嚎叫，其声甚悲，其状甚惨。夫妇不忍，把猫放出笼子。小猫从此一去不返。文章最后说，这是个真实的故事。我读了许多遍，感觉非常好，一直思考这文章的主旨，试作一种猜读，婚姻家庭要有点情趣，把对方管得太死，返到失去爱。不一定对。

章先生散文篇篇耐读。个人认为，俨然大家气象。难怪，李明泉教授评价章先生有"奠中文系基业，育巴山作家"云云。

2020 年 7 月 21 日 12 时于依云斋

第四节　磨而不磷，　涅而不淄
——章继肃先生诗歌价值初探

章继肃先生留给世人的诗歌约 250 首。一段时间以来，我进行了认真的学习，写下了近 50 篇学习心得的文字。如果有时间，有精力，有条件许可，还可以继续研习下去。在学习的过程中，常常被先生的诗歌天才、丰富学养、高洁品行所感动。有一种冲动，写一写对章继肃先生诗歌价值的一点个人之体会，以请教于方家，光大先生的胸怀磊落、光风霁月，"磨而不磷，涅而不淄"，"金声玉振，江汉秋阳"的学者风范。

章继肃先生"诗书印兮三逸伦"，然其书法、篆刻名气太大，掩盖了先生诗词艺术的名气。"他创作的大量诗文被报刊公开发表"（《学炳千秋　风骨永存》扉页，四川文理学院办公室整理，2014 年 3 月 10 日），西泠印社诗书画印大展也曾入选先生诗词十余首。百度上介绍章先生也偏向于书法家、篆刻艺术家，对他的诗歌缺乏介绍。本人认为，章继肃先生的诗歌价值值得研究，应该凸显先生在巴山作家群应有的地位。

一、章诗有研究先生艺术人生的史料价值

中国古人很早就认识到了诗歌的价值。"兴观群怨"，出自《论语·阳货》："子曰：'小子，何莫学夫《诗》？《诗》可以兴，可以观，可以群，可以怨；迩之事父，远之事君；多识于鸟兽草木之名。'"是孔子对诗歌社会作用的高度概括，是对诗的美学作用和社会教育作用的深刻认识，开创了中国文学批评史的源头，对后世很有影响。

章继肃先生的诗词，绝大部分内容就是记录他的书法、篆刻生活的。如1982年4月，参加四川省第一次书法家代表大会，他写了《中国书法家协会四川分会成立大会二首》；1982年9月，词《清平乐——达县地区书法家协会成立志盛》；1982年9月下旬，他作为四川省书法家代表团10人之一，参加浙江省书协活动一周，写下了15首诗歌；1983年4月，他随重庆曾右石、张健代表四川省书协前往贵州省近10首诗歌；1984年10月，他同刘伯骏、王诚麟、田明灿、马骏华等到北京参观全国美术展，为期一周活动，写下8首诗歌；1985年11月，他写《贺巴中县书法协会成立二首》；1986年9月，他写《川陕六地市书法联展》；1987年3月，他写《什邡书法研讨会》；1989年4月，他写《四川省第二次书法家代表大会贺诗》；1990年9月，为达县市兴建碑林，他有鲁豫陕之行，他写下29首诗词，等等。他这些诗词，恰恰是我们研究先生艺术人生的史料，具有重大的史料价值。

二、章诗有存录他学术思想的宝贵价值

1. 对于小学语文课教学的思考。1962 年 5 月，他写的"学成最喜二三子，教的儿童笑语赓"（《城北公社道中》），这首诗的价值在这两句，说明语文课在小学要教读，儿童要有笑声，要有琅琅的书声。没笑语，课堂沉闷，老师教法有问题；没有琅琅书声，这语文课，在小学低段，有点失败。很好，再现课堂场景。

2. 对于大学生教育的思考。1977 年 5 月，他写《水调歌头》。这阕《水调歌头》可以说见证了当时粉碎"四人帮"后，中国高等院校把教育与生产劳动相结合的历史情况，也见证了章先生对王先生这位支部书记的敬重和友谊。尽管是"老关系"，但在工作上，有个上下级关系，章先生用一个"呈"字，恰当地表达了这种关系。

该词主题鲜明：热情讴歌了"一派好风光""祖国蒸蒸日上""一代新人成长"。新人如何成长？"考验经风雨，百炼总成钢。"词人的心是喜悦而欣慰的。词的语言非常优美清新，读来颇有欢快的节奏。如"早稻接天绿，麦浪灿金黄""镰刀响、歌声朗、满仓粮""考验经风雨，百炼总成钢"，这几句尤为我所击赏！

3. 对于篆刻艺术的见解。他的诗《访西泠印社》和《退休杂咏·其五》也较为充分地体现了其学术见解。

访西泠印社

其一

西泠印社著鞭先，独领风骚七十年。

我亦操刀握石者，仰贤亭上仰前贤。

其二

龙泓开派切刀扬，秦汉精神见寸方。

继往开来吴缶老，诗书画印俱腾骧。

这两首诗说明西泠印社在篆刻领域的贡献，学习秦汉印，学习吴昌硕。

退休杂咏·其五

篆刻老来才悟禅，悲庵苦铁费钻研。

此中大有文章在，不读诗书总惘然。

篆刻自己老来在悟道禅境，在（悲庵苦铁）两家花精力钻研，诗书是篆刻的必需营养。

三、章诗极具特点，研读章诗，为我们学习古典诗词，打开了升堂入室的神秘之门

章继肃先生的诗歌，原四川文艺出版社社长向克孝先生、达师专中文系尹祖健先生的撰文评价是允当的。

向克孝先生在 1991 年 2 月《序》中写道："您的诗风如人，朴实淡远，蕴藉不露，严格合律。"

尹祖健先生在 1991 年 1 月《序》中，谈了如下几点：

1. 本诗稿是严格合律的，很难得。

2. 从全部诗作看，大多是绝句。章老选择这种体裁，是知难而上的，当然，也是"艺高人胆大"的表现。

3. 这基本上是旅游诗。

4. 章老笔下，多以常语入诗。

尹先生，文中最后评价道："它是时代的赞歌，生命的呼喊；是个人的脚印，心血的结晶。因此，十分珍贵。"

这些都是章继肃先生七十大寿出的诗集《小窗诗文稿》序文里的话。章先生在这之后的 20 多年里，进行了大量诗词创作，体裁丰富起来，除了绝句还写律诗、古风、填了许多词。2010 年 7 月 15 日，原四川省文化厅厅长周正举先生与之通信。信中说："词比诗写得好，词富清空，语言清新秀雅。"

依云斋在学习章先生诗文之后，明显感觉到章诗用语的有一个特色，那就是喜欢用重复的字。一般古典诗词不大主张用重复的字，然章诗一反常态，大胆创新，这些重复的字，在他的诗里，音韵妥溜，悦耳动听，金声玉振，形成连绵之势，堪称绝妙。请看如下之例：

　　昨日城南今北行，城南城北两关情。（《城北公社道中》）

　　百里新渠百里堤，一桥飞架渡双溪。（《双溪燕尾渡槽落成典礼》）

　　橘子洲头橘树青，湘江濯发午风泠。（《橘子洲头》）

　　画中游在画中游，雨后西湖景更幽。（《画中游》）

　　山山水水池馆清，九溪十八涧中行。（《游九溪十八涧》）

　　不是观海派，却作观海人。观潮观潮潮水来，沧海横流走惊雷。（《海宁观潮》）

　　闻道花溪花满溪，我来花溪花已稀。（《花溪》）

　　手把一杯琼液香，黄州黄鹤两难忘。（《东邻水刘儒贤同学》）

　　仰登六千六百磴，已上三十三重天。（《游泰山》）

　　古都东畔沪河东，结伴参观见略同。（《访半坡遗址》）

　　一桥飞架一江清，风雨南征未阻行。（《故乡行》）

　　冯焕其人史有证，其人其阙到今称。（《冯焕阙》）

四、章诗毫无"戾气"，体现他的胸怀磊落、光风霁月，"磨而不磷、涅而不淄"，金声玉振、江汉秋阳的学者风范

王船山说："天下不可一日废者，道也。天下废之，而存之者在我，故君子一日不可废者，学也"（《读通鉴论》卷九）。中华文化讲"政统""道统""学统"。在一些特殊时候，中国学者宁肯舍弃"政统"的延续，以求"学统""道统"的不坠。事实上，真正的学者，还要苦心孤诣，担负起延续学统、道统的责任。自古以来，学术界常常有一些人，逃避政治，对生活的坎坷抱怨，学术和文艺作品中有"戾气"。章先生，一生没有脱离、抱怨政治。他1953 年开始写入党申请书，1979 年才加入党的组织，其间长达 6 年的考验，矢志不渝，不改初衷，表现了一位老知识分子对党的情怀，多么难能可贵！他是中国共产党党员、他是省人大代表，他年近九十还积极进取参加西泠印社的书画大赛，参加达州市书协的"绵阳、广元、达州三市联展"。他追求严谨、独立自由的学术，他爱国、爱校、爱家、爱学生、爱朋友，他写的港澳诗，让人感动。他从不臧否人物，只求"事业有心雄万夫"。总之，章诗毫无"戾气"，读他的诗，你能够体会到他的胸怀磊落、光风霁月，磨而不磷、涅而不淄，金声玉振、江汉秋阳的学者风范。

习总书记指出："一个人遇到好老师是人生的幸运，一个学校拥有好老师是学校的光荣，一个民族源源不断涌现一批又一批好老师则是民族的希望。"章继肃先生是我们遇到的好老师，他是四川文理学院的光荣。但愿，四川文理学院培养出更多的好老师，和其他兄弟院校一起担负起民族的希望！

2020 年 7 月 27 日 12 时 20 分于依云斋

第五节　想回母校当学生

几年来，我特别思念师专，想回母校再当学生。这种思念，这种愿望一次次涌于心头，实在按抑不住，只好提笔一诉。记得我开始读师专时并不喜欢她，觉得她校园太小了；巴不得早些毕业，好早日工作领工资。一个地方值得留念，喜欢到那个地方去玩儿，关键是这个地方给你留下深刻印象的人。母校师专给我留下深刻印象的是我的老师们。他们中有位先生给我留下的印象最为刻骨铭心，他就是章继肃先生。

章老师，他当时已年过古稀，满头银发，矮矮的个子。我记得他并没有真正上我们班的课，学校返聘教另一个班的书法课和文献检索课。我是一名书法爱好者，听高年级的同学讲，章老师的字写得特别好。所以，我打听到是他的课时，常常跑到那个班去听章老师的课。后来，我由于书法在学校学生中多次获一等奖，当上了学生书法协会的主席；书协请章老师做顾问，我与章老师就慢慢地交往增多了。章老师家中我成了常客，或向他请教，或摆摆龙门阵。一次，章老师饶有趣味地谈起了他的书法入门老师何鲁（大书法家、数学家、文学家）。别人向何鲁求墨宝，何鲁总是不分贵贱，分文不取，有求必应。而章老师自己也是这样的。记得第一次请章老师给书协作讲座，按学校学术讲座的惯例当时 20 元钱一次，我在后来给他钱时，章老师却再三推却不收，解释说："这是我的习惯，叫我写字，传艺，我是概不收钱的。你再这样，我不与你打交道……"

有一堂书法课，我也记忆犹新。那是个大雪天的下午第一节课，教室空位置很多（以往是很多同学），章老师却早早地到了。

到了的同学以为章老师可能不会上这节课了，然而章老师说话了："天气冷，再等一会儿，要是他们不来，我们再上课。"大约过了10分钟，陆陆续续来了七八名同学，章老师开始上课了，我坐在前排，专注地看他，窗外不时有雪花飘过缺了大半的窗玻璃，洒在讲台上，下课时，讲台一角已白色一片，他老人家嘴唇已变紫。我泪眼目送章老师蹒跚走出教室，直至他的身影消失在鹅毛大雪中……

毕业了，我到偏远的一所中学教书。当时我心绪不好，想改行。我抽了个星期天回到母校，想听听章老师的意见。他没有正面回答我，只是同我讲了他的过去。他从川大毕业，在小县城大竹师范一待就是29年，从不觉小县城的偏远，他是渠县有庆区人，客居他乡，一人在外，有时连春节也不回去，伙同几名老师，或谈论教学，或野外爬山游水，饿了吃点小面，倒也其乐无穷。后来由于工作需要，组织上才调他进了师专……

章老师艺高德馨，已为巴山渠水的文化人所共识。他的"先生之风"、严谨的治学精神深深地影响了我。我现也教书法，偶尔有人索字，我总是效法章老师不收分文，有求必应。有人笑我迂，我也笑笑了然。

母校师专的老师像章师者，有杨博词先生、郝志伦先生、侯忠明先生……岂止一人？他们都给予我真诚的开导，使我受益良深。上述先生之于我宛如藤野先生之于鲁迅先生那般"叫我惭愧，催我自新"。

我的学生厌学、调皮，每每令我情肠浪动之时，就使我想起章师，想起上述先生，想起可爱的母校师专，真想再当一回学生，再聆听她的教诲！

1997年7月于达县三里坪

第六节　学炳千秋　风骨永存

2014 年 1 月 12 日 20 时 14 分，一代巴蜀名师，著名学者、书法家、篆刻家、诗人章继肃先生在达州市中心医院重症监护室停止呼吸，乘鹤仙去，永远地离开了我们。章继肃先生享年 93 岁。

四川文理学院赓即组织了"章继肃先生治丧委员会"，其名单如下：

主　　任：李万斌
副主任：孟兆怀
委　　员：李壮成　成良臣　冯永川　余文盛　刘长江
　　　　　王道坤　郑长江　王子荣　杨成林　杜松柏
　　　　　熊伟业　杨尚通　章思齐

学校主要领导亲任治丧委员会成员，安排和料理先生后事。四川文理学院校长孟兆怀教授于 1 月 14 日在章继肃先生遗体告别仪式上，发表了告别辞；先生长子章思齐代表家属在遗体告别仪式上发言；先生生前学生、亲友和学校师生自发齐聚市殡仪馆吊唁、题写挽联、泣祭先生亡灵；远在外地不能回来的学生、亲友或通过电话、短信、微信等方式发来唁电悼文，或嘱托在达的学生代为凭吊；达州电视台、《达州晚报》、"凤凰山下"论坛也同时刊发了讣告和悼念诗文。达州教育局、达州著名中小学、达州市县区书法家协会等派员前往悼念。一时间，先生灵堂之前，挽联挂满灵墙，学生和书友们以特有的方式追忆先生生前往事，寄托绵绵哀思。

尹羿之副教授和姚春在现场代为书写挽联和悼念诗文。现根据四川文理学院办公室 2014 年 3 月 10 日整理的《深切怀念章继肃先生——学炳千秋，风骨永存》一书中的挽联、诗词，录之如下。

惜哉平生儒雅风范，岂云已淡远；

仁也永世精美法书，可谓恒温馨。

——李万斌敬挽

饱览诗文杏坛师范数风流学高堪典炳千秋，

勤研书篆文章德行皆楷模风骨永存励后生。

——孟兆怀敬挽

辛勤育俊秀，桃李遍蜀川；

望西南遥祭，去仙境走好。

——林来淇

书坛巨擘风范千古，

泰山北斗灿然人瑞。

——达州市书法家协会全体书友哀献

仰五老名师不尽风神气象遗后世，

悼三巴先哲犹存道德文章在人间。

——孙和平

继往开来古风又绿州河畔，

肃教穆语星光再耀莲花湖。

——四川文理学院中文系 77 级全体同学并星光文学社痛悼

恩师仙逝千古人瑞永在心中

奠中文系基石，育巴山作家，含笑看文化复兴，喜藏心中魂绕江河；

杨真善美德行，教神州书生，寂静听大江东去，笔走龙庭灵润原野。

——李明泉

吊章继肃教授二首

一

杏坛博学一诗翁，

卅载素交谁与同。

篆刻诗书俱惠我，

时时捧读忆高朋。

二

亦师亦友且忘年，

问道程门悟本源。

凤岭新摧肠寸断，

学林谁为解疑难。

——达州日报社李明荣敬挽

沉痛悼念章继肃教授

博洽多闻道德文章诗书印，

赐序授业满天桃李栋梁材。

——李明荣敬挽

痛悼恩师

涵泳诗书返璞小学一生翰墨溢清雅,

弦诵洙泗薪尽火传满园桃李悼大贤。

——弟子郝志伦

"洙泗",洙泗之学,孔子逝世后,其后学在相互切磋、争鸣中发展了孔子学说,形成了不同的流派。子夏在孔子殁后,适应战国时期争霸战争的新格局,居于魏之西河,做了魏文侯的先生(《史记·魏世家》)。在魏国他把孔子学说发扬光大,成为一个"与现实政治直结的子夏学派"。曾参则居于鲁国洙、泗之间,以孔子"吾道一以贯之"(《论语·里仁》)为使命,"吾日三省吾身"(《论语·学而》),发展了孔子注重内省体察的思想,形成"极度重视个人修养的曾子学派"。后者又被宋代的二程、朱熹等发扬光大,形成了"程朱理学"。此即谓"洙泗之学"。

南乡子·悼章继肃先生

敦厚一师尊,愧我冥顽琢不成。锄莠扶苗忘夜漏,殷殷,白发萧萧映月明。

逝水渺难寻,绛帐春风拂到今。报道门前桃李色,青青,哭祭呕心种树人。

——学生廖清江叩首

似我深惭朽木也获乘桴极目望门墙桃李何言伦乃武,

问公远赴瀛蓬孰还叩杖伤心临窀穸家山忍堪伤斯文。

——学生廖清江敬挽

悲师仙逝日月并陨，独坐空忆恩难忘；

嗟我远游忠孝难全，南向长叩泪满襟。

——侯忠明叩祭恩师

惊闻章老师仙逝

犹忆先生驰笔翰，骤雨旋风声满堂。

今日君虽驾鹤去，别有生面存心上。

——蒋虎敬挽

为人师表懿德谦恭育桃李，

立雪程门诗文修性皆口碑。

——朱景鹏敬挽

痛悼章继肃老师仙逝

州河呜咽凤山悲，巴麓顿飞文曲星。

一代宗师留范迹，千秋永铸镌清铭。

——朱景鹏敬挽

哭章继肃恩师诗三首

一

斯人远去惠风存，老耄诗书四海名。

亦让亦慈真圣子，艺坛文苑悼英灵。

二

两行清泪痛失贤，最是今天日月寒。

种种都随人远去，巴山蜀水思君绵。

三

一代宗师别世寰，音容笑貌浮余前。

廿三岁月情深重，独坐临窗何怆然。

——学生姚春诗并书

继肃先生安息

肃然起敬川东书圣，

继往开来一代宗师。

——载英后人先生弟子胡郁叩挽

树公夫子大人千古

满腹文章广陵散，

一身风骨归去来。

——弟子邓朝珠泣叩

哭章继肃恩师

巴山文坛巨匠陨，笔墨音容化祥云。

诗书佳话德艺馨，长歌悲泪铭师魂。

——学生凌灿印

惊悉章继肃先生逝世，谨致深切悼念，道德文章永存。

——周啸天

痛悼章继肃老师仙逝

今去报社闽湘处送拙集，惊闻章老师昨晚 8 时仙逝，前几日曾往中心医院重症监护室探病，亦在昏迷中未能言语。吾拙书中曾记载相互友情，可如今却缺少一位乡师指点了。哀哉矣！

残冬噩耗自天惊，悲泪痛心如雨倾。

曾诵诗文上笔斗，常持翰墨展风程。

恩荣桃李园丁盛，芳泽松柏意气情。

探病默言难把叙，拙书深感少师评。

——朱景鹏哀呈

让飘逸的文字沿着州河流向天庭，那深邃的天空才星光灿烂，给俊美的学子留下回忆，悄然而去，这未来的世界方富贵美丽。

——达县师专中文系82级全体学生痛悼恩师

宕渠才杰，章公冠首，秉持正道，蕴涵人文，书艺超群，品行高洁，世人仰慕为典范；

师专圣贤，肃老当元，教授万方，培育俊秀，古文拔萃，胸襟卓然，学子尊崇即宗师。

——刘兴均敬挽

淡极始浓，人瑞章华。

笔继墨肃，见字如家。

至坚方寸，柔报毫端。

吸引群孩，增上同侪。

大德至微，上善若水。

一方长老，天地三才。

师者之师，学中之学。

千字蚕丝，文脉不息。

——赵川哀书

2014 年 1 月 12 日，四川文理学院著名资深中文教授、中国书法家协会会员、达州市著名书法家章继肃先生与世长辞，享年 93 岁。章老在 90 岁之后的晚年，曾经书法我的作品《犀牛山记》《盛世桃源行》《临风阁序》等，并对我的文字作品多有褒誉。我特作此篇，以为悼念，聊表感伤。

无法停顿

——祭章继肃先生

今年冬来，昨日方晴好。长空杳杳，青云逍遥。朝见青霭，午见清阳，更见腊梅枝俏。婷婷绽，朵朵娇，任孤傲。誓把满园风光佻。不为行人笑，总盼春来早。惟有高人，思绪总萦绕。

征路迢迢，梦魂缥缈。生也悄悄，逝也悄悄，风骨已成路标。青青野，冥冥凹，谁悲悼。何处凭栏听风涛？祈有后来者，遗风著春晓。

——杨仁明

章继肃先生一生博古通今，懿德谦恭，儒雅大度，桃李满天下。他的逝世是四川文理学院和达州教育界、文艺界的重大损失，令社会各界悲痛不已。悼念先生诗文，我们无法全面统计，现仅以此表达追思，若先生地下有知，当含笑仙庭耳。

——让先生永远活在我们心中！

2020 年 7 月 18 日 18 时 07 分于依云斋

第七节　韶光永难老，落笔自超群

吾师章继肃先生，行年八十有八，安享米寿。杖朝之年，却手不拄杖，步履稳健，耳聪目明，謦咳笑貌，时现于荧屏，活跃于文苑，誉隆于书坛。先生矍铄康健，茹古涵今，松柏节操，齿德俱尊，实属侪辈后学的幸福和骄傲！

一

章公继肃师，是我母校达县师专（现名四川文理学院）中文系首任主任，"诗书印兮三轶伦"，在四川文艺圈被尊为"巴山泰斗"。退休后，一直居南坝老校区。先生盘桓啸傲其中，自得其乐。老人家朋友很多，纷纷来拜访他的，有省内外的艺术家，有在各地工作的门人弟子，隔三岔五，有时一天就有数起，他都殷勤招待。我有一次问他："这样是不是妨碍您老人家的写作？"他答道："这不但不妨碍，或许能增添我写作资料。且佳客来临，就得停下笔来，这是给我良好的休息机会，我是很欢迎的。"

我一直想，像他老人家这般高龄，长寿的秘诀在哪里？我请教他这方面的问题。他回答得很简短："吃得孬些，活得长些。"这是我知道的，先生一辈子清贫，面条是他饮食的最爱。一次偶然的机会他回答得更详尽些："人对寿命，应作加法，不应当作减法计算。这话怎样讲呢？人以百龄为高寿，称为期颐，是很少见的，作了减法，屈指算来，觉得去日已多来日少，未免耽忧。倘作加法，那么过了一年又一年，天增岁月人增寿，活到哪儿是哪儿。宋人陆游有两句诗，'一笑不妨闲过日，叹衰忧死却成痴。'人啊，是当引为至言的。"

二

我的记忆中，先生常把自己对人生对艺术的态度，用诗词的形式，写进书法作品里。

20世纪90年代初，大概是1991年的国庆节吧，达城人民公园里办了一个名曰"胡子珑先生百岁书画展览"。我看章先生为之题贺的是"韶光永难老，落笔自超群"的一副对联。行书，字好，意思好，我印象很深刻。同一个地方，时间是2000年的春节，正月十五，我去逛人民公园，看见两边橱窗，举办了"黄埔老人卢大基九十岁书法展"。展览中当然有章老的题词，这次是一小条幅，七言绝句，其诗为："老耄犹勤画被工，颜筋柳骨气恢宏。自古书家多高寿，必有秘奥在其中！"今草，先生的东西，我一样牢记于心。我毕业时，先生曾为我留言，也是一首诗："书法讨论慎厥初，锦江春水化龙鱼。山阴妙笔兰亭叙，三昧从来是读书。"我谨记先生的赠言。先生八十大寿出的作品集里，还有一首《题重庆范国明所藏张船山行书墨迹》，行草，斗方，内容是"诗主性灵锦绣篇，书追平淡世争传。如何学得船山妙？百炼工纯始自然"。当然，先生通过书作，表达自己的人生观、文艺观的作品还很多很多，这些都散见于《章继肃文集》《章继肃书法作品集》，或飘散于大江南北。

三

我们师生情亲，近20年。他的一生，特别是"七十杖于国"之后，一些体现他大家风范，高尚人格的事，他很少与外人道，却曾跟我（还有忠明先生）闲聊过。我把知道的写出来，以表敬意，光其懿范。

先生曾是我国一代"数学泰斗"诗人兼大书法家何鲁先生的高

足。这是熟悉章先生，读过《章继肃文集》的朋友皆知的事情。章老手里有许多何鲁先生的墨宝，这些墨宝非常珍贵。这次我给先生送书，先生围绕这些墨宝给我讲了一些鲜为人知的故事。

何鲁先生，新中国成立前曾是南京中央大学、重庆大学、四川大学等众多名校的教授和校长，他当时也是"中国农民自由党"的主席，同盟会会员。他被列入重庆"黑名单"之首，国民党反动特务打算暗杀他，军阀刘湘把"黑名单"呈报到当时重庆的军阀头子杨森那里。杨森是广安人，何鲁也是广安人，杨森便拿起毛笔把何鲁的名字画去，且边画边说："何鲁一介书生，我看就算了，他会造什么反？"这样，何鲁先生才逃过了此劫。新中国成立后，何鲁任北京师范大学的副校长，民革中央委员，全国第三、四届政协委员，中国科技情报所研究员。一次，何鲁先生在北京开会，毛主席叫住他说："何鲁，你胆子大哟，你敢在重庆白天打着灯笼走路，我是久仰大名啰……"何鲁先生曾给章写过《毛主席诗词三十七首》一本，《真草千字文》一本，还有十余封书信往来。这些全是宝贝，章先生不随便给人看。我只曾见过那本《毛主席诗词三十七首》的复印件。

先生微笑着告诉我，那两本原件已无偿捐给了重庆市博物馆。事情是这样的："20世纪末，重庆成立直辖市，重庆市天然要打何鲁牌。他们不知从哪里得知我章某人与何鲁先生的关系，手里有何鲁的东西，又害怕我不接洽，就把何鲁先生的长公子（何培中，是我学长）及夫人从河北保定请来，他们一行四人，来到我家待了几天，说明了来意，我没有去想那么多，就把这两本书捐了。"

我问那些信件呢？先生又接着讲下去："信件十多年前我借给邻水一位姓罗的同学了。这个同学对我很好，也是一个书法家，他现在得了病，瘫了，但神智清。这些信件一直没有还我。哎，我只想他至少应把这些复印一份给我。前不久，罗同学还打电话说要到我这里来……"

我说："你干吗不交一本或只交复印件呢？"先生说："当时没想别的，只要光大何鲁先生的事业就行。"

四

先生擅金石篆刻，无师自通。他老人家曾给我刻过五方石章。我非常珍视。其中，那方白文"姚春"的姓名章，还有一段值得写出来的回忆。

这方石章，是我刚刚加入达州市书协时，先生给我刻的。先生刻好，用一片宣纸钤印出来，包进一个牛皮信封里，亲自送到我内人手里，由我内人小蒋转给我的，信封上还用毛笔写上"姚春同学收"。我的这方石章印，先生也收进他的《篆刻要言》里。后来，大概是 2000 年的冬天，我接到先生的一个电话，他叫我把这枚石章保管好。老人家没有说为什么。这在我心里一直是个谜团。再后来，我问他老人家，他才跟我道出了事情的原委，他寄了一本书（《篆刻要言》）给成都的老友，顺便与我简单介绍了他的这位老友：原是四川省文化厅厅长的周正举先生。周是海内著名学者、篆刻家、书法家，是一位奇人，50 岁后主动辞职，专门从事文艺，写了十多部学术专著，可谓著述等身矣！周收到章老的书，对章老说，他特别欣赏的作品是"姚春"那方章，堪称代表之作。这使我想到我第一次用这方章盖作品时，骏华先生，曾观之良久，指着说："好章，是章老刻的吧！"

五

我还有幸得到章老在他家里当面指导我学习近体诗的机会，我印象深刻的有两次。

一次是 2002 年的夏天，我登门请教有关入声字的问题。他老人家说，入声字没有必要死记，只要多读唐人的近体诗，慢慢会明白。他还教了我一个口诀——"平声平调莫低昂，上声高呼猛烈强。去声分明哀远道，入声发声即收场。"然后给我举了许多实例，老人家一边口里发声，一边用手比比画画，让我感悟，然后说，这口诀在《康熙字典》的序言里。后来，我在成都买了一本《康熙字典》。

另一次是今年的夏天，我为出《呼龙耕烟》，请先生题写书名，顺便请他过目书稿中的那些学写的近体诗，他老人家很高兴。三天后，打来电话叫我去，他一一对我那些蹩脚的诗指出，哪首哪字要改，哪首哪字可不改，内容好注明"古风"即可。特别是《接同学电话之后》那首，他还亲自在稿笺纸上试改了，一共写了六页纸的意见，交给我回家继续修改，同时对我讲："诗是写出来的，但更是千百次的吟哦，改出来的，我相信你……"后来我把这件事跟忠明先生讲了，忠明先生对我说："太宝贵了，足见老师对你的看重，你要好好保管这几页纸。"

六

我还有幸在章老 85 岁高龄以后与他一块儿吃过几回酒。我们县书协这几年，为答谢章老，曾请过他老人家吃酒。几乎每次，我都包揽去接送他。先生在酒桌上，微笑着，被尊为首席。骏华先生、卫光先生、忠明先生、灿印先生，我们大家都要不时为之添菜，他老人家吃得很少，喜吃新出笼的蒸包，能喝三钱酒，大家一一敬他的酒，他都啜饮一口，笑笑，一般不说话，很慈祥。记得第一次书协请他时，等大家吃完了，他端起酒杯，回敬大家说："我是达县人民的宠儿……"

　　章老受人敬重，他亦关爱敬重他的人。1996年夏天，我的内人小蒋（当时还只是我的女友）出了车祸，住进胡家坝医院。他老人家不知从哪里得知此事，冒着酷暑，赶公交车，提着营养品亲自到医院探看。他返回时，不准我为他叫出租车，坚持要自赶公交车回家，并且说："有个伤员病号，要花钱，别浪费，我是能走路的就不坐车，能坐公交的就不坐出租。"这件事使我和小蒋很受感动。那以后，只要谈及章老师，小蒋总是充满感激和敬重。

　　……

　　章继肃先生，已近望九之年，确乎"垂垂老矣"。但他老人家仍活跃于文艺界，生命依然充满勃勃生机。他对人情的珍视、人生的淡定、艺术的至诚，无不体现他的先生之风和学者之范。"韶光永难老，落笔自超群"可以说是他艺术人生的写照。

　　我很幸运成为先生的学生。20年来，我们的师生情宛如滚滚滔滔的州河。在此，我仅采撷几朵小小的浪花，略表我对先生的热爱。先生给了我许许多多的帮助和感动！纸短情长，才浅难表。

　　在老人家新作面世之际，作为学生的我表示由衷的祝贺和高兴！

　　　诗书印兮三轶伦，一声章老好温馨。

　　　云峰劲秀标今世，须毛飞雪笑古人！

　　这是我祝贺老人家八十大寿的心声，我这里再次抄来以表我对老人家的景仰和无限热爱之情。

　　——"大德之人，必得其寿！"

姚春顿首

2009年11月7日夜2时50分于戛云亭

第八节　遗墨如珠人似玉，　永留艺海壮波澜

或许人离开了人世真还有魂灵，我常有这样的感觉；或许是先师佑我，或许叫我跟这件墨宝有缘。

清明节前几天，我受邀参加市里一所中学的书法社成立活动。主持人安排我向同学们讲讲书法的学习体会。我的讲话自然无意识地提及先师——章继肃先生对我的影响。真是奇怪得很，第二天，我就得到了先师遗留在世的一件稀有的墨迹！冥冥之中似乎他老人家让我保管好这件珍品，以特有的方式教诲我"励志笃行"。

拿到这件宝物是杏雨纷纷的一个星期五的下午。我到老城雅艺轩取裱字，轩中有一陌生先生自我介绍说他叫 YJ，拿出两幅他写的作品，说是要给平昌白衣古镇的，要请我指教。他还说认得我，只是我不认识他。我好像在哪里见过这名字，想不起来了。禁不住 Y 先生的恳请，也就说了几句。没想他说："老师高人，我今天算是遇到了！"他边说边拉我的手使劲儿地握我的手，十分兴奋。握了我的手后，他还退后一步，恭恭敬敬地给我鞠了一躬，搞得我极不好意思，因为他年长多了。这时轩门旁坐着一位看上去 60 岁上下的大哥说话了。"老师，我看您是懂家，请您给我藏的几件东西掌掌眼。"他说着拿出手机照片给我看。这是张爱萍的，这是魏传统的，这是杨超的，这是刘伯俊的。我说："看起来都像，但真要注意现在书法赝品多。"他又说："我还有一件章继肃的，您欣赏一下吧，简直是稀有的真品。""快给我看。"我欣喜地说道。吴师傅说："章老师的东西，您找他看就找对了喔！"我一看，是真的先师手迹，而且十分宝贵。

我说："您卖不？"

"价钱合适就卖给您，"他回答道。

经过约一小时的讨价还价，终于成交。我迫不及待地同他冒雨乘车到他达钢的家里去拿。

到了他家里，他说满屋都是他一辈子的藏品，他要慢慢找。我等他翻腾了大约 2 小时，他满头大汗，也没找出来。他叫我回去，说找到以后联系我。我说："不急，想想，放在哪里，我们一起找。"我边找边跟他讲我对先师的感情，我们找遍了两间屋，还是没找到。他说："怪了，是不是老婆偷去卖了，打过电话，老婆在上班。您看看电视，喝茶。"就在他要开电视的当儿，他大声高兴地说："啊，想起了，盒子装起在电视柜里！"

他又不想卖了，我猜度他不过是想多要几个钱。

我说："您这人，不讲诚信，哪能这样?"或许是真舍不得，或许是他作为江湖的伎俩。不管如何，我也可能感动了他，都晚上 7 点多了，最后我又加了些钱，才拥有了这件先师的遗墨。

这是一件稀有之珍品！第一，写在竹丝上，载体稀有。书法家写在纸上，绢上的多，写在细如发丝的竹帘上，极少！第二，从款字看，"继肃"二字草书，有一朱文之印"章继肃之印"不多。先师在世时曾跟我讲，他的字，70 岁过后，落款"章继肃"行书体，后面写岁数。落"继肃"是 70 岁以前。这个岁数，已是艺术的成熟期，笔力鼎盛！第三，从书写内容看，也是先师稀有的。三行舒朗写屈原《楚辞·橘颂》："后皇嘉树，橘徕服兮。受命不迁，生南国兮。深固难徙，更壹志兮。"书家写唐诗宋词的多，写毛主席诗词的多，写格言警句的多，但章师写自己诗词的多，而写《楚辞》名句，我是第一回看到先师这样的作品，真是少之又少啊！第四，内容精妙，意韵深致。字面意思是："后土皇天，佳树橘啊，适应了水土环境。它受命长在这里，不会迁移，生长在南方的国度啊！

深深的根牢固难迁徙，更改不了它一直的志向啊!"屈原托物言志，托橘言自己适应环境，爱国之性不改，用志不纷。先师意韵高深，一赞屈子，二赞受书人，三表书写人的高雅之怀，四有勉励人们适应环境，不改其志才能事业有成。

我看到这几句，使我想起先师曾谆谆告诫我:"要适应环境，并在环境里迅速崛起的人，才是真正的能干人。""鲲鹏大志，不到长城非好汉，书法兴趣重要，然而更重要的，我看是喜欢一辈子的恒心和毅力。"

中华文化薪火相传。熟悉章先生的人皆知，他的书法，他的人品，深得大家景仰。这都来源于他的恩师何鲁先生。张圣奘《赋何鲁书法六绝》，有两句，分别在其五、其六诗里"遗墨如珠人似玉""永留艺苑壮波澜"，我仅改"苑"为"海"，借来作为本文之题也。

清明节将至，先师魂而有灵，佑我得其珍。我将好好珍藏，奉为拱璧，案几座佑。

谨以此文寄托我清明的思念。

2019年4月1日凌晨2时32分

【附】

张圣奘，男，湖北江陵人，有"江陵才子"之称。精通九门外语，留学英国剑桥、美国哈佛等名校，获文、医、法等5个博士。曾任教28种课程。多才多艺，诗词书法皆佳。

我的自传
——为达川地区书法志供稿

章继肃自传
——为达县地区《书法志》供稿

章继肃，字树公，1922年生于四川省渠县新市乡三拱桥村。

1930年发蒙读私塾。

1931—1933年，在三拱桥渠县县立第五初级小学读书。

1934—1935年，在渠县城泮林街县立高级小学读书。

1936—1939年，在渠县县立初级中学读书。爱踢足球，是班代表队的后卫。晚自习时间经常高声朗读国文，影响同学学习，影响老师工作；训育主任谢公布、国文教师广安滕策安建议开除章的学籍，未获通过。参加同学熊梦周（中共地下党员）组织的"惕励壁报"和"世界学生反侵略运动大会"。又向熊学习武术，早晚练气功，打沙包，舞枪弄棒，增强体质。

国文老师达县刘尔灵，循循善诱人，常将所藏文史书籍借章阅读。国文老师袁子琳，是渠县首屈一指的写家，章请他写了条幅一张、对联一副，裱褙以后悬之壁间，经常临写。图画老师朱化平，亦精篆刻，章打碎砚台，磨成石印，请他写好印稿，雕刻起来。这些老师对章后来的爱好文学、书法、篆刻起了启蒙的作用。

1940—1941 年，在广安私立载英中学读书。该校本部在重庆唐家沱，因避日本飞机轰炸，在广安建立了分校，校长是海内外著名数学泰斗、书法家何鲁教授。何鲁极善演说，他曾对同学说："我的数学不如我作的诗，我的诗不如我写的字，我的字不如我喝的酒"，其学术道德对青年有很大的号召力。故四方之来此校学习者甚众。何鲁时在重庆大学任理学院长，每学期到广安载英分校一次，每次必抽一两个整天为同学写字，每次写字章必为之牵纸，学习其用笔结构，谋篇布局。何亦常在写字时向学生讲一些书法方面的常识。经过大家的示范、指点，章的书法艺术进步很快。

国文老师向镜清，广安五老七贤之一，留学日本，教学有方，深受学生欢迎。章与王膏若是渠县中学老同学，时常在一个班学习，均受到向的赏识；二人常到向老师家中做客，学习诗的写作，受益匪浅。章曾为国文老师贺公符刻"公符手毕"四字印章，贺为广安中年文人之翘楚，作诗七绝四首并写成横幅赠章，中有句云："珂乡自有印人在，好继薪传畅蜀风。"下有双行小注云："贵县杨鹏升治印，世所称蜀派者。"对章的鼓励极大。

1942 年，转学重庆唐家沱私立载英中学。时何鲁校长亦举家迁至学校附近，向他请教的机会更多。国文老师巴县何震华，对章十分器重，常将其诗词佳句如刻画重庆山城有云"夜寒霜满树，天晓雾迷城"，向何鲁称说，得到了他的赞赏。毕业后留校做教务员，同时留校者尚有营山何文宣同学。

做教务员 10 周后离去，到重庆南岸海棠溪四公里启智小学教书。王膏若已先在。由于他们受到学生的尊敬，校长冯布武（渠县人，爱写颜体大字，在重庆小有名气）不悦，学期结束，就未继续聘用了。

1944 年上期，在家中复习功课，下期考入抗战时期内迁诸校中之武昌私立中华大学（现在华中师范大学之前身）；王膏若亦考入湖北农业专科学校，两校均在南岸，因而过从甚密。

抗日战争胜利后，内迁学校纷纷迁回原址，不愿随校出川者可以转学。1946 年下期，章转入国立四川大学文学院中国文学系三年级。转学生三名，章的考试成绩列第一位。

在川大两年，由于家庭经济来源减少，章的衣着、生活十分寒酸，同学讥之曰"人不风流只为贫"，的确如此。词学教授向仲坚对章的词作大为欣赏，帮助章的生活费用，得以完成学业。向先生名迪琮，字仲坚，双流人，海内著名词人，书法家，著有《柳溪词》，新中国成立后为上海文史馆馆员，已老死。教授杨明照上《校雠学》课，章极感兴趣，常至其家请教问难，开启了章后来对校雠、目录、文献检索的爱好。院长向楚讲《唐宋文》、教授林山腴讲《楚辞》，均是四川著名学者、书法家，章对他们十分尊敬，曾请其各书条幅一张，惜都遗失了。时巴县才子佘雪曼，亦在川大开《楚辞》课，讲课比林山腴为浅，但其书法瘦金体却写得很好，章亦师事之。

1948 年 7 月，章在四川大学毕业，取得文学学士学位。9 月，由王膏若介绍到省立大竹师范学教书。1949 年上期，王膏若亦来竹师任教。下期，章回母校渠县中学教书，12 月解放，又回竹师工作。直至 1977 年 3 月，章在竹师工作的时间长达 30 个年头。

1956 年 10 月，章被提升为大竹师范学校的副教导主任（一直未设正职）。

1963、1967 年两度选为大竹县乒乓球代表队队员，参加地区运动会，均进入了前八名，并被选为达县地区乒乓球代表队队员。

1966 年，"文化大革命"开始，章被点名为大竹师范学校四大

"牛鬼蛇神"之一。之后，章被派到清水区搞社教革命，接着是就地教书，于是他在清水小学教音乐课，唱"样板戏"。不久，又调章到石子区、观音区参加教师培训工作，教语文课。

1973年，章的书法作品《行书毛主席词四首》参加了"四川省国画书法展览"；地区参展的另一件作品是彭云长的国画《银耳新兵》。

1975—1976年，章参加了达县地委宣传部主持的《唐甄》评注工作。以后又作了两次修改，最后形成《潜书注》一书，并于1984年4月由四川人民出版社正式出版。1988年《潜书注》获达县地区第二次哲学社会科学优秀科研成果一等奖，章也得到了个获奖证书，此是后话。

在竹师30年，章讲授过语文、历史、地理、写字、小学语文教学法等课，曾在机关干部中讲授《毛主席诗词》，均受到好评。章能操二胡，演奏《虞舜熏风曲》《山村变了样》等高难乐曲；章亦画松竹，颇有韵致；章尤擅围棋，是县内高手。章在大竹县获得"棋琴书画球"的"美称"。但饮酒、看戏、下棋、打球，未免有些过度，因是而两次被评为"不务正业"之"甲等"人物，受到批判，并上报四川省教育厅。章的人际关系好，与人无争，学生尊敬，领导信任，校长尹计然称章为"最佳的教导主任"。调离竹师时，章受到了11次不同形式的欢送。每次都使他感激涕零。章在大竹的生活是丰富多彩的，在他万不得已离开这个第二故乡时，写下了《留别大竹师范学校》七律一首，表达了他的心情。诗云：

行年五十五周岁，三十春秋偃憩斯。

以校为家得自乐，因材施教作人师。

谅无涓滴济沧海，但有微诚答圣时。

南浦云飞挥手去，达州从此赋相思。

1977年3月，当章刚进入老年的时候，奉调达县师范学院工作。学院于1978年12月经国务院批准，正式定名为达县师范专科学校。

1977年12月，章率学生孟兆怀、张德怀、季水河、王祥昆四人，前往重庆图书馆，通过老同学陈自文的介绍，在该馆无偿地为学校清理图书一万余册，为学校图书馆资料建设做出了贡献。同月，被选为四川省第五届人大代表，赴成都出席会议。

1978年6月，参加十三院校"《中国文学史》南昌定稿会议"。开始了学校与兄弟院校的接触。12月起任中文系副主任。中文系支部书记王膏若与章三次同学、三次共事，40多年的老朋友，因此他们在工作上合作得很好，把中文系领导得有声有色，至今犹为人们所称道。

1979年1月，加入中国共产党组织。10月，被邀参加杭州大学庆祝国庆三十周年学术报告会，初次领略了西湖的旖旎风光。12月，将承印十三院校《中国文学史》赚得之款，购买新版《辞海》二十九部，借给系上教师使用，人手一部，对提高教学质量起到了积极的作用。

1980年4月起，任中文系主任。

1981年8月，章的书法作品参加了"四川省纪念鲁迅诞生一百周年书法展览"。12月，被邀请为四川省大学生书法竞赛评选小组成员，推选出参加"全国大学生书法竞赛"的优秀作品。会议在四川大学举行。

1982年4月，章出席了四川省第一次书法代表大会，会上成立了中国书法家协会四川分会（后改称四川省书协），被选为理事。9月，达县地区书法家协会成立，被选为理事长。10月，章被邀为四川省书法家代表团成员，出席"四川浙江书法联展"在杭州的开幕式。代表团成员十人，即方振（团长）、徐无闻、丰中铁、刘云泉、何应辉、刘正成、苏园、夏昌谦、毛钧光和章继肃。浙江书协为四川代表团安排了一周的活动。绍兴二日，由绍兴书协接待，在兰亭举行了笔会，还畅游了东湖，参观了大禹陵、禹庙、和畅堂、鲁迅故居、三味书屋、咸兴酒店和鲁迅纪念馆。10月1日，参加浙江省及杭州市在花港观鱼举办的书画界国庆联欢会。2日，西湖园林管理所用"画中游"船载四川代表畅游西湖，后乘汽车畅游灵隐寺、九溪十八涧。3日，出席了浙江省书协在柳浪闻莺举行的欢迎会。4日，赴海宁观钱塘江潮。所到之处，章和徐无闻都有诗作；每次笔会，他们写的都是自己的诗词，受到浙江书界的好评。章参加两省书法联展的书法作品，后来发表在上海《书法》杂志1984年第5期之上。

1983年3月，章所临之《兰亭序》，参加了浙江在绍兴市举行的"纪念王羲之书写著名《兰亭序》一千六百三十周年书法展览"。4月，章与成都谢季筠、重庆曾右石、张健代表四川省书协出席"云贵川三省书法联展"在贵阳的开幕式，结识了王萼华、王得一等贵州省书家和诗人，畅游了花溪、犀牛洞，观赏了黄果树瀑布，参观了安顺市。

1984年3月，章同刘儒贤老师参加在武昌举行的全国元明清文学研讨会，畅游了晴川阁、西山、东坡赤壁。4月，学校机构改革，中层干部改选，章时年62岁，不再担任行政职务，留中文系任课，接受了开新课的任务，主讲"文献检索与利用"。6月，章被邀参加了四川省第一届书法展览作品的评选工作。评选在重庆市文联内进行。评选结束后，由重庆书协组织评选委员会刘云泉、何应辉、周浩然、章继肃、毛峰等，畅游了北温泉、缙云山。展出后，将全部作品精印成册，内部发行，章的书法作品自在其中。9月，章有书法作品参加"四川山东书法联展"。

1985年6月，达县南充两地区举办书法联展，章除有作品参展外，还同马骏华同志代表地区书协，前往南充参加开幕式。随后参观了仪陇朱德故居，并到仪陇一游。7月，达县地区书协召开第二次会员代表大会，选举第二届理事会成员，由于同志们的信任，章再次被选为理事长。11月，巴中县书法协会成立，章有贺诗二首。

1986年1月20日，达县师范专科学校首届教职工代表大会开幕，会期二日，章当选为主席。9月，"川陕六地市书法联展"在达县展出，章有条幅一件参展。10月，邀请章写出书法作品参加"四川省离休干部首届书法作品展览"。11月，中国书法家协会四川分会常务理事会决定成立"四川省书协创作评审委员会"，章被选为该委员会委员。同月，章有书法作品参加"纪念孙中山诞辰一百二十周年中外书法家作品展览"，并收入《纪念孙中山诞辰一百二十周年中外书法家作品选集》。

1987年1月，章有书法作品参加重庆市江津书协、几江书法学校举办的"全国书法名家应征作品展览"。3月，与马骏华、李觅参加四川省书法协会在什邡召开的书法研讨会。4月，章取得副教授任职资格，于时已年届65岁了。同月，"四川湖北书法对展"在成都展出，章有条幅一件参展。8月，巴山老年大学聘章为顾问、书法教师。同月，章有书法作品参加"第三次中日友好书法交流展览"，并收入《名笔会展》之中。10月退休，计工龄39年。11月，四川美术出版社出版的《天府墨迹》第一集，收入了章的作品。同月，"中国四川省日本广岛县中日书法友好交流展览"在成都展出，章亦有书法作品参展。

1988年3月，章被批准为中国书法家协会会员。6月，召开达县地区书协第三届会员代表大会，选举理事会成员，章三任理事长。10 月，"四川省首届篆刻展览"在成都举行，章有篆刻作品参展。

1989 年 4 月，中国书法家协会四川分会举行第二次会员代表大会，章再次被选为理事。5 月，向"四川省书画家向第十一届亚洲运动会赠献书画作品展览"捐赠书法作品三件，并得到亚运会组委会文展部的纪念册一本。11 月，章有书法作品参加"四川省第二届书法篆刻展览"。

1990 年 7 月，章的书法作品特邀参加"万县书法展"。8 月，书法作品收入成都人民广播电台重建三十周年、成都电视台重建二周年纪念册《墨宝情深》。9 月，达县市组织碑林考察小组到河南、山东、陕西三省考察碑林，小组成员为组长李贤刚，组员杨廷开、张青山、章继肃、胡良苏、杨勤学、冉启全。

由达县出发到河南郑州，参观了新建的黄河碑林；至登封县。参观了少林寺、中岳庙。过黄河经山东临沂至曲阜，参观了孔庙、孔府、孔林及阙里；孔庙碑刻，是我国大型碑林之一，章在此见到了史晨、乙瑛、孔庙、张猛龙等著名石碑，大开了眼界。至泰安登泰山，摩崖刻石，美不胜收。使章精神为之飞扬。至济南游大明湖，谒李易安、辛弃疾纪念祠堂，使章肃然生敬。至河南开封，参观铁塔、龙亭、包公祠，徜徉宋都一条街。至洛阳参观龙门石窟、关林、白马寺；古阳洞中十九品，使章徘徊不能离去。经三门峡市，至陕西临潼，参观秦始皇陵、秦兵马俑一号坑大厅、游骊山华清胜地，感发了章的凭高吊古之情。过灞桥至西安，参观了西安碑林，访半坡遗址，登大雁塔，西北名城、历史见证、三千碑刻，使章叹为观止。沿途所见，章均有诗以记之，"算了平生未了缘"是章此行之警语，亦结语也。

同月，章有书法作品参加"全国中师书法邀请展"。10 月，章参加在乐山举行的四川省高校校报会议，访乌尤寺、登尔雅台，谒凌云大佛，遥望峨眉而归。归途经宜宾、泸州、江津，放船而行，不觉乐甚。12月，达县地区老年书画研究会成立，章为特邀会员、顾问。

1991年4月，为了祝贺章的70岁生日，其族弟章继和同志铅印了章的《小窗诗文稿》，西南师范大学教授徐无闻为《小窗诗文稿》题写书名，四川文艺出版社社长向克孝、达县师范专科学校副教授尹祖健为《小窗诗文稿》写序言，原达县地区教育局局长李萍、重庆师范学院教授董味甘、中国作协会员雁宁、当代诗人张建华、达县地区行署副秘书长王金尧、四川省林业技工学校副校长罗闯，庆祝章的生日的诗文篆刻均收录其中，亦可谓一时之盛事。可惜此书排印错误甚多，美中不足，向克孝社长准备为之重印，章正从事补充、修改，预计明年之内，同志亲友，当可得到赠书也。

同月，佟韦、刘艺、权希军、张海、王景芬编写的《中国现代书法界人名辞典》，由河南美术出版社出版，章被收录。同月，为"聂帅故居"征稿题写书法作品两张。6月，章有书法作品参加"五省七方地区雄风杯书画艺术展"。7月，章有书法作品参加达县地区老年书法研究会"庆祝中共成立70周年书画展"，送省展出，后又收入《晚霞风采》书画集。同时为中国书法协会举办的救灾义卖活动提供书法作品两件。同时又为《通川日报》成立四十周年题词，刻图章"纪念""通川日报""通川日报创刊四十周年纪念"等三方。10月，章有书法作品参加在日本兵库县、神户市展出的"名笔研究会展"。

1992年1月，《中国书法艺术大成》出版，此书为中国书法协会会员同人集，故亦收入了章的书法作品。6月，为筹办"达县师范专科学校巴渠文化研究所"，同校长副教授胡孝章、退休教师副教授雍国泰前往渠县故乡参观渠县历史博物馆；到土溪区参观汉阙。11月，"达县师范专科学校巴渠文化研究所"成立，章任学术顾问。同月，章有书法作品参加"纪念红军入川六十周年达县地区书法作品展览"。

1993年5月，章的书信一封收入《当代书法家书信墨迹选》。同时往渠县岩峰区参观汉阙，由贵福区委宣传委员张成茂同志陪同，安排生活。章作《留谢张成茂同志夫妇》五律云：

> 车行二百里，次第野灯红。
> 星落断山外，客来暮霭中。
> 盛宴开桂馥，古阙访岩峰。
> 安排劳君计，归犹乐未穷。

盖纪实也。断山在达县石梯区。

本传因提供书法志编辑同志采择方便，故用第三人称撰写，特此说明。

以上材料写于1993年7月，现将此后一年的情况补述如下。

1993年12月，中共四川省委老干部局主办"四川省纪念毛泽东同志诞生100周年书画展览"，展出后精印展出作品选集《巴蜀深情》一册；我写有毛泽东《清平乐·会昌》条幅一件参加展出，并收入集中。

1994年5月，达县地区书法协会召开第四次全地区书法家代表大会，决定改名为"达川地区书法协会"，并进行书协换届选举，我任地区书协理事长已三届十二年，现年老力弱，要求另选年富力强的同志担任主席，选举结果，由地区行署副专员杨帆同志任主席，聘任我为名誉主席。无官一身轻，书法表演时我情绪极佳，为

出席会议的书友同志书写条幅、对联五余幅，归作七律诗一首以记
之。诗云：

州河五月水初生，岸柳山花绕市城。

绥属从来多硕彦，达州今日会群英。

高论皆为新书协，纵笔还深旧雨情。

主席荣衔推不去，喜加名誉两文行。

达县地区书法协会为总结 12 年工作成绩，精印了《达县地区
书法篆刻作品选》1500 册，由我作序、题写书名，收入了我的书
法、篆刻作品。书款由书协主席杨帆、副主席王金尧、副主席兼秘
书长马骏华等同志筹集；由马骏华任责任编辑，出力最多，为书协
前三届作总结，亦为我之三届理事长作总结也。

10 月又举办国庆四十周年书法展览，我亦有书法作品展出，
入编《中国古今收家辞典》。

1994 年 11 月

章继肃年谱简编

　　章，木名，字后来变成樟，是一种常绿乔木，实大如豆，小球形，暗紫色。根、茎、枝均有樟脑香气，可供医药、生活、工业之用。盛产于黔、蜀、闽、粤、桂等地。章人应该最早居住在产樟树的地方。樟树是原始的图腾。

　　章氏，源于姜姓，系炎帝后裔。

　　据2009年4月，章宗华主编《章姓家谱》（渠县新市乡骡子坡章姓支系）记载：清朝时，章氏始迁祖章公应宗不知从何地迁徙入蜀，落业于渠县新市乡骡子坡。骡子坡，距渠县宋家乡场镇5公里，到蓬安福德乡集镇5公里。其山为"太师椅"形，苍松翠柏，风光宜人。

　　渠县新市乡骡子坡章姓分为"三会三地"。长房彩公，"樱公会"属灰窑坝支系；二房纲公，"模公会"属骡子坡、三拱桥坝支系；"彩公会"宋家乡瓦窑坝支系，亦属长房彩公支系。

　　二房"模公会"下，可考记载的：必聘生有甫，有甫生达昌，达昌生维新，维新生继肃、继学、继义三兄弟。至今繁衍13代，有 250 多年历史。骡子坡地处渠县、蓬安交界处，离渠县新市乡场镇 6 公里。

《章维新传略》云：

章维新（永松），男，出生 1900 年前后，中学文化，渠县新市乡三拱桥人，系章公讳达昌之长子。青年时参军，曾任营职军官。1944 年前后担任渠县县衙参议员，渠县新市乡乡长兼乡中心小学校长（政教合一管理体制）等职。章维新先生任职期间，为人正直，待人义气，热心为民办事，为确保新市一方平安，曾亲自把土匪头子彭经伟就地正法。同时，颁布若干乡规民约，对那些蛮不讲理，横行街邻，欺压百姓，偷扒抢打，有损街容市貌等歪风邪气进行了有力的打击和治理。其中不乏使用夹狗钳子，夹住少数不思改悔的人的脖子游街示众。从而使当时新市的社会秩序治安状况发生了根本好转，老百姓拍手称快。

维新先生对族人还进行过一些必要的关照。骡子坡族人章思忠、大沙塘族人章思聪曾被抓住当壮丁，关押在新市乡公所设在新市小学外操场边沿的碉堡内，后经维新先生保释，均免于难，此举深得族人称赞。

1949 年，中华人民共和国成立后，章维新先生出走至今未归，情况代考。

章继肃（1922—2014），系章维新先生长子，字树公，别号巴石。1922 年生，四川渠县新市乡人。中共党员，中国书法家协会会员。四川大学中文系毕业，曾任达县师范高等专科学校中文系副教授、系主任，四川省第五届人民代表大会代表，四川省书法家协会理事、评审委员，达州市书法家协会主席、名誉主席。喜爱文学艺术。书法篆刻作品多次参加国内外书法展览。书法、篆刻、诗词作品及传略已载入《书法》《天府墨迹》（四川省第一、二届）、《书法篆刻展览》《当代中国书法艺术大成》《当代书法家书信墨迹选》《87名笔研究会展》《纪念孙中山诞辰120周年中外书法家作品展览选集》《全国毛泽东诗词书法精品集》《中国古今书法家辞典》《中国书法家协会会员名录》《巴蜀印人》《中国当代篆刻家辞典》《印林诗话》《中华诗人大词典》等刊集。著有《章继肃文集》《章继肃书法篆刻艺术》《章继肃书法集》。整理、点校《潜书注》《天问阁文集》，为唐甄、李长祥研究做出了重要贡献，他创作的大量诗文被报刊公开发表。2007年，因其贡献卓著被中共达州市委、市人民政府授予"德艺双馨"荣誉称号。2017年11月，达州市第二届巴渠文艺"终身成就奖"（追认）。

章继肃先生是渠县章氏族人中的第一个大学教授。他生育二男一女（思齐、秋子、思传）。任《章氏族谱》高级顾问、总编等职。

1922年壬戌　1岁

农历三月二十二日，生于四川省渠县新市乡三拱桥村。"章继肃先生的父亲名叫章维新，毕业于成都陆军讲武堂，当过北伐军的营长，驻渠县岩峰、达县一带。新中国成立前在乡里当乡长、参议员，据《章氏族谱》记载：章维新曾当众杀土匪头子，在乡里颇有民望。新中国成立后，章维新出走了，不知去向。后来，有人传言在通江的大山里看见过他。'四清运动'中，章继肃说不清这个问题。以后都不提父亲的情况。"（族弟章继和先生电话告知）

章继肃母亲姓杨。

1923 年癸亥　2 岁

1924 年甲子　3 岁

1925 年乙丑　4 岁

1926 年丙寅　5 岁

1927 年丁卯　6 岁

1928 年戊辰　7 岁

二弟章继义出生。章继义后读大竹师范，分梁平县做教师；老三叫章继学，当过自愿军，渠师毕业，安家渠县。

在杨家河堰私塾（靠近大竹杨家）发蒙读书，教书先生叫杨先哲，是隔房的舅舅。祖父早上领着上学，母亲给我换一件竹庄布新衣，跨过杨家河堰，就听见琅琅书声，从没听过，心里紧张，掉头就往家里跑。祖母和母亲千言万语，我置若罔闻。没法子，祖母便背着我往私塾走，母亲拿一块板子在后面跟着，一不老实，母亲就在我屁股上抽打一下，这样，终于把我送进学堂。

1929 年己巳　8 岁

就读于杨家河堰私塾。

1930 年庚午 9 岁

就读于杨家河堰私塾。

1931 年辛未 10 岁

在三拱桥渠县县立第五初级小学读书。

1932 年壬申 11 岁

在三拱桥渠县县立第五初级小学读书。

1933 年癸酉 12 岁

在三拱桥渠县县立第五初级小学读书。

1934 年甲戌 13 岁

在渠县城泮林街县立高级小学读书。

1935 年乙亥 14 岁

在渠县城泮林街县立高级小学读书。

1936 年丙子 15 岁

在渠县县立初级中学读书。爱好踢足球,是班代表队的后卫。晚自习时间经常高声朗读国文,影响同学学习,影响老师工作;训育主任谢公布、国文教师广安滕策安建议开除章的学籍,未获通过。

1937 年丁丑 16 岁

在渠县县立初级中学读书。参加同学熊梦周(中共地下党员)

组织的"惕励壁报"和"世界学生反侵略运动大会"。又向熊学习武术，早晚练气功，打沙包，舞枪弄棒，增强体质。国文老师达县刘尔灵，循循善诱人，常将所藏文史书籍借章阅读。国文老师袁子琳，是渠县首屈一指的写家，章请他写了条幅一张、对联一副，裱褙以后悬之壁间，经常临写。图画老师朱化平，亦精篆刻，章打碎砚台，磨成石印，请他写好印稿，雕刻起来。这些老师对章后来的爱好文学、书法、篆刻起了启蒙的作用。

1938 年戊寅　17 岁

在渠县县立初级中学读书。

1939 年己卯　18 岁

在渠县县立初级中学读书。

1940 年庚辰　19 岁

就读于广安私立载英中学校。该校本部在重庆唐家沱，因避日本飞机轰炸，在广安建立了分校。时值日军侵华战争，日本飞机对大后方进行狂轰滥炸，广安也未能幸免。为躲避轰炸，经常"跑飞机"，生活动荡不安。何鲁所创广安私立载英中学校对青年有很大号召力。国文老师向镜清，广安五老七贤之一，留学日本，教学有方，深受学生欢迎。章与王膏若是渠县中学老同学，时同在一个班学习，均受到向的赏识；二人常到向老师家中做客，学习诗的写作，受益匪浅。章曾为国文老师贺公符刻"公符手毕"四字印章，贺为广安中年文人之翘楚，作诗七绝四首并写成横幅赠章，中有句云："珂乡自有印人在，好继薪传畅蜀风。"下有双行小注云："贵县杨鹏升治印，世所称蜀派者。"对章的鼓励极大。

1941 年辛巳　20 岁

就读于广安私立载英中学校。

1942 年壬午　21 岁

转入重庆唐家沱载英中学校本部就读。时何鲁校长亦举家迁至学校附近，向他请教的机会增多。在载英中学校读书期间得何鲁校长教诲颇多，他那种耿介正直、谦恭待人、豪侠仗义、豁达大度、恬淡无求、甘于清贫的品格大多源于何鲁校长的影响。对章继肃先生影响最深的恐怕是何鲁校长的书法艺术了，在校期间，只要何校长写字，章继肃先生就去牵纸，"简直把那项工作给承包了"，可见其对书法艺术的痴迷和从何校长处获益之多。章继肃先生也获何校长多次书赠，即使离校后，他们仍然有频繁的书信往来，章继肃先生还曾借临何校长手书的《宋姜尧章续书谱》《孙过庭书谱》，何校长曾给章继肃先生写有《毛主席诗词》行草各一本，《真草千字文》一本，供章继肃先生临写，章继肃先生早期的书法风格很大一部分就保留有何鲁校长的痕迹。离校后章先生与何校长仍然保持书信交往，随时请益书法艺术，章先生为人作书从不收取润笔，有求必应，从不拒绝，再忙也要给以满足，大概也是受何校长的影响。刘之成老师教授其数学课，向镜清，何震华老师教授语文。国文老师巴县何震华先生对我的五言律诗"夜寒霜满树，天晓雾迷城"一联，十分赞赏，竟向校长做了汇报，认为高中学生有此等状重庆雾都景色入微的诗句实属不易。何校长听后说："的确是佳作。"

1943 年癸未　22 岁

载英中学毕业留校作教务员，同时留校者有营山何文宣同学。做教务员 10 周后，到重庆南岸海棠溪四公里启智小学教书。王膏若已先在。由于他们受到学生的尊敬，校长冯布武（渠县人，爱写颜体大字，在重庆小有名气）不悦，学期结束，就未继续聘用了。

1944 年甲申　23 岁

上期在家中复习功课，下期，考入抗日时期内迁诸校中之武昌私立中华大学（现在华中师范大学之前身）；王膏若亦考入湖北农业专科学校，两校均在南岸，因而过从甚密。

1945 年乙酉　24 岁

何鲁校长受邀到重庆南岸龙门浩私立武昌中学演讲，在中华大学读书的载英中学毕业学生宴请何校长，听何校长讲与饮食有关的问题，受益良多。何校长离开南岸时，忘记了将手提包带走，第二天章先生把它送去何鲁先生家中，过了两天，何给章写了一封信。信是这样写的：

> 继肃仁弟左右昨过龙门浩得与诸同学会晤亲接杯酒之欢颇以为快次晨复荷将行囊掷下已收到不误并以闻即颂
>
> 学安
>
> 同学均此
>
> 何鲁启
>
> 二月二十一日

1946 年丙戌　25 岁

抗日战争胜利后，内迁学校纷纷迁回原址，不愿随校出川者可以转学。9 月，章转入国立四川大学文学院中国文学系三年级。转学生三名，章的考试成绩列第一位。

1947 年丁亥　26 岁

在川大两年，由于家庭经济来源减少，章的衣着、生活十分寒酸，同学讥之曰"人不风流只为贫"，的确如此。词学教授向仲坚对章的词作大为欣赏，帮助章的生活费用，得以完成学业。向先生名迪琮，字仲坚，双流人，海内著名词人，书法家，著有《柳溪词》，新中国成立后为上海文史馆馆员，已老死。教授杨明照上《校雠学》课，章极感兴趣，常至其家请教问难，开启了章后来对校雠、目录、文献检索的爱好。院长向楚讲《唐宋文》、教授林山腴讲《楚辞》，均是四川著名学者、书法家，章对他们十分尊敬，曾请其各书条幅一张，可惜都遗失了。时巴县才子佘雪曼，亦在川大开《楚辞》课，讲课比林山腴为浅，但其书法瘦金体却写得很好，章亦师事之。

1948 年戊子　27 岁

7 月，章毕业于四川大学中国文学系，取得文学学士学位。9 月，由王膏若介绍受聘为省立大竹师范学校国文教员。

1949 年己丑　28 岁

上期，王膏若亦来大竹师范任教。下期，章回母校渠县中学教书，12 月解放，又回竹师工作。

1950 年庚寅　29 岁

大竹师范学校教书。章在竹师地理组教地理课。据章继和回忆，章继肃也是其竹师老师，章上地理课是因为学校语文老师多，地理老师紧缺。章上地理做教具给他留下深刻印象，章用床那么大的木板，上钉竹钉子，用麻丝缠绕，用石膏、水泥加固，做出中国地图主要山脉模型，上标注高度。章的这个教具，受到了当时专区教育部门的开会表扬。章继和说，章继肃很年轻时都出名了。

1951 年辛卯　30 岁

大竹师范学校教书。

1952 年壬辰　31 岁

大竹师范学校教书。

1953 年癸巳　32 岁

大竹师范学校教书。

1954 年甲午　33 岁

获何鲁校长赠条幅《解放后初至北京喜而赋此诗》："万里乘风上玉京，风流人物尽知名。千年王气消沉后，亿兆人民庆更生。"

1955 年乙未　34 岁

大竹师范学校教书。

1956 年丙申　35 岁

10 月，章被提升为大竹师范学校的副教导主任（一直未设正职）。

1957 年丁酉　36 岁

获何鲁校长赠横幅《峨眉纪游诗十七首》（见《何鲁诗词选》第 43 页，诗长不录）。

1958 年戊戌　37 岁

大竹师范学校教书。

1959 年己亥　38 岁

大竹师范学校教书。

1960 年庚子　39 岁

大竹师范学校教书。

1961 年辛丑．40 岁

大竹师范学校教书。1961 年 9 月—1963 年 7 月兼任语文课。

1962 年壬寅　41 岁

5 月，章作为大竹师范学校副教导主任，检查教育实习时作《城北公社道中》。

1963 年癸卯　42 岁

1963、1967 年两度、选为大竹县乒乓球代表队员，参加地区运动会，进入了前八名，并被选为达县地区乒乓球代表队员。

1964 年甲辰　43 岁

4 月，大竹县城西门外双溪燕尾渡槽（后改东风渡槽）落成作《双溪燕尾渡槽落成典礼》。

1965 年乙巳　44 岁

大竹师范学校教书。

1966 年丙午　45 岁

"文化大革命"开始，章被打成大竹师范学校四大"牛鬼蛇神"之一。

1967 年丁未　46 岁

族弟章继和也打入牛棚。"文革"期间兄弟互不知对方情况。之后，亦不愿谈及心酸往事。（章继和反馈）

大竹师范时期资料不详。（大竹中学熊传信副校长反馈）

1968 年戊申　47 岁

章被派到大竹清水区搞教育革命，接着就地教书，于是他在清水小学教音乐课，唱"样板戏"。不久，又调章到石子区、观音区参加教师培训工作，教语文课。

1969 年己酉　48 岁

大竹师范学校教书。

1970 年庚戌　49 岁

大竹师范学校教书。

1971 年辛亥　50 岁

为原四川文艺出版社社长向克孝赠书《书谱》一册。

1972 年壬子　51 岁

大竹师范学校教书。

1973 年癸丑　52 岁

章的书法作品《行书毛主席词四首》参加了"四川省国画书法展览";地区参展的另一件作品是彭云长的国画《银耳新兵》。

1974 年甲寅　53 岁

大竹师范学校教书。

1975 年乙卯　54 岁

1975—1976 年,章参加了达县地委宣传部主持的《唐甄》评注工作。

1976 年丙辰　55 岁

5 月,为大竹某友题写竹帘书法 10 余件。其中《后皇嘉树》一件现存学生姚春处收藏,十分宝贵。

整理校勘唐甄《潜书》。

游牌楼坪得《牌楼坪》诗一首。牌楼位于在达城之西,李长祥李氏宗祠所在地,此地广栽桃李,每到春日游人如织。

游达县火车站得《达县火车站》诗一首。

在竹师 30 年,章教授过语文、历史、地理、写字、小学语文教学法等课,曾在机关干部中讲授《毛主席诗词》,均受到好评。章能操二胡,演奏《虞舜熏风曲》《山村变了样》等高难乐曲;章亦画松竹,颇有韵致;章尤擅围棋,是县内高手。章在大竹县获得"棋琴书画球"的"美称"。但饮酒、看戏、下棋打球,未免有些过度,因而两次被评为"不务正业"之"甲等"人物,受到批判,并上报四川省教育厅。章的人际关系好,与人无争,学生尊敬,领导信任,校长尹计然称章为"最佳的教导主任",调离竹师时,章受到了十一次不同形式的欢送，每次都使他感激涕零。章在大竹的生活是丰富多彩的，在他万不得已离开这个第二故乡时，写下了《留别大竹师范学校》七律一首，表达了他的心情。诗云：

行年五十五周岁，三十春秋偓憇斯。

以校为家得自乐，因材施教作人师。

谅无涓滴济沧海，但有微诚答圣时。

南浦云飞挥手去，达州从此赋相思。

1977 年丁巳　56 岁

1 月，作《水调歌头　批判"四人帮"》词一首。

3 月，奉调达县师范学院中文系任教，筹建中文系并出任首届系主任，长期从事"中国文学史""中国古代文学作品选""中国古代汉语""文献检索""大学语文""书法"等课程的教学工作。1978 年 12 月 28 日经国务院批准，达县师范学院正式定名为达县师范专科学校。

5 月，全校师生一百余人到达县亭子区支农，作《水调歌头》词一首。

12 月，率孟兆怀、张德怀、季水河、王祥昆四人赴重庆图书馆清理图书一万余册，为学校图书馆资料建设做出了贡献。

当选四川省第五届人民代表大会代表，并于 12 月在成都出席四川省第五届人民代表大会。

1978 年戊午 57 岁

6 月，参加在江西南昌举行的十三院校"《中国文学史》定稿会议"。由陆路乘火车经桐梓、息烽、溆浦到达江西南昌，会议先后在南昌和进贤县召开,乘船由水路回到达州。期间参观滕王阁、南昌八一起义纪念馆、茨坪井冈山宾馆、黄洋界、龙江书院、橘子洲头、岳麓山、湖南省博物馆、岳阳楼、赤壁、秭归等地,得诗十六首。归后书岳阳楼前102字长联赠尹祖健先生。

开始主持《天问阁文集》校注工作。

12月起任中文系副主任。中文系支部书记王膏若与章三次同学、三次共事,40多年的老朋友,因此他们在工作上合作得很好,把中文系领导得有声有色,至今尤为人们所称道。

1979年己未 58岁

1月,批准加入中国共产党。

4月,参观巴中南龛坡。

10月,参加杭州大学庆祝国庆三十周年学术报告会,住西湖南侧之大华饭店。游西湖、访西泠印社,乘船由水路回达州,途中游外滩公园、豫园、参观全国群众书法展览,过小孤山、赤壁、巴东、巫山、白帝、夔门等地。

12月,将承印十三院校《中国文学史》赚得之款,购买新版《辞海》29部,借给系上教师使用,人手一部,对提高教学质量起到了积极的作用。

1980年庚申 59岁

4月起,任中文系主任。

1981年辛酉 60岁

达县市政协倡达县市新八景之说,遵命作《红桥朝晖》律诗一首。

作《万里乞食一孤儿——唐甄和〈潜书〉》一文，对清初达州籍大思想唐甄的身世、生平经历、著作及其思想作了简要评述，该文发表于《巴山文艺》第三期"巴山风物"栏目。

谢觉哉同志诗《偶成》书法作品刊于《书法》杂志。

8月，书法行楷条幅《录鲁迅诗一首》获"1981年四川省纪念鲁迅诞生100周年书法展"优秀奖。

12月，被邀请为四川省大学生书法竞赛评选小组成员，推选出参加"全国大学生书法竞赛"的优秀作品。会议在四川大学举行。

1982年壬戌　61岁

4月，中国书法家协会四川分会成立（后改为省书协），当选为理事、评审委员。参与整理和校注的唐甄《潜书》出版发行。

9月，达县地区书法家协会成立，推选为理事长（后称主席），在章继肃、马骏华等人的影响下，达州书坛逐渐形成了一个有地域风格和特征的书法家群体。

10月，四川省书法家代表团方振、徐无闻、丰中铁、刘云泉、何应辉、刘正成、苏园、夏昌谦、毛钧光、章继肃等十人赴浙江参加"四川浙江书法篆刻作品展览杭州展区开幕式"，杭州的书友为其安排了一周的活动，绍兴览胜、海宁观潮、花港观鱼国庆联欢、柳浪闻莺书家座谈等，游东湖、兰亭、大禹陵禹王庙、秋瑾故居、青藤书屋、灵隐寺、九溪十八涧、葛岭初阳台等地，与徐无闻等书友交流广泛，得诗十五首，与徐无闻商定将两人在杭州所写的诗合起定名为《浙江诗草》，并各写一横幅书法作品，互相赠送，作为纪念。后因各种原因，此事未成，徐无闻先生已于1993年下世，实为痛惜。章参加两省书法联展的作品，后来发表在上海《书法》

杂志 1984 年第 5 期之上。

1983 **年癸亥** 62 **岁**

3 月，章所临之《兰亭序》，参加了浙江在绍兴市举行的"纪念王羲之书写著名《兰亭序》一千六百三十周年书法展览"。

4 月，章与成都谢季筠、重庆曾右石、张健代表中国书法家协会四川分会参加"云贵川三省书法联展"在贵阳的开幕式，结识了王蕚华、王得一等贵州省书家和诗人，游甲秀楼、黄果树瀑布、犀牛洞、龙宫、花溪、参观了安顺市等地，得诗八首。

8 月，女儿秋子患心脏病卒，年仅 35 岁。

书苏步青诗《尽余微》书法作品入选《天府墨迹》。

1984 **年甲子** 63 **岁**

3 月，章与刘儒贤同志去武昌参加全国元明清文学研讨会，访晴川阁、游西山、东坡赤壁。

4 月，学校机构改革，中层干部改选，章时年 62 岁，不再担任行政职务，留中文系任课，接受了开新课的任务，主讲《文献检索与利用》。

6 月，去重庆参加四川省首届书法展览作品评选。评选在重庆市文联内进行。评选结束后，由重庆书协组织评选委员会刘云泉、何应辉、周浩然、章继肃、毛峰等，畅游了北温泉、缙云山。展出后，将全部作品精印成册。

9 月，章有书法作品参加"四川山东书法联展"。

11 月，与刘伯骏、王成麟、田明灿、马骏华等同志北京参观全国美术展览，游长城、颐和园、访魏传统将军。随即南下南京，游雨花台、燕子矶、莫愁湖、玄武湖。

1985 年乙丑　64 岁

6 月，达县南充两地区举办书法联展，章除有作品参展外，还同马骏华同志代表地区书协，前往南充参加开幕式。随后，参观了仪陇朱德故居。

7 月，达县地区书协召开第二次会员代表大会，选举第二届理事会成员，由于同志们的信任，章再次被选为理事长。

11 月，指导巴中县书法家协会成立。章有贺诗二首。书法作品草书、对联《唐人七律》，1985 年江苏省书协等五家联办"国家银牛奖"书法竞赛佳作奖。

1986 年丙寅　65 岁

1 月 20 日，达师专首届教代会开幕，会期二日，章当选为主席。

8 月，为达县真佛山德化寺书对联隶书："山水多禅味，松风有妙香。"

9 月，"川陕六地市书法联展"——达县地区、万县地区、涪陵地区、广元市，陕西省汉中地区、安康地区书法联展，在达县展出，章有一件条幅展出。

10 月，邀请章写出书法作品参加"四川省离休干部首届书法作品展览"。

11 月，中国书法家协会四川分会常务理事会决定成立"四川省书协创作评审委员会"，章被选为该委员会委员。同月，章有书法作品参加"纪念孙中山诞辰 120 周年中外书法家作品展览"，并收入作品选集。

1987 年丁卯　66 岁

1月，章有书法作品参加重庆市江津书协、几江书法学校举办的"全国书法名家应征作品展览"。

3月，与马骏华、李觅参加四川省书法协会在什邡召开的书法研讨会。

4月，取得副教授任职资格。同月，"四川湖北书法对展"在成都展出，章有一件条幅参展。

8月，巴山老年大学聘章为顾问、书法教师。同月，书法作品入选"87名笔研究会展"。书法作品行楷、中堂《录李白诗二首》，1987年入第三届"中日友好书法交流展"，在日本广岛展出。

10月，退休，计工龄39年。

11月，四川美术出版社出版的《天府墨迹》（第一集），收入了章的作品。同月，"中国四川省日本广岛县中日书法友好交流展览"，在成都展出，章有作品参展。

1988 年戊辰　67 岁

3月，章被批准为中国书法家协会会员。

6月，召开达县地区书协第三届会员大会，选举章为三任理事长。

10月，"四川省首届篆刻展览"在成都举行，章有作品参展。主持校注的《天问阁文集》出版。《天问阁文集》用求恕斋丛书为底本，结合清光绪中赵之谦所刊《仰视千七百二十九鹤斋丛书》（鹤斋丛书本）、（达县）北门外牌楼坪宗祠藏本《天文阁文集》（达县本）整理点校《天文阁文集》。从鹤斋丛书中补入《故都察院右副都御史宣府巡抚宛平朱公庙碑》一篇；从达县本中补入《投壶记》《海市记》《毗陵苏东坡祠记》《斩蛟桥记》《韩蕲王庙碑》《鲦二)《墨子》《六经记》《祭王兰花神文》《代人祭宗嫂文》《海棠居初集序》11篇；另增补佚文《西湖梦寻序》《鲁游草序》2篇。点校后的《天文阁文集》大异于前此诸本，成为目前最完整的版本。同时编入《李长祥佚诗》《关于李长祥著作的介绍与评论》《关于李长祥的传记资料》《关于李长祥夫人姚淑的传记资料》《李长祥年谱简编》等附录6篇，对研究李长祥大有帮助。

1989 年己巳　68 岁

4月，四川省第二次书法家代表大会在成都举行，苦于舟车未赴，再度推选为中国书法家协会四川分会理事。

5月，向"四川省书画家向第十一届亚洲运动会赠献书画作品展览"捐赠书画作品三件，并得到亚运会组委会文展部的纪念册一本。

10月，达县地区书法成果展举办。主编《达县师专报》第三版（学术版）。

11月，书法作品参加"四川省第二届书法篆刻展览"。

1990 年庚午　69 岁

7月，书法作品特邀参加"万县书法展"。

8月，书法作品收入成都人民广播电台重建30周年、成都电视台重建2周年纪念册《墨宝情深》。

9月，达县市欲兴建碑林，组建碑林考察小组，组长李贤刚，组员杨廷开、张青山、章继肃、胡良苏、杨勤学、冉启全赴山东、河南、陕西等地考察。访黄河碑林、游少林寺、中岳庙、孔庙杏坛、孔庙碑林、鲁壁、孔林子贡庐墓、泰山、趵突泉、大明湖、开封、龙门石窟、白马寺、三门峡、秦皇陵、华清池、灞桥、西安碑林、大雁塔、半坡遗址等地，得诗二十七首。同月，书法作品参加"全国中师书法邀请展"。

10月，到乐山参加高校校报工作会议，乘坐江轮至重庆返达，期间游历乌尤寺、尔雅台、乐山大佛，赋诗6首。

12月，指导、协助政协四川达县委员会贾之惠主编《戛云诗稿》。同月，达县地区老年书画研究会成立，章为特邀会员、顾问。

1991年辛未　70岁

4月，族弟章继和铅印章《小窗诗文稿》出版，祝贺章70岁生日。西南师范大学中文系教授徐无闻题签，四川省文艺出版社社长向克孝、原达县师范专科学校副教授尹祖健作序。许多学者、专家、教授、学生祝贺诗文在其中。同月，佟韦、刘艺、权希军、张海、王景芬编写的《中国现代书法界人名辞典》，由河南美术出版社出版，章被收录。同月，为"聂帅故居"征稿题写书法作品2张。

6月，书法作品参加"五省七方地区雄风杯书画艺术展"。

7月，书法作品参加地区老年书法研究会"庆祝中共成立70周年书画展"，送省展出，后收入《晚霞风采》书画集。同月，为中国书法协会举办的救灾义卖活动提供书法作品2件。同月，又为《通川日报》成立40周年题词、刻图章3方。

10月，书法作品参加在"日本兵库县、神户市展出的名笔研究会展"。

70岁以前书作落款多为"继肃"；70岁过后落款"章继肃"行书体，后面写岁数。其言："这个岁数，已是古稀，如果没写好，请原谅我岁数这么大了。"

1992 **年壬申　71 岁**

1月，书法作品、简历、照片收入由中国书协主编、中国文联出版公司出版的《中国书法艺术大成》。

2月，举办达县地区书法协会第三次元九登高书法笔会。

6月，筹建达县师专巴蜀研究所，作故乡行。同行者校长胡孝章副教授、雍国泰副教授。

10月，协助学校登临翠屏山选新校址。

11月，"达县师范专科学校巴渠文化研究所"成立，章任学术顾问。同月，书法作品参加"纪念红军入川60周年达县地区书法作品展览"。

1993 **年癸酉　72 岁**

5月，书信一封收入《当代书法家书信墨迹选》。同月，游真佛山，与张成茂相约游柏林水库、岩峰区看汉阙。

西南师范学院中文系教授徐无闻先生下世，作诗悼念。

出版达县地区书法篆刻作品选，题写书名并作序。

12月，书法作品草书、条幅录毛泽东《清平乐　会昌》1993年省书协等5家"纪念毛泽东同志诞生100周年书画展"优秀奖。

1994 **年甲戌　73 岁**

5月，任达县地区书法家协会理事长3届12年，第四届改选，受聘名誉主席。

10月，达州市举办国庆45周年书法展览，章书法作品展出；同月，入编《中国古今书家辞典》。

1995 **年乙亥　74 岁**

参加达川地区书法家协会"元九书法笔会"例会，讨论创办《达州书法报》事宜，题写临时报名，报名拟请乡贤张爱萍将军题写。

好友尹祖健副教授逝世，为其题写墓铭联。

为福建省闽侯县千年古刹穆岭寺题诗。

8 月，为达县职业高级中学题写校名。

1996 **年丙子　75 岁**

作客成都二日，参加巴中宾馆总经理陈开茂先生宴会，同赴宴会的有向克孝、黄庆娴、凌大志、王金尧、张仕君等老友及章立贤弟夫妇。

1997 **年丁丑　76 岁**

迎接香港回归座谈会，作诗词四首。

将何鲁校长所书《毛主席诗词》《真草千字文》捐赠给重庆市博物馆。

1998 **年戊寅　77 岁**

5 月，参加蒲新城、梁上泉两先生乡土书画展览座谈会，游仙女洞。为达州日报社的仙女洞题写"地灵宜久处，洞好可长游"大门联。

整理点校的《天文阁文集》出版。

1999 **年己卯　78 岁**

文化部授予全国书法"群星奖"。

题重庆范国明先生所藏张船山行书墨迹。

参加元九通川日报社新春联谊会，再游仙女洞。

7月，指导并协助唐敦教、陈国衡主编《巴渠史话》一书。

2000 年庚辰　79 岁

参加元九达州日报社新春座谈会，三游仙女洞。

与其弟子侯忠明合著的《书法篆刻艺术》由巴蜀书社出版，《书法篆刻艺术》分上、下两部分，上部分是书法理论与实践，由侯撰写；下部分是石章篆刻初步，由章继肃先生撰写。

《章继肃书法篆刻艺术》由达州日报社结集出版。

为大竹师范学校建校 60 周年志庆书横幅"学高为师，德高为范"。

2001 年辛巳　80 岁

《章继肃文集》由海南出版社出版，四川省政协原主席聂荣贵题写书名。

《篆刻要言》出版。

8月，书法作品《读杨闇公传》收入四川省达州市文化局编印《达县地区文化艺术志》彩页。

2002 年壬午　81 岁

返聘为达师专上"篆刻"课。

2003 年癸未　82 岁

返聘为达师专上"篆刻"课。

2004 年甲申　83 岁

个人事迹入编《达州年鉴》（2004 年）。

10 月，书丹邻水《沁园春·奥嘉广场》，该文刻于邻水奥嘉广场中段，一片人造水泥崖壁之上。落款是罗权国撰文，章继肃书。

2005 年乙酉　84 岁

《章继肃书法集》由达州日报社编印出版。

2 月 7 日《达州晚报》第 1 版，刊发《章继肃答李明荣同志诗四首》。

5 月，游凤凰山写诗《春日登临凤凰山》"同人雅集在高冈，风雨兼程登凤凰。春日登临心万里，击阻中流国威扬"。

2006 年丙戌　85 岁

题写"四川文理学院"校名。

致贺陈景超（号衡庐）先生《衡庐集》出版。

10 月，填词《满江红》祝贺四川文理学院校庆 30 周年：

> 三十春秋，与学院，是同休戚。记初时，筚路蓝缕，披荆斩棘。南坝诵歌声不断，芬芳桃李花争发。又传来，喜讯专升本，齐欢悦。
>
> 党领导，合众力。历艰辛，废寝食。为百年大计，呕心沥血。同志专家齐喝彩，凤凰山下创奇迹。趁庆典，把酒祝功成。

2007 年丁亥　86 岁

达州市文联召开"纪念毛泽东同志《在延安文艺座谈会上的讲

话》发表 65 周年暨二届二次全委会"，作为德高望重的老艺术家，达州市委、市政府授予章"德艺双馨"称号。

为刁达钧《渔渚诗钞》续集题写书名。

2008 年戊子   87 岁

1 月，写诗《尹枫向学院捐赠其父所藏书籍》："爱书如命，捐书育人。发展科学，传承文明。"

中国举办奥运盛会，治"人在奥运"印纪念。

5 月 12 日，四川汶川发生特大地震，治"二○○八年五月十二日四川汶川发生大地震"印引发国人记忆。中共达州市委宣传部、达州市文联、达州日报社、达州市广电局、达州市文化局、达州慈善会共同发起举办达州市文艺新闻界"我们风雨同舟"大型赈灾义演文艺晚会捐赠书作一件。

渠县流江书画院成立，题写院名，并任名誉院长。

书法作品入选《苍坊颂——纪念胡耀邦同志诞辰九十周年诗词书法美术作品集》。

8 月，为达县书法家协会题写书名及赠条幅《王维汉江临眺》。

为四川省大竹中学校庆 90 周年，题写隶书对联一副："知足知不足，有为有勿为。"

冬月，夫人段绉秋女士驾鹤仙逝，顿感周遭静寂，孤独落寞，开始推掉一些索书之请，仅偶尔为之。

2009 年己丑   88 岁

为凤凰山景区元稹纪念馆书碑。

9 月 19 日，党委书记李万斌教授带领科技处长侯忠明等一行前往泸州，参加由泸州医学院牵头发起并承办的四川省省级一级社科学会——四川酒文化研究会成立大会，李书记代表四川文理学院向组委会赠送了由章继肃先生书写的有关酒文化的书法作品一幅，以表祝贺。

中华人民共和国国史学会"两弹一星"历史研究会主办的首届"两弹一星"历史研究高层论坛于 11 月 8 日在北京举行，为论坛书贺作一件，由学院党委书记李万斌教授代表四川文理学院赠送论坛。

2010 年庚寅　89 岁

15 首诗词入展西泠印社诗书画印大展。

9 月 24 日，罗权国严重中风携妻陈玻瓦来达访老师章。"三秋好客来邻水，老病相看感慨中。欲望求生人尽是，自强不息夺天工。"

2011 年辛卯　90 岁

《章继肃书法篆刻》结集出版。

达州市书法家协会在园中园为其举办的九十华诞座谈会，诗朋墨友，弟子门生，少长咸集，济济一堂。四川文理学院以"华诞九十大爱平生"为题，为"林来淇、张学远、章继肃、雍国泰、兰雅诗""文理学院五老"庆寿。

4 月 24 日，在四川文理学院莲湖校区行政楼三楼会议室，学校为章继肃先生九十大寿祝寿、并开座谈会。孙和平、熊伟业、王道坤、章继和、尹枫、廖清江、李梅等发了言。会议由学校党委书记李万斌主持，校长孟兆怀总结讲话。后来合影，在老地方酒楼就餐。就餐共九桌，名单由章继肃老师开出。

5 月，为犀牛山景区书丹《犀牛山记》。

参观凤凰山景区的"元稹诗廊"和"元稹纪念馆"，就如何打好文化牌以扩大景点影响、弘扬达州书艺做了非常好的建议。

12月20日，四川文理学院孟兆怀院长应邀赴韩国草堂大学访问，章继肃先生的书法作品作为礼品赠送该院。

2012年壬辰　91岁

书写四川文理学院《新校区赋》。

2月，为杨仁明先生书《临风阁序》。

2013年癸巳　92岁

题写"达州市档案馆"名。

3月，为大竹庙坝桃花节书丹《盛世桃源行》。

12月，为四川省达州中学三座教学楼题写楹联；为达州中学校本教材《戛云流韵》题写书名。

2014年甲午　93岁

1月12日20时14分在达州市中心医院不幸逝世，享年93岁。1月14日16时30分在达州市殡仪馆3号厅举行遗体告别仪式。先生离世后，学校主要领导亲任治丧委员会成员。孟兆怀校长致悼词中说："章继肃先生的人品、学品、书品均可谓高山仰止，景行行止，是老师中的极品，是学校的金字招牌，堪为后世师表。"

【附】

2016年丙申《退休杂咏》（录五）入编《岷峨诗稿》第4期。

2017年丁酉　在达州市第二届巴渠文艺奖评选中获"终身成就奖"。

本年表原始资料来源于《章姓家谱》（渠县新市乡骡子坡章氏支系）《章继肃自传》（手书本复印件，在姚春处）、《天府墨迹》《小窗诗文稿》《章继肃书法篆刻艺术》《篆刻要言》《章继肃书法集》《章继肃文集》《章继肃书法篆刻》《达县地区文化艺术志》《学炳千秋，风骨永存》以及网络，尚不完善，有待增补。

感谢四川文理学院副书记侯忠明教授倡议、成都书法家扈晓明第一稿 5700 字左右；四川文理学院姚春在扈晓明基础上增订为第二稿 17000 字左右。

感谢以下先生的热心帮助：

渠县张成茂先生、原大竹师范学校教务主任、现大竹中学副校长熊传信、渠县中学李承明老师、成都章继和先生、成都都江堰温世明先生、达州市政协文史委杨仁明先生、巴山书画院马骏华院长、凌灿印副研究馆员、邻水作家何正光先生、湖南长沙市《半坡文学》微刊主编袁月华（坡翁）先生、四川文理学院章忠至老师（章继肃孙子）、西南大学曹建教授、重庆市沙坪坝文化馆馆长邓成彬先生、重庆九龙坡政协副主席范国明先生。

2020 年疫情来袭扈晓明宅家初稿

2020 年 4 月 5 日清明节姚春增订

2020 年 12 月 7 日姚春校对

后　记

《章继肃年谱简编》　编撰之后

2020 年 4 月 3 日 19 时 30 分，我在电脑键盘上敲完《章继肃年谱简编》最后一个字，心情一下子轻松了许多。走出依云斋，踏着暮色，我跟成都晓明兄拨通了电话，告诉他，我们终于在清明节前，可以这样一种方式，告慰长眠于雷音铺公墓的继肃先生了。我们说着这些话，听得出彼此的欣慰和心心相印的深情，一种难以名状的思念蔓延开来……

我们是心甘情愿作先生年谱的。我们是先生桃李满天下、万千学子中普普通通的两个。先生已经下世 6 年了。我们和许许多多敬爱先生的学生一样，经常想起老人家。有时，夜深人静，翻起先生留下的书法、诗歌、照片等，眼前就会浮现先生那满头的白发、和蔼的微笑，似乎老人家还活着呢。

2018 年 7 月 4 日，我在先生的保佑下，走进了母校——四川文理学院。比以前更有机会感受先生教书育人的情怀。每每与忠明、壮成教授等谈起先生，大家都充满着深切的怀念。

今年，雍国泰先生 100 周年诞辰，我接到雍峰同学、孙和平教授的通知，写了一点文字表达我这个学生的追思。2022 年，章先生

100 周年诞辰，自然我们这些学生理应作点什么。

2019 年冬天的一个夜晚，忠明先生说："章老师年谱要编一个，看谁来干"云云。当时，我听者有心，没有讲出来。是夜，我与成都晓明兄微信联系，讲到忠明先生的倡议，他表示非常愿意为章先生百年做点事情。2020 年 3 月 27 日上午，晓明兄给我发来了《章继肃先生年谱》初稿，大概 5700 多字。并说，青少年、大竹时期基本上是空起的，希望我进行增补并对整个内容看一下。我当天下午就开始动手，每天为之工作 10 小时左右，联系忠至，联系成都章继和先生，联系大竹熊传信校长，联系渠中李承明老师，联系渠县张成茂先生，联系侯忠明教授，联系杨仁明先生⋯⋯大家都给予我极大的支持。特别是我 3 月 29 日，冒着春雨开车到渠县，张成茂夫妇热情的态度让我终生难忘。我知道，我与他们并不熟悉，是他们把我当成与章先生亲近的人，对先生的热爱转移到我的身上，他拿出《章继肃自传》（手写复印件），十分心甘情愿。我们热泪盈眶，还能说什么呢？我们只有编好先生的年谱来回报这些热爱章先生的师友们。

经过我大约一周的工作，在晓明兄的基础之上，现已基本完成 10780 字左右的《章继肃年谱简编》电子档。

"青山本是伤心地，白骨曾为上塚人。世间无限丹青手，一片伤心画不成。"谁写的诗句？我只记得是琦君文章中引用的，我电脑也查不出来处。不过，我知道，它是中国人清明节上坟时心里的诗，一种上坟人心境的最佳吟哦，这也就够了。

明天又是传统的清明节，《章继肃年谱简编》赶在今晚杀青，我想，今年的清明我与晓明兄是有一番特殊意义的。

2020 年 4 月 3 日 21 时 20 分姚春于依云斋